▲ 重庆果园港

▲ 广西北部湾港

▲ 平陆运河航道 15 标段施工现场

▲ 平陆运河马道枢纽施工现场

▲ 中欧班列乌鲁木齐集结中心

▲ 湖南怀化火车货箱吊装

▲ 穿越荒漠的高速公路

▲ 陆海新通道跨境公路班车

（图片提供：西部陆海新通道物流和运营组织中心、平陆运河集团有限公司）

大道

DA DAO

李玉梅 ——著

漓江出版社　广西教育出版社

图书在版编目（CIP）数据

大道 / 李玉梅著 .-- 桂林：漓江出版社，2024.3
ISBN 978-7-5407-8625-0

Ⅰ.①大… Ⅱ.①李… Ⅲ.①报告文学—中国—当代
Ⅳ.① I25

中国国家版本馆 CIP 数据核字（2024）第 045018 号

DA DAO

大 道

李玉梅　著

出版人：刘迪才　石立民
策划编辑：刘迪才　石立民　张谦
责任编辑：刘红果　孙华明　谢青芸
责任校对：徐明　叶露棋
审读：魏志明　陆施豆
书籍设计：周泽云
责任监印：张璐

出版发行：漓江出版社有限公司　广西教育出版社有限公司
社址：广西桂林市南环路 22 号　邮编：541002
　　　广西南宁市鲤湾路 8 号　邮编：530022
发行电话：010-85891290　0773-2582200
邮购热线：0773-2582200
网址：http://www.lijiangbooks.com　http://www.gxeph.com
印制：北京中科印刷有限公司
　　　[北京市通州区宋庄工业区 1 号楼 101 号　邮编：101118]
开本：690 mm×960 mm　1/16
印张：19.5　字数：215 千字　插页：4
版次：2024 年 3 月第 1 版　印次：2024 年 3 月第 1 次印刷
印数：1—5100 册
书号：ISBN 978-7-5407-8625-0
定价：68.00 元

目　录

中篇 【月当窗】风从海上来

序章

大道向前天地阔

在中国版图上，横亘着无形的"一撇"，那就是著名的"胡焕庸线"。从黑龙江黑河到云南腾冲，一侧人烟稀少，一侧人口密集，两侧在经济、社会发展和生态环境等方面存在巨大差异。据 2020 年第七次全国人口普查，西北人口占比 6.5%，东南人口占比 93.5%，相比胡焕庸 1935 年的统计，西北人口占比上升 2.5 个百分点。这条线虽是地理学家的设想，影响却是实在的，沉重的，稳定的。而在这"一撇"的西南，云贵高原隆起，喀斯特地貌多发，蜀道难，黔道难，西部难，千沟万壑之下岂有坦途？

世界是通的。改革开放之初，风起东南，东南沿海地区走在了开放和发展的前沿。进入新时代，我们倡议建设"一带一路"，吸引了全球超过四分之三的国家参与，实实在在地改善了全球 30% 人口的生活。一个民族都不能少，一个地区都不能落后，为进一步加快打开"内陆开放"通道，让一片片内陆腹地成为开放新前沿，我们迫切需要一条更加智能、更加高效、通江达海、连接陆海的崭新大道。除了长江黄金水道，西南还有别的出路吗？

翻开最新版的世界地图，会发现在辽阔的世界版图上，赫然出现了一条全新的国际物流大通道：它以中国西南的重庆为发起点，经山历海，连通全球 120 个国家和地区。这就是"一带一路"标志性项目——

西部陆海新通道，以重庆为运营和组织中心，西部各省区市为关键节点，综合铁路、公路、海运、航空的"陆海空"立体运输模式，向南经广西、云南等沿海沿边口岸通达世界各地。

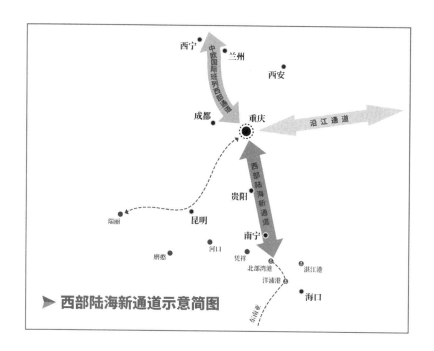

西部陆海新通道示意简图

这是一条国际陆海贸易新通道，是推进西部大开发形成新格局的战略通道，是连接"一带"和"一路"的陆海联动通道，是支撑西部地区参与国际经济合作的陆海贸易通道，是促进交通物流经济深度融合的综合运输通道。

2017年9月至2023年12月，中共中央总书记、国家主席习近平的一系列重要指示与要求，指明了西部陆海新通道的发展方向，推动着西部陆海新通道的高质量建设，例如：

2017 年 9 月，国家主席习近平会见新加坡总理李显龙时指出，希望双方建设好中新（重庆）战略性互联互通示范项目，并在地区层面带动其他国家共同参与国际陆海贸易新通道建设。2018 年 4 月会晤时又谈道，要加强"一带一路"框架内合作，继续打造好两国共建的"南向通道"，将"一带"和"一路"更好连接起来。2019 年 4 月再次表示，双方要立足中新合作，推动地区和沿线国家共同发展，推进"陆海新通道"和三方合作。

……

2023 年 12 月，习近平主席结束对越南的国事访问回到国内，在广西考察时强调，要共建西部陆海新通道，实施一批重大交通基础设施项目，高标准、高质量建设平陆运河，高水平打造北部湾国际门户港，提高江铁海多式联运能力和自动化水平。积极服务建设中国－东盟命运共同体，深化拓展与东盟国家在商贸、劳务、产业、科技、教育等领域合作，打造国内国际双循环市场经营便利地，深度融入共建"一带一路"。

国际陆海贸易新通道，又称西部陆海新通道（国内惯用名称）、陆海新通道（国际通用名称），是在共建"一带一路"框架下，以重庆为运营和组织中心，整合西部 12 省区市、海南省加广东湛江、湖南怀化"13+2"资源，共同打造的国际大通道。西部陆海新通道纵贯中国西部地区，北接丝绸之路经济带，南连 21 世纪海上丝绸之路，协同衔接长江经济带、粤港澳大湾区，形成亚欧海陆运输完整闭环。

开放已经成为当代中国的鲜明标识。中国的改革开放不会停步，中国对外开放的大门只会越开越大。中国改革开放政策也将长久不变，永远不会自己关上开放的大门。对外开放作为中国的基本国策，在新时代被赋予新内涵。西部陆海新通道建设，彰显的正是中国在激烈的竞争中依然保持对外开放不动摇，与世界寻求平等合作与和平发展的信心与决心。中国始终与世界相互成就、共创未来。

2017 年 9 月，重庆团结村中心站与广西钦州港之间的铁海联运上下行班列实现常态化运行，正式拉开了西部陆海新通道这条全新的国际大通道的建设序幕。

发展并非一路坦途。新通道建设之初，就有重庆、广西、贵州、甘肃 4 省区市签署合作共建协议，2018 年，青海、新疆相继加入，到 2019 年上半年，云南、宁夏、陕西也陆续加入，形成了西部 9 省区市的共建合作机制，但一直停留在地方探索阶段。2019 年 8 月，国家发展改革委重磅发布《西部陆海新通道总体规划》，标志着新通道建设从地方探索上升为国家战略，国家层面的省部际联席会议机制紧随其后正式建立，才有了今天西部 12 省区市、海南省加广东湛江、湖南怀化 "13+2" 合作共建的大好局面。新通道开行之初的货单上，货物不足 50 种，主要是汽配、建筑陶瓷、粮食等货物。而如今，货物已涵盖电子产品、整车及零部件、机械、医疗器械等数十个大类的近千种产品。西部陆海新通道，借着 "一带一路" 的强劲东风，正向着全球不断延伸。

也许，就在您阅读这段文字的当下，一列火车刚刚拉响了汽笛，声音里满是愉悦与欢欣。欢快的嘶鸣过后，它满载着货物从重庆团结村中心站向着广西方向疾驰，在抵达广西钦州港后，货物会在港口以最快的速度换乘货轮，再启程运往全球各地。从重庆出发，在钦州出海，先乘坐列车再换乘货轮，这便是西部陆海新通道跨越山海、联通世界的方式之一：铁海联运。

海洋是高质量发展的战略要地。广西约有 4 万平方公里海域、1600 多公里大陆海岸线、600 多个海岛、10 多个港湾，"解放思想、创新求变，向海图强、开放发展"是习近平总书记赋予广西的重任。产业是向海图强的重要支撑，通道是向海图强的强劲动脉，开放是向海图强的必然选择。潮涌北部湾，广西扬帆起航。

孟子云："立天下之正位，行天下之大道。"今天的西部陆海新通道集区域产业链、供应链联动，陆海集聚，通关效能于一体，既破解了西部地区国际物流困境，又为沿线国家和地区创造着发展新机遇。在复杂严峻的国内外经济形势下，陆海新通道带动中西部地区开发开放，助推加快构建以国内大循环为主体、国内国际双循环相互促进的发展格局，是强化中国与陆海新通道沿线国家经贸合作、维护全球供应链稳定的综合性国家大通道。西部陆海新通道上共商、共建、共享的物流网络，已通达全球 120 个国家和地区的 490 个港口，通道带物流，物流带经贸，经贸带产业，发展的红利惠及沿线各地人民，真正成为"一带一路"上陆海双向开放的金色纽带。

从 2017 年到 2024 年，弹指一挥间，已经整整七个年头。七年来，西部陆海新通道有效统筹国内国际两个市场，促进产业合理布局、转型升级，用中国智慧打开了中国崛起与世界转型相辅相成的新格局。

七年来，西部陆海新通道紧密连接"一带"和"一路"，将发展问题置于全球宏观政策框架核心位置，成为沿线地区促进陆海内外联动、东西双向互济的桥梁纽带，为开辟新全球化时代贡献了中国力量。

七年来，西部陆海新通道汇聚物流、商流、信息流、资金流，帮助沿线地区交通、物流与经济发展深度融合，践行着构建人类命运共同体、塑造更美好世界的中国方案。

七年来，西部陆海新通道见证了和平发展、合作共赢的世界新纪元，其中不乏恢宏壮阔、激动人心、温暖浪漫、令人动容、美丽生动的中国故事。

习近平总书记说，人民是历史的创造者。人民也是时代的创造者，更是中国故事的主角。西部陆海新通道从无到有，从单一到丰富，是中国人民用中国智慧贡献的中国方案，践行的中国理想，写就的中国故事。

请翻开书页，在西部陆海新通道亲历者、建设者与见证者的故事里，感受大道向前的漫漫征途吧，我们的目标是星辰大海。

大道之陆径幽远处

【月中行】陆径幽远处

陆径幽远处探春，闲坐论归仁。风过巴蜀问星辰，大道向南巡。

千年吟唱西江调，冬来澡雪待佳辰。天高海阔万家新，叹命运共存。

衔接西部陆海新通道、长江经济带的重要
节点——果园港国家物流枢纽

西部陆海新通道物流和运营组织中心／供图

第一章

潮涌北部湾

加入陆海新通道：我们没什么要求，跟着你们干！

晚上七点，电视里传出熟悉的旋律。蓝色的地球由近至远，《新闻联播》十六秒的片头音乐，估计是中国人最熟悉的乐曲。

看到"中新（重庆）战略性互联互通示范项目正式启动"这条新闻时，孙熙勇还在重庆两路寸滩海关工作。两路寸滩保税港区（现两路果园港综合保税区）是中国内陆首个保税港区，也是目前内陆唯一一个拥有"水港＋空港"的一区双核模式的保税港区。那天的《新闻联播》，包括这条新闻在内的所有新闻，孙熙勇依然是像往常一样当作时政资讯去了解。当然，作为公务员，他敏锐地意识到重庆即将迎来一个难得的发展机遇。

自从1990年走出校门被分配到重庆海关，孙熙勇就认定自己这辈子不会脱下这身制服。他抱定了一辈子一个职业、一辈子只做一件事的态度去工作。转捩点出现在2016年初。重庆市组建中新示范项目管理局，在市级层面选配干部，孙熙勇的名字赫然在列。从看到关于中国与新加坡第三个政府间合作项目的电视新闻，到自己工作调整参与项目落地工作，中间仅仅隔了三个月。

这一年孙熙勇47岁，正是年富力强的人生黄金期。家庭稳定、事业稳定、情绪稳定，身体健康、精力充沛，有丰富的人生阅历与工作经验来应对、面对各种未知的困难与挑战。

2016 年 2 月份，孙熙勇正式上任中新示范项目管理局分管交通物流的副局长。与孙熙勇一起到岗到位的还有另外 35 名同事。

彼时，中国是新加坡最大的贸易伙伴，新加坡是中国第一大投资来源国。1994 年，中新两国政府间首个合作项目——苏州工业园区经中国国务院批准设立并启动，发展目标是建成具有国际竞争力的高科技工业园区和国际化、现代化、信息化的生态型、创新型、幸福型新城区，开创了中外经济技术合作新形式。在此后相当长的一段时间内，苏州工业园区以占苏州市 3.4% 的土地、7.4% 的人口创造了苏州市 15% 左右的经济总量，连续多年名列"中国城市最具竞争力开发区"榜首，综合发展指数稳居国家级开发区前列。苏州工业园区自诞生之初便承担着改革开放"窗口"和"试验田"的使命，加之位于长三角、毗邻上海，开放引领优势突出。

2008 年，中新两国启动第二个政府间合作项目——天津生态城，这是世界上首个国家间合作开发的生态城市，旨在应对全球气候变化，加强环境保护，节约资源和能源，为城市可持续发展提供样板示范。生态城成为中国首个获批建设的国家绿色发展示范区，曾遭受污染的水域变为环境优美的湿地。2015 年，中新双方签订新的备忘录，将生态城发展成水资源管理的示范城市及智慧城市，并打造成绿色建筑示范基地。

中新签署的第三个政府间合作项目——以重庆为运营中心的中新（重庆）战略性互联互通示范项目，以金融服务、航空产业、交通物流和信息通信为重点合作领域，以重庆为运营中心辐射西部若干城市，助推西部大开发和"一带一路"倡议实施。

彼时，中国与新加坡的苏州工业园区项目、天津生态城项目的建设都方兴未艾，苏州、天津也都成立了相应的机构服务于项目，且取得了丰富的经验。

重庆成立的中新示范项目管理局是在一张白纸上做文章。那到底要做什么，才能真正有效服务于中新（重庆）战略性互联互通示范项目呢？

一个月的调研走访，无数次的集中反馈，最终，中新示范项目管理局将工作重点归拢在枢纽建设、跨境通关以及物流信息化三个方向上。多年后，当西部陆海新通道已经北接丝绸之路经济带，南连21世纪海上丝绸之路，协同衔接长江经济带、粤港澳大湾区，在区域协调发展格局中发挥着越来越重要的战略地位，成为一条对中国、对世界而言举足轻重的国际大通道之后，站在新的时间节点上回望，会发现中新示范项目管理局确定的工作重点实际上就是建构通道的必需元素。

孙熙勇依然清晰地记得那一天，这条国际大通道原点始发的那一天。

那是2016年的4月24日，时任重庆西部现代物流产业园区开发建设有限责任公司总经理的黄翔与战略总监王渝培到中新示范项目管理局开会。孙熙勇记得是一个金融方面的会议。散会后，黄翔、王渝培说有事想跟他沟通一下。三个人有说有笑地去了孙熙勇的办公室。

刚一落座，重庆西部现代物流产业园区总经理黄翔就把自己的想法和盘托出："孙局长，我们有一个设想，我们想跟广西合作，开通'重庆—广西—新加坡'的班列，重庆西部现代物流产业园区的货物运到广西的港口出海，然后再根据实际需要运到新加坡五大港口中的任意一个，新加坡港、裕廊港、普劳布科姆港、森巴旺港或者是丹章彭鲁港。具体的情况由王渝培跟你详细解释。"说完，黄翔以眼神示意王渝培把他的话茬接过去。

当时王渝培的职位刚从重庆西部现代物流产业园区规划部部长调整为园区的战略总监，他向孙熙勇详细地解释了一番他们计划开通的"重庆—广西—新加坡"班列，从目的、意义讲起，把货源组织、沿途经停城市、广西港口对接以及在新加坡中转去欧洲等一一阐述，明眼人一听就知道是一个可操作性强、有前景有市场的好计划。"孙局长，名字我们都想好了，就用重庆、广西和新加坡的简称，叫'渝桂新'中新班列。我们今天就是想咨询一下，能否把我们的班列放在中新战略性互联互通示范项目里面？"

孙熙勇一边听，一边大脑飞速运转，结合前段时间中新示范项目管理局的调研结果，他知道黄翔、王渝培提出的班列是一条有未来、有潜力的"路"。但他觉得仅仅开通一趟班列，将这条"路"局限在经济层面，思路似乎有点不够开阔。他略一思忖，说："单开一个班列，仅仅是你们的企业行为。既然你们想把这趟班列放在中新战略性互联互通示范项目里面，思路是不是还可以再打开一点？如果上升到跨境通道就不一样了！"

"通道？"黄翔与王渝培对视了一眼。

"对，通道！要做就做一条从重庆出发向南出海的通道。这个通道可不仅仅是'路'的概念，它应该融合物流、金融、信息等多个层面，至于名字嘛，'南向通道'你们看怎么样？不着急，名字咱们可以慢慢想。"孙熙勇抬头一看，已经一点多了，三个人讨论得太聚精会神，午饭都没顾上吃。"时间不早了，咱们分头行动，我立刻向局里汇报你们这个思路；你们呢，在现在的基础上按照'通道'建设的思路调整一下方案，争取明天就能开个会，邀请新加坡企业发展局的相关人员过来，大家一起商量！"

第二天，中新示范项目管理局专项会议如期召开，仓储物流领域相关的部门、企业悉数到场。新加坡方来了三位：新加坡企业发展局副司长陈泗棕、国际港务集团孙鸣、太平船务有限公司招蔚。会上，孙熙勇简单介绍了昨天他们三个人讨论的话题，又让重庆西部现代物流产业园区总经理黄翔详详细细地把他们的方案阐述了一遍。此时，原本的"'渝桂新'中新班列"已经连夜调整为通道思路。虽然有很多不完善之处，但依然让与会人员眼前一亮，尤其是新加坡方的三位参会人员，开心得嘴都合不拢。

早在 2015 年 6 月，新加坡国际港务集团、太平船务有限公司就已经与广西北部湾国际港务集团在钦州港共同组建了码头公司与码头管理公司，这一条正在酝酿中的通道无疑会为港口带来更大的货源，成渝经济圈不再仅仅经由长江出海，也可以经由正在谋划的通道向南在广西出海。其实，在新加坡与广西北部湾国际港务集团合作伊始，新加坡国际港务集团的孙鸣也曾经跟重庆西部现代物流产业园区的管理层在闲聊时表达过类似的希冀，但彼时因为各方面条件均不具备，只能一笑了之。如今终于可以梦想成真，岂能不开心？

一时之间，会场气氛热烈了起来。大家争相发言，甚至到了互不谦让的程度。这一个还没有说完自己的想法，但他的想法恰好启发了另一个人，那一个担心自己的灵感抓不住稍纵即逝，索性就直接打断正在发言的人："不好意思，我先说两句！"等到他说完也不忘记把发言权再还回去："我说完了，您继续！"被打断的那个也不以为忤，自然而然地接着自己没说完的话题继续。

那天的会议原定一个半小时，结果却开了三个小时。会上敲定了三件事：这条通道的名字暂定"南向通道"；通道建设要立足重庆，辐射西部，简单地说就是要邀请更多的省份参与其中；要尽快接洽广西和新加坡等主要节点，共谋发展。

散会后，大家依然热情不减，大声讨论着，设想着。

"南向通道"到底能不能做起来呢？再好的想法也需要抓落实，否则就是一纸空谈。中新示范项目管理局成立还不足100天，刚刚理清工作方向与重点，"南向通道"会成为服务于中新（重庆）战略性互联互通示范项目的平台吗？

调查研究是谋事之基、成事之道，没有调查就没有发言权，没有调查就没有决策权。中新示范项目管理局又组织了几个专项调研小组，分别从政府、经济专家以及国际货代协会的角度，在仓储物流、金融、铁路、航空、公路运输等多个领域征询意见，搜集信息，意见反馈很快整理出来。意见相对集中，大家都看到了这条通道的潜质，但基础设施差的现实问题也真实不虚地摆在那里。要不要做？做的意义到底有多大？

2016年4月28日，孙熙勇收到了重庆东盟公路班车首发仪式的邀请函。当日，10辆满载汽摩配件、电子产品、建材等货物的标准集装箱卡车从重庆东盟国际物流园内驶出，它们将途经广西凭祥，直达越南。整条线路全长 1500 公里，单向运行时间约 40 小时，与航运比，降低了物流成本；与水运比，缩短了运输时间。

站在空旷的车场，看着 10 辆重庆东盟公路班车依次驶出视线，孙熙勇心头一动，这 10 辆车不正是一路向南吗？重庆的机电、建材、汽摩等从这条路送到东南亚，东南亚的食物、木材等也会沿着这条路运到中国重庆及西部其他地区。此刻，从重庆到广西再到东盟的这条向南的国际物流大通道，与正在规划设想中的南向通道，在孙熙勇大脑中几近重合。

约五个月后，2016 年 9 月 1 日，中新（重庆）战略性互联互通示范项目联合实施委员会召开第二次会议。会议审议通过中新示范项目战略蓝图大纲，确定中新示范项目战略愿景及实现路径，总结了 2016 年项目推进情况，提出了下一步重点工作。新加坡明确表示，他们要把"南向通道"作为 2017 年的重点工作来推动。新加坡人的反应比中方要迅捷。

转眼之间，丁酉年的新年钟声敲响。

2017 年 2 月，中新（重庆）战略性互联互通示范项目联合协调理事会第一次会议在北京召开。会议开始前，新加坡副总理张志贤主动向中方表达了一起建设南向通道的意向。然而，彼时的南向通道还未上升至国家战略，即便是在重庆，关于南向通道的总体规划以及实施方案也并未尘埃落定。

这次会议成为南向通道建设的催化剂。多年之后，翻阅这条国家大通道的建设档案，没有人会质疑这次会议的重要性。因为在这次会议上，中新双方共同提议探讨建设一条通过重庆—北部湾—新加坡与

21 世纪海上丝绸之路结合的陆海贸易路线。也是在这次会议上，西部陆海新通道的前身——中新互联互通项目南向通道（简称"南向通道"）首次被正式提出。这是中新（重庆）战略性互联互通示范项目孵化出的最重要的项目，没有之一。

2017 年 4 月 28 日，南向通道"渝桂新"铁海联运上行测试班列成功开行，火车载着 40 个集装箱从广西钦州港东站出发，三天后抵达重庆。5 月 10 日，南向通道"渝桂新"铁海联运下行测试班列成功开行，火车载着 21 个集装箱从重庆团结村中心站始发，两天后抵达广西北部湾钦州港，再出海运往新加坡等国家和地区。中国又一条出海大通道得以打通，西部陆海新通道雏形隐现。丝绸之路经济带和 21 世纪海上丝绸之路经由这条新通道正式连接在一起。

那段时间，孙熙勇一直在跟同事们出差，去广西、去贵州、去甘肃……目的只有一个：游说目标城市加入南向通道的建设中。

2017 年 8 月 31 日，重庆、广西、贵州、甘肃签署了《关于合作共建中新互联互通示范项目南向通道的框架协议》，四省区市合作共建南向通道。2018 年 4 月，重庆、广西、贵州、甘肃四地发布《关于合作共建中新互联互通项目南向通道的"重庆倡议"》，邀请各方参与建设，将南向通道打造成跨国跨区域合作的成功典范。不久，青海、新疆加入工作机制。青海省的态度很明确："我们没什么要求，跟着你们干！"

同年 11 月，中新两国签署《关于中新（重庆）战略性互联互通示范项目"国际陆海贸易新通道"建设合作的谅解备忘录》，"南向通道"正式更名为中新（重庆）战略性互联互通示范项目"国际陆海贸易新通道"，简称"陆海新通道"。中新互联互通项目为重庆新加坡商贸往来注入强劲动力，催生了陆海新通道。

"陆海新通道"的朋友圈在继续扩大，在其上升为国家战略之前，已经有重庆、广西、贵州、甘肃、青海、新疆、云南、宁夏、陕西和四川"十兄弟"参与其中。

随着《西部陆海新通道总体规划》的实施，西部陆海新通道的朋友圈也在继续扩容，直到形成目前的重庆、广西、贵州、甘肃、青海、新疆、云南、宁夏、陕西、四川、内蒙古、西藏、海南，加广东湛江、湖南怀化的"13+2"共商共建格局。

每个省份都以自己独特的优势融入其中：重庆构建内陆国际物流枢纽，广西打造内联外通的国际门户，贵州建设陆海联动数字走廊，甘肃构筑综合交通运输大通道，青海构建出疆入藏绿色大通道，新疆打造面向欧亚的陆桥纽带，云南建设面向中南半岛的国际门户，宁夏塑造西北地区通道重要节点，陕西构筑优质高效的国际通道，四川打造陆海新通道高端产业潜力区，内蒙古联通中俄蒙跨境贸易通道的重要节点，西藏建设面向南亚开放的重要通道，海南建设陆海新通道国际航运枢纽，广东湛江建设通道沿线物流枢纽，湖南怀化建设陆海新通道中部集结中心。"13+2"像珍珠一样分布在这条大通道上，既浑然一体，又各自璀璨；既能聚是一团火，亦能分开散作满天星。

孙熙勇很忙，不是在出差，就是在准备出差，奔波在西部陆海新通道的一个又一个节点城市。这条大通道是一个对内对外都开放的平台，如今依然不断有城市对接申请加入通道建设，不仅仅是西部城市，还有中部甚至东部城市也开始与设立在重庆的推进国际陆海贸易新通道建设合作工作机制秘书处（重庆市政府口岸物流办）接洽。此外，东盟十国以及其他国家或经济体也开始向西部陆海新通道抛出橄榄枝。世界从来不是孤立存在的，西部陆海新通道本质上就是人类命运共同体意识的具体体现与生动实践。这是一条经济之路、文化之路，更是一条文明之路。

2020 年 11 月 17 日，重庆、广西、贵州、甘肃、宁夏和新疆六省区市的八股东按照"统一品牌、统一规则、统一运作"原则，成立陆海新通道运营有限公司，作为各省区市政府共建陆海新通道的跨区域综合运营平台，提供国际贸易服务、跨区域物流信息服务和跨境物流金融服务，打造网络体系发达、管理运行成熟、服务快捷顺畅、科学可持续发展的陆海新通道多式联运服务体系。通道沿线省区市同步设立区域平台公司。

如今，当年为了谋划通道侃侃而谈的重庆西部现代物流产业园区战略总监王渝培，已经成为陆海新通道运营有限公司的董事长，每天都在为这个综合运营平台的稳步推进而夙兴夜寐。

时光流转，不同的人会留下不同的记忆。即便是曾经共同经历了同一个事件，不同的当事人在追忆时也会有些许的差别。有人对曾经的辉煌念念不忘，有人对过程的艰辛心存余悸，有人忆及当年会激情澎湃，有人会心存遗憾，还有人会长太息以掩涕。

王渝培在来重庆西部现代物流产业园区之前，一直在中国铁建工作。他比孙熙勇小两岁，是重庆沙坪坝人。1989 年离开重庆到河北石家庄铁道学院读书，毕业后进入中国铁建，从那时起就一直生活在北方。中国铁建是中国乃至全球最具实力、最具规模的特大型综合建设集团之一，建设项目遍布中国乃至全球多个国家、地区。工业与民用建筑专业毕业的王渝培多年来一直从事修建水电站工作，辗转在国内的大江大河之畔，从黄河到长江，从长江到珠江。离家最近的一次，是在重庆合川的沱江上修建一座小型水电站。

重庆至合川的渝合高速公路工程，王渝培作为总工程师全程参与建设。渝合高速公路是重庆第五条高速公路，开通后，重庆到合川只需 40 分钟，重庆至北碚仅需 15 分钟。渝合高速还是重庆市首条用浮雕装饰隧道的高速路，重庆至北碚段有巴山夜雨、嘉陵波光的写意画，重庆至合川段有再现钓鱼城之战的金戈铁马。车行渝合路，似在画中游，难怪中国建筑工程鲁班奖会花落渝合高速公路北碚隧道呢。

一直在外奔忙，忙成为王渝培的生活底色。2009 年，母亲去世，父亲身体也不是太好。"父母在，不远游，游必有方"的古训像鞭子一样狠狠地抽在王渝培心上，他觉得有点痛。他个人的小家庭安在重庆，多年来与妻子、儿子也是聚少离多。那一年，他决定回到重庆，回到家人身边。于是才有了加入重庆西部现代物流产业园区的契机，促成了陆海新通道运营有限公司的建立。

西部陆海新通道的通道生态已经愈发成熟，以物流切入，带动、培育着沿线的产业与金融合作。

2023 年 1 月，艾媒金榜发布《2023 年中国最受欢迎新春坚果礼盒品牌 10 强榜单》，洽洽榜上有名。其实，何止是受中国欢迎，洽洽在东盟也是响当当的食品品牌，尤其是在老挝。洽洽食品总部在安徽，原料来自内蒙古，运抵安徽之后生产加工，再销往东盟。路线是西部原材料到中部加工生产，中部生产完毕再回西部销售。现在，洽洽食品在重庆有了生产基地，原材料从内蒙古运到重庆加工完成，直接沿着西部陆海新通道运往东盟各国——洽洽食品可以乘坐中老昆万铁路（中国昆明至老挝万象的铁路）去老挝，也可以从广西钦州港出海向南行。同样，福耀玻璃、太阳纸业的原材料从海上来，这些企业都在广西北海有生产基地，生产出来的产品沿着西部陆海新通道运到重庆枢纽，再销往内地。

对于中老昆万铁路以及印尼的雅万高铁，孙熙勇与王渝培一直保持着热切的关注。中老昆万铁路即"中老国际铁路通道"，简称"中老铁路"，一条连接中国云南省昆明市与老挝万象市的电气化铁路，由中国按国铁Ⅰ级标准建设，是第一个以中方为主投资建设、共同运营并与中国铁路网直接连通的跨国铁路。2010年5月21日，昆玉段（昆明南站至玉溪站）率先开工建设，拉开了该线路的建设序幕。2016年12月25日，中老昆万铁路举行全线开工仪式。2021年12月3日，中老昆万铁路全线通车运营。2023年4月，中老铁路跨境客运列车正式开行。截至2023年10月3日，中老铁路累计运输果蔬8.35万吨，其中进口水果7.25万吨、出口果蔬1.1万吨，货值突破22亿元。

中老昆万铁路是中国与老挝两国互利合作的旗舰项目，是高质量共建"一带一路"的标志性工程，也是老挝从"陆锁国"变"陆联国"战略深入对接"一带一路"倡议的纽带，更是老挝现代化基础设施建设的一个重要里程碑。作为泛亚铁路中线的重要组成部分，中老昆万铁路是推进中国－东盟自由贸易区建设的重要基础设施，不仅能带动老挝经济社会发展，为老挝创造大量的就业机会，也为中国西南地区经济发展注入了新动力。中老昆万铁路为亚洲地区合作发展提供了新思路和新机遇。

印度尼西亚的雅万高速铁路，连接印尼首都雅加达与其第四大城市万隆，是"一带一路"倡议的标志性工程和印尼国家战略项目，也是中国高铁首次全系统、全要素、全产业链在海外落地。2016年1月21日，雅万高速铁路开工奠基。2018年6月，雅万高速铁路全面开工，全线采用中国技术、中国标准。2023年10月2日，雅万高速铁路正式商业化运营。雅万高速铁路作为印度尼西亚和东南亚第一条高速铁路，创造了中国与印尼务实合作的新纪录，为两国各领域的合作特别是基础设施和产能领域的合作树立了新标杆。

无论中老铁路还是雅万高铁，本质上都是西部陆海新通道这条国际陆海贸易新通道的有机组成部分。这几年，孙熙勇、王渝培也各自积攒了一大堆关于西部陆海新通道的故事。

曾记得2018年6月2日，孙熙勇与广西商务厅的同志一起去青海西宁，动员青海签署合作共建协议，当时青海商务厅的态度让人印象深刻，我们没什么要求，我们跟着你们干就行！

那天刚好是孙熙勇49岁生日。原本广西商务厅的几位已经订好了返程的机票，听说后就直接改了行程。西宁的很多餐馆是不提供酒水的，他们找了很久，才找到一个吃烧烤的路边摊。

虽然那晚天上的月亮不太圆，但这一次的青海西宁之行却是圆满的。通道又增加了一位伙伴！他们原本对面相逢不相识，却因为这条通道的建设走到了一起，互相帮衬，彼此补台。尤其是广西商务厅的几位，他们的行程也都是满满当当的，有工作，也有家庭，却能为了只见过几面的孙熙勇而改行程，怎能不令即将知天命的孙熙勇感动落泪。

孙熙勇有一本厚厚的专门用来记录通道建设的记事簿，对重要节点、重大事件、难忘时刻逐一标注，有的激动人心，有的提振豪情，也有的令人潸然泪下。这些故事在时光中浸泡、漫洇，终有一天会酿成香醇的传奇美酒。

留待以后慢慢讲吧。

火车汽笛长鸣：打破了钦州港只有轮船的历史

作为广西沿海铁路股份有限公司钦州车务段钦州港东站的站长，黄江南每周一到周五需要住站值班。周末的两天，副站长则与他轮值。

每次住在站里，清晨六点，黄江南就会准时醒来。应该还不到六点，因为他用手机定的闹钟还没响。闹钟响起时，才是必须起床的时间。

昨天接到段上的通知，说今天有一个影视公司要来钦州港东站拍摄庆祝建段十周年的短视频。

十年前的 2013 年 10 月，钦州车务段设段之初，已经在防城港港务集团铁管中心工作了三年的黄江南被调到了这里。他是华东交通大学交通运输工程专业毕业的高才生，是哪里都需要的螺丝钉型人才。当时的钦州港东支线还在建设中。2015 年 5 月 1 日，钦州港东支线开通运行，钦州港东站成为广西沿海铁路股份有限公司里离海直线距离最近的火车站。钦州港东站开站前，彼时还在钦州港站担任调车连接员的黄江南，曾与同事们一起被安排到这里来帮忙打扫卫生。

一座海边小站。一条伸向大海的铁路。脚下是铁路，耳边是海风，远处是海浪。每次到这里来，黄江南总觉得是自己一不留神，穿越进了宫崎骏的动画电影《千与千寻》。吹着风上班，徐徐的海风像个性情平和的玩伴，身边有了海风的陪伴，哪怕头顶的日头再热辣，也不觉得沉闷。潮涨潮落又一天。醉酒的太阳酡红着脸颊落入海中，沉到了海的那一边。日落，潮退，下班正当时，挽起裤脚脱掉鞋子，踩着温热的沙粒摸海螺、海蛎子，不等天完全黑透就已满载而归。

2015年和2016年，钦州港东站基本没什么货运。这里只是作为钦州保税港区的配套货运站，车站的人员配备及配套设施都比较简陋，小站的工作人员也不多，只有两个人轮流值守。在这里工作说惬意也行，用无聊似乎更恰当一些。

彼时的黄江南在技术科，他偶尔来一趟钦州港东站。这里安静得只听见风的声音，那时他只觉得这里是天堂一般的所在。

2017年4月28日，南向通道"渝桂新"铁海联运上行测试班列开行，一列满载着40个集装箱的火车驶出，尖锐的火车汽笛长鸣，打破了钦州港三十多年来只有低沉而缓慢的轮船汽笛声的历史，这座1992年8月1日才鸣放了建港第一炮的新港湾，在新时代迎来了发展的新契机。车从广西钦州港东站出发，一路向北，三天后抵达重庆。5月10日，南向通道"渝桂新"铁海联运下行测试班列开行，还是那列火车，它又载着21个集装箱从重庆团结村中心站出发，一路向南，两天后抵达广西北部湾钦州港，再从港口出海。至此，上行班列与下行班列均成功开行。

五个月后，2017 年 9 月 28 日，中新互联互通南向通道铁海联运上行（北部湾—重庆）首趟班列从广西钦州港东站鸣笛开行，发往重庆团结村站。同一天，重庆团结村站也发出了首趟下行（重庆—北部湾）班列，目的地广西钦州港东站。从这一天开始，中新互联互通南向通道铁海联运班列实现常态化运行。双向班列的开通，标志着中国西部地区第一条南北纵向国际贸易物流大通道正式运行。开通运行当年，钦州港东站年发送货物 2.7 万吨，第二年激增至 58 万吨，以后便呈逐年递增、稳中有升之态势。

当黄江南 2021 年 4 月来到钦州港东站挂职站长时，钦州港东站的班列已由 2017 年的每周一对，增加至每天七对。站场也不再是从前动画片里的模样，港区持续围海造陆，把海赶得退到无路可退。站场也变得越来越辽阔，如今已拥有十二条股道。远处的码头更像是雨后春笋一样"噌噌"地生长，桥吊就是海岸线的铁质篱笆墙，太多了，也太密集了，几乎遮住了习习送爽的海风。

钦州港东站依然是一个小站，老中青职工满打满算只有 43 人，平均年龄 34 岁。这个平均年龄刚好也是 1989 年出生的黄江南的年龄，一边承上，一边启下。职工学历以大专为主，只有一个女性，负责货运调度。安排工作时，黄江南会对女同事多有照拂，其他的同事也觉得照顾身边的女性是天经地义的。

黄江南的家庭是名副其实的"铁路之家"。他父亲以前是个铁道兵，后来转业留在中国铁建天津公司。父亲在外奔波，母亲在家照顾黄江南和他的哥哥。父亲费尽九牛二虎之力调动工作，直到黄江南十岁时，才回到中铁南宁局柳州工务段，一家四口得以团聚。哥哥比黄江南大两岁，哥俩一前一后考学，又一前一后进入铁路系统工作。黄江南的妻子也是铁路人，在与他相隔不远的钦州港站工作，是一名货运员。一家人，尤其是妻子，是自己的同行，有一个最大的好处，那就是你无须跟她做过多解释，她就能理解甚至对你工作中的各种酸甜苦辣咸感同身受。

麻雀虽小，肝胆俱全。钦州港东站虽然规模小，但它是西部陆海新通道上的国际货物枢纽站，已经具备二等货运站的装卸条件，日常货物装卸量比二等货运站的还要多出一百多车，还是一个凭借地利优势，频频亮相中央电视台及其他国家级媒体的"明星"车站。作为站长，黄江南日常需要统筹车站货物装卸及发运，通过提报装车需求、安排车皮装箱、联系调度铺图、组织机车挂运等，将世界各地的货物与我国内陆的货物在钦州港东站进行快速周转。

刚到钦州港东站挂职站长时，钦州港东站至钦港线的铁路线路还未进行电气化改造，列车依然使用内燃机车牵引，需到钦州港站重新编组、更换电力机车才能运行，时间长、效率低，于是困扰钦州港东站多年的电气化改造项目终于被提上日程。

黄江南全程参与了项目施工的安全盯控，协调解决站场存车与股道运用的问题，全力确保运输组织安全同步有序进行。2022年1月9日，钦州港东站电气化改造项目完成，列车改由电力机车牵引，可直接从钦州港东站进入钦港线，整体运行时长由原来147分钟压缩至65分钟，西部陆海新通道集疏运能力显著提升。

2022年5月，黄江南被正式任命为钦州港东站站长。新冠疫情期间，铁路一直在满负荷运转。随着疫情防控进入新阶段，各种运力在渐次恢复，但大宗货物依然首选铁路运输。市场日渐回暖，到达车站的货物量与日俱增，尤其是北粮南运，东北的大豆、大米和玉米等从营口港上船，在钦州港下船，再沿着西部陆海新通道运抵云南、贵州、四川等地。用不了多久，来自东北的大豆就会变成广西桂平的腐竹，而大米已然蒸熟被端上了成都食客的餐桌，玉米则在高黎贡山脚下被酿成了带有甜味的苞谷酒。

除了粮食，还有大宗的石英砂、高岭土、石制品等也都在源源不断进出着站场，给钦州港东站的运输安全和装卸组织带来巨大的挑战。一边是接踵而至的集装箱，一边是迟迟不能发运的集装箱，有限的储存场地有时会让黄江南特别头疼。有货源的时候觉得站场小不够用，到处想办法；没货源的时候倒是可以松口气，暂时忘却为找堆场临时抱佛脚的焦灼。

忙的时候，黄江南电话不离手，直到通话时间过长，手机屏幕烫耳朵。他需要与钦州铁路集装箱中心站、广西北部湾国际联运发展有限公司、广西北港物流有限公司等单位的业务部门沟通协调，督促货主及时办理发运手续，还需要重新规划箱区货位堆放规则，按照不同班列到站时间组织货物回场，增加装卸机具、人力，提高装车效率，能腾空一个箱位算一个箱位。忙是真忙，累是真累，但工作中的开心、快乐与满足也是真的。

闹钟响了，黄江南从简易的铺板床上一跃而起。门外的海风与朝霞早已等候他多时，钦州港东站繁忙的一天又开始了。

放眼望世界：心海边永远是中国

李俊江喜欢大海，因为他名字里有一个"江"字。大海是大江大河的去处，海纳百川。

每次看海都会让他平静。风平浪静时去看海，内心平安喜乐；暴风疾雨时，他也曾窥探过怒火滔天的海的模样，在失序的大自然面前，李俊江也可以很平静。这种平静的背后是接纳，接纳一切不可控因素带来的所有变化，无论好的，还是与自己预期中相左的不好。李俊江出生在广西北海合浦县。合浦的"浦"就是江河汇聚之处。小时候的李俊江，经常跟着家里人在海边玩耍，听妈妈给他讲合浦的历史与传说。

广西北海合浦，是一座历史名城。秦始皇统一六国后，随即开始了南征，秦将屠睢、赵佗率五十万大军，兵分五路，剑指百越。这是秦朝统一战争中最艰难激烈的一仗，秦军一度处于劣势，止步不前。大将屠睢命丧南征路上。秦始皇命秦国著名的水利专家史禄率军开凿了能连接中原和岭南的灵渠，沟通起长江水系与珠江水系，解除了秦军行军、兵力与粮饷补给的难题，很快便击溃了百越的反抗。

公元前214年，岭南正式被纳入秦朝版图。南征的秦军随即留守岭南屯戍。从那时起，历朝历代不断有人从中原向岭南地区迁徙。秦亡后，赵佗就地称王建立南越国，后被汉武帝所灭。汉朝在南越设九郡，其一为合浦。英明神武的汉武帝开通了最早的海上丝绸之路，其始发港之一便是广西北海合浦港。自长安（西安）出发，先走陆路至南郡（湖北荆州），然后经水路顺长江入湘江，过灵渠，再通过北流河、南流江即可顺利到达合浦，而来自东南亚、南亚等地的货物，也通过这条路线从合浦输往中原地区。

《汉书·地理志》记载：

> 自日南（越南中部）障塞、徐闻、合浦船行可五月，有都元国（苏门答腊）；又船行可四月，有邑卢没国（缅甸太公附近）；又船行可二十余日，有谌离国（缅甸伊洛瓦底江沿岸）；步行可十余日，有夫甘都卢国（缅甸蒲甘城附近）；自夫甘都卢国船行可二月余，有黄支国（印度建志补罗）……自黄支船行可八月，到皮宗（马来半岛）；船行可二月，到日南、象林界云。黄支之南有已程不国（斯里兰卡），汉之译使自此还矣。

合浦汉代文化博物馆中陈列着一件件会"说话"的文物:波斯陶壶、焊珠金饰片、紫色多面体水晶串珠、"宜子孙日益昌"玉璧、蟠螭纹玉佩……无一不在明证着昔日海上丝绸之路舟楫往来、商贾云集的盛景。一个博物馆就是一所大学校，它承载着历史文脉，凝结着民族记忆。

2017年4月，习近平总书记在广西考察的第一站，就是合浦汉代文化博物馆。在这里，总书记详细了解了汉代合浦港口情况，察看合浦汉墓出土的古代青铜器、陶器和域外陶器、琥珀、琉璃等文物。总书记说："这里围绕古代海上丝绸之路陈列的文物都是历史，是文化。要让文物说话，让历史说话，让文化说话。要加强文物保护和利用，加强历史研究和传承，使中华优秀传统文化不断发扬光大。"

如今的合浦汉代文化博物馆是广西本地人以及来广西旅游的外地游客的网红打卡地。

站在合浦汉代文化博物馆的《汉代长安至合浦郡水陆交通示意图》面前，古代海上丝绸之路从合浦郡起航，过北部湾，出南海，一路向南。"海那边有什么？"李俊江在心底打下一个问号。

带着疑问，李俊江飞越亚欧大陆到遥远的英国去寻找答案。在英国布里斯托尔大学读完电子工程专业的研究生后，李俊江觉得他的答案其实就在自己的祖国。

2015年10月，李俊江如愿进入北部湾国际港务集团的北海港，从事船舶代理业务。这是他在自主创业两年后，经过深思熟虑的选择，因为李俊江希望自己未来可以从事一生的职业中有"海"的元素。作为船舶代理员，当外籍船舶进入北部湾港口的锚地后，港口的船舶代理员就成为他们的代理人，协助其与中国的海关、边防与海事部门接洽，办理相关事宜。

锚地与港口通常相隔一段距离，根据船舶所载货物的性质不同略有差别。锚地一般设在水深适宜、水底平坦、锚抓力好的开阔水域，且风、浪、流较小，远离礁石、浅滩，便于定位。按其功能，大致可以分为装卸作业锚地、船队编解锚地、避风防台锚地、危险货物锚地、检疫锚地和引航锚地。

船舶代理这个职业，李俊江只从事了一年多的时间，却有两次终生难忘的经历，且都发生在2016年。

2016年2月18日，世界卫生组织在日内瓦发布"预防潜在性传播寨卡病毒的临时指导意见"。寨卡病毒的主要传播途径为伊蚊叮咬，不过来自少数感染病例的证据表明，寨卡病毒可通过性接触传播。9月，东南亚暴发寨卡病毒病。世界卫生组织秘书处认为疫情流行情况已构成"国际关注的突发公共卫生事件"。

9月末的一天，李俊江接到了一艘菲律宾籍货船递交的申请。根据航运记录，这艘船多次在寨卡病毒活跃的港口停靠，要想通关，首先得接受中方的卫生检疫与消杀。作为船舶代理人，李俊江必须到场。

那天，海上风大浪急，从港口出发前，李俊江与检疫人员一样穿上了防护服。为保险起见，大家穿了两层，以防被伊蚊叮咬。20海里的航程，从来没有一次觉得如此漫长。隔着护目镜，彼此都无法看清神情，没有人说话，只有呼呼的风声与滔滔海浪持续拍打船舷的声音，一声高过一声，一刻不停歇。李俊江觉得有几分悲壮，明知山有虎，偏向虎山行。

登船，消杀，检疫。李俊江看着卫生检疫的工作人员平静无波地工作，没有一点惊慌失措，坦然、平静，就如同不知道这是一艘途经寨卡病毒疫区的船舶一样。李俊江在他们身上看到何为职业化。那一刻，他默默地在一旁挺直了腰背。

寨卡惊魂不久，李俊江又迎来了一艘满载大豆的南美籍货船。很不幸，这艘20万吨级的货船上发现了老鼠。鼠疫是国际检疫传染病，也是《中华人民共和国传染病防治法》规定的甲类传染病，居40种法定传染病之首。船上的大豆做熏蒸处理，船员被集中隔离两周再做传染病评估。无论是船上的货物防疫处置，还是船员的大小事务，李俊江都要参与，都要在场，这是他作为船舶代理人的分内之事。有了直面寨卡病毒的经历，再与尚未定性的鼠疫风险面对面时，李俊江已经从容了许多。

离开船舶代理的岗位，无论是在北海港集装箱市场部，还是在北部湾航运中心生产业务部，李俊江的工作一直离他心中的那片海不远。他看过马来西亚的海、文莱的海、泰国的海、越南的海、柬埔寨的海……东盟成员国中，李俊江目前还没有去过的只剩下缅甸、菲律宾与老挝了。

泰国是东盟成员国中，李俊江去的第一个国家。那是他在北海港集装箱市场部工作期间，前往泰国农业大学参加了泰国水果行业论坛。众所周知，泰国是中国主要的水果进出口国之一，泰国的榴莲、龙眼、芒果、山竹在中国市场极其受欢迎，这四种水果估计也是泰国出口量最大的水果，占出口水果总量的 80% 左右。

趁论坛茶歇的间隙，李俊江在泰国农业大学的校园里闲逛，刚好遇到了当年度的优秀学生毕业论文展，是泰语与英语的双语版。这对于曾经在英国留学的李俊江来说毫无阅读难度。他认真地看完了那些论文，虽然与他的专业和职业相距甚远，但必须承认那些论文的专业性与实用性很强，甚至与论坛上农业专家对泰国果农的技术指导、水果早中晚熟的品种选育、中国广西北港物流冷链运输集装箱适配等话题高度相关。泰国之所以能够成为亚洲唯一的粮食净出口国、世界五大农产品出口国之一，被誉为"东南亚粮仓"，与这些卓越的农业人才的贡献密不可分。

来到北部湾航运中心生产业务部之后，李俊江终于重拾自己大学时的专业，成为港口板块数字化运营专员，参与北部湾港智慧港口的建设。出于工作需要，他经常出差去做调研。柬埔寨是李俊江踏足的东盟成员国中的第二个国家。那一次他先去了柬埔寨的贡布，一个距离大海只有五公里的城市，调研贡布有没有合作建设码头的可能性；又去了西哈努克市，参观柬埔寨最繁忙的海岸港口。当他回到家跟父母说起西哈努克市时，母亲惊讶地问他："还有这样一座城市啊？我们只知道西哈努克亲王，从来不知道还有这样一个地名！"李俊江还去过柬埔寨的首都金边，看产业发展以及调研他们对物流的需求。从柬埔寨回国，还没等彻底休整过来，就又马不停蹄地赶往越南胡志明市筹备北部湾港推介会。

每一个广西人对中国－东盟博览会都不陌生。这是广西承办的国家级、国际性经贸交流盛会，南宁是中国－东盟博览会的永久举办地。

2018 年，第十五届中国－东盟博览会、中国－东盟商务与投资峰会，是李俊江第一次近距离以会务人员的身份参与其中，那一年的主题是"共建 21 世纪海上丝绸之路，构建中国－东盟创新共同体"。李俊江被分派到缅甸组，为前来参会的缅甸嘉宾提供引导、翻译、陪同服务。李俊江与另一个会务志愿者带着缅甸嘉宾去广西大学农学院参观农业技术，去地处东盟商务区核心区的南宁万象城考察运营模式。缅甸嘉宾对中国的轻工业、农业、旅游业、商业非常感兴趣，但对制造业项目兴趣寥寥。

事后，李俊江才想明白其中的缘由，轻工业、农业、商业和旅游业的成功范例可操作性强，缅甸把这些经验带回去可以照搬照套、复制粘贴，但制造业不行。工业化是人类社会从手工劳动生产走向机器生产的必经历程，是人类社会从不发达走向发达的进步过程。中国用几十年时间，走完了发达国家几百年走过的工业化历程。与全世界曾经最大、最早的工业化国家上百年的工业化历程相比，中国减少了30%~40%的时间，与发达国家近300年的工业化历程相比，仅用了其四分之一的时间。中国的工业化，覆盖联合国产业分类目录41个大类、207个中类、666个小类中的全部产业门类，拥有当今世界上最大、最完整的工业体系，这也是迄今为止人类工业化历程中唯一做到的一个国家。

李俊江庆幸自己当初回国的决定。小时候觉得海那边是世界，兜兜转转才知道地球是圆的，自己的心海边永远是中国。正所谓"庐山烟雨浙江潮，未至千般恨不消。到得还来别无事，庐山烟雨浙江潮"。

平陆运河马道枢纽

平陆运河集团有限公司 / 供图

第二章

一路向南

崛起之路：一子落，满盘活

刘玮是湖北人，在武汉读了四年大学，原本是想留在武汉的，临近毕业听了一堂"大学生志愿服务西部计划"的讲座，心里一热就报了名。

离开家乡湖北，扎根重庆，从辣到麻辣，其实也没什么不适应。2004 年因为"大学生志愿服务西部计划"，刘玮到了重庆；十六年后，2020 年刘玮被抽调参与西部陆海新通道物流和运营组织中心的组建。他的人生标签里，"西部"是不可或缺的一张，既是因，也是果。

刚到重庆时，刘玮在武隆县工作。那些年，他保持着一两年换一个工作环境的频率，从最基层一步步向着璀璨、繁华的城市中心走去，直到推开两江新区的大门。

2010 年 5 月 5 日，国务院正式印发《关于同意设立重庆两江新区的批复》，批准设立重庆两江新区，并明确了两江新区的政策比照上海浦东新区和天津滨海新区。国务院在《关于同意设立重庆两江新区的批复》中指出："设立重庆两江新区，有利于探索内陆地区开发开放的新模式……对于推动西部大开发，促进区域协调发展具有重要意义。"2010 年 6 月 18 日，中国第三个、内陆第一个国家级开发开放新区——两江新区正式挂牌。七年后，两江新区果园港是陆海新通道的始发站和重要节点。

2017年12月28日，重庆渝新欧班列（"渝新欧"的名称由沿线中国、俄罗斯、哈萨克斯坦、白俄罗斯、波兰、德国六个国家铁路、海关部门共同商定。"渝"指重庆，"新"指新疆阿拉山口，"欧"指欧洲，合称"渝新欧"）顺利开行，丝路与长江终于交汇，亚欧大陆最后一公里正式贯通。2019年9月，果园港成功获批首批国家物流枢纽，是西部地区唯一的港口型国家级物流枢纽。2021年10月，中共中央、国务院印发《成渝地区双城经济圈建设规划纲要》，提出高标准建设两江新区，加快建设两江协同创新区，发挥两江新区旗舰作用，打造内陆开放门户。

一直以来，中国经济的精华地带主要集中在占据地理优势的东部沿海地区和长江沿岸。1957年，法国地理学家戈特曼提出，未来支配空间经济形式的不再是单一城市，而是多中心的城市群。改革开放四十余年，中国形成了三大城市集群：以北京为核心的京津冀城市群，以上海为核心的城市群，及以广州、香港、深圳为核心的城市群。这三大城市集群都集中在中国的东部。中国东西部经济发展不平衡、南北经济结构差异大的区域经济情况是不容忽视的客观存在，但同时也要看到西部地区独特的地理位置和丰富的资源，其中蕴含着巨大的发展潜力，一旦迸发，就将成为中国新的经济增长极。

从2011年的"成渝经济区"，到2016年的"成渝城市群"，再到2020年的"成渝地区双城经济圈"，成渝地区的发展是中国破解区域发展"不平衡、不充分"的生动实践。这个"圈"的震荡波与涟漪将在中国与欧洲、中亚、东南亚等区域深度合作方面发挥重大作用。又一篇《春天的故事》将在中国第四个城市群——成渝城市群写就。

新加坡是东盟成员国中刘玮唯一一个去过的国家。

2013年10月，中国和新加坡双边合作联委会第十次会议上，双方达成共识，将在中国西部地区开展继苏州工业园区、天津生态城之后的第三个政府间合作项目。

2014年8月，国家主席习近平在南京会见前来参加青奥会开幕式的新加坡总统陈庆炎，正式谈及设立第三个国家级合作项目的议题，并明确指出第三个项目设于中国西部。

2015年5月27日，亚欧互联互通产业对话会在重庆开幕，对话会主题是"创新引领行动，推进亚欧互联互通"。"互联互通"的概念在重庆提出，像预言一样为中新第三个政府间合作项目的尘埃落定埋下了伏笔。

彼时，成都、西安都是重庆强劲的竞争对手。三个城市，各有千秋。成都是省会城市，有国家中心城市的重要定位，为西部地区的核心城市，拥有完善的基础设施和便捷的交通网络，慢生活的标签吸引了大量的投资和人才。西安也是省会城市，是连接东西南北的重要交通枢纽，随着"一带一路"倡议的推进，西安也成为中国连通中亚、欧洲等地区的重要交通枢纽，其地位和影响力进一步得到提升。西安拥有众多高校、科研机构和高素质人才，是中国重要的科技创新中心和人才中心。

中国、新加坡第三个政府间合作项目到底花落谁家？成都，西安，还是重庆？

在最终的结果揭晓前，重庆主动前往新加坡，拿出最大的诚意洽谈，争取中新政府间合作项目能够落户重庆。2015年9月，重庆市代表团飞赴新加坡。彼时的刘玮在重庆市政府办公厅五处工作，是当时重庆分管对外开放的副市长的秘书。作为工作人员，刘玮得以飞往新加坡见证了重庆创造历史的那一刻。

九月的狮城正值秋季，随处可见盛开的粉色、紫色和白色的风铃木花。如果不仔细看，还以为是樱花，只需多看两眼，立刻就能分辨出樱花与风铃木花的区别。三角梅、无忧树，这些早已适应了热带雨林气候的植物，兀自缤纷绚烂着。白天忙碌，只有晚上稍微有点空闲，刘玮在代表团下榻的酒店附近散步。还不到晚上九点钟，街上行人却已不多，这里没有重庆街头的烟火气。海风送来清凉，这在重庆也是没有的。

重庆代表团只在新加坡停留了三天，在举办了几场城市推介会后，就收拾行囊返渝。

新加坡樟宜机场给刘玮上了一课。从重庆飞过来的时候，大家行色匆匆着急出机场。此刻完成任务返程，每个人都如释重负，才有些许心情真正感受新加坡。樟宜机场虽说是机场，但它更像是一个大商场，还不仅仅是大商场，它同时也是游乐园、酒店、餐厅、酒吧、花园……这是重庆访新代表团所有成员的共识：樟宜机场是他们见过的集游、购、娱于一体的业态最丰富的机场综合体。两个月前，重庆与新加坡已经就共同打造临空经济区签署了五个合作项目协议。此刻身处樟宜机场，大家不禁对正在建设中的重庆江北国际机场T3航站楼充满了期待。

2015年11月6日，习近平主席在对新加坡进行国事访问时宣布，中新项目落户重庆。

11月7日，在习近平主席和李显龙总理的见证下，两国签署了《关于建设中新（重庆）战略性互联互通示范项目的框架协议》及其补充协议。

自此，中国与新加坡第三个政府间合作项目正式启动。

在两江新区工作了三个年头，2020年5月，重庆市委、市政府从发改委、商务局等单位挑选了一批从事过经济管理、对外开放以及商贸物流工作的干部，着手筹建西部陆海新通道物流和运营组织中心，刘玮被任命为中心主任。

经过一个月不眠不休的筹备，2020年6月9日，西部陆海新通道物流和运营组织中心正式成立。作为陆海新通道统筹协调机构，中心负责落实西部陆海新通道建设省部际联席会议议定事项，承担推进陆海新通道建设日常工作，以及信息平台建设、数据收集、人才培养、区域合作等工作。

刘玮出差的第一站就是广西。重庆与广西是西部陆海新通道主干道的两端，一端是成渝经济圈的经济实力，一端是广西海陆空的运力承载；一端是物流，一端是运营。作为西部陆海新通道物流和运营组织中心主任，刘玮调研的第一站不去广西，去哪里？

这不是刘玮第一次来广西。三年前暑假，他曾经带着妻子和三岁的女儿到广西旅行。看桂林山水甲天下、阳朔山水甲桂林。乘船饱览桂林的"两江四湖"：漓江、桃花江、木龙湖、榕湖、杉湖和桂湖。坐着竹筏漂流在遇龙河上，《印象·刘三姐》山水实景演出的舞台、道具在身边轻轻漂过，青翠的山，青绿的水。盯着清澈的河面久了，会生出自己便是画中人的错觉。徜徉在北海的老街，海风腥甜，一杯越南滴漏咖啡，加冰，赶走一身的疲倦与燥热。三岁的女儿最喜欢巴马的水，喝一口，清甜。小丫头一直开心地以为是爸爸给她偷偷加了糖。

三年后，同样是去广西，但这一次不是旅行，不是去感受广西的舒适与宜人，而是去工作，是去看广西的另一面。考察日程紧张、紧凑，三天看三地。从重庆江北国际机场飞抵南宁吴圩国际机场，然后驱车从南宁到钦州港，再到防城港。

彼时钦州港的7、8、9、10号泊位正在建设中，以前在重庆，因为工作的关系，刘玮也会去两江新区的果园港，那里是目前中国最大的内河水路、铁路、公路联运枢纽港。因为所选区域水深较大，大船系泊和作业均可，所以果园港采用的是通常在海港才有的直立式码头。除果园港之外，长江上游其他的码头大都是高低错落台阶状的，与钦州港开阔的海岸线相较而言，略显逼仄。

虽说大江有大江的美，大海有大海的魅，但站在海边的那一刻，刘玮的内心忽然就与海共情，瞬间变得开阔了许多。是因为熟悉的地方没有风景吗？不是，是因为这个世界上没有人能抵挡得住大海的魅力。防城港码头的作业面也非常宏阔，它的港口定位与钦州港略有不同。由于时间关系，刘玮没来得及去北海港，但他知道北部湾港的这三个港口既是一个有机整体，又各有分工与侧重，是一盘灵活的大棋。

带着沉甸甸的《广西建设西部陆海新通道三年提升行动计划

（2021—2023 年）》，刘玮返渝。按照这份计划，用不了多久，广西一批重大基础设施项目就会开工建设，平陆运河、黄桶至百色铁路、黔桂铁路增建二线、防城港的 30 万吨级最大靠泊能力散货码头、南宁吴圩国际机场改扩建……国际上成熟的通道生态，首先得有强大的基础设施来支撑通道的运输能力。东西部产业的转移，首先要解决的就是缩小东西部物流的差距。通道促物流、物流促金融、金融促产业、产业促通道，这是一个一环套一环的闭环，而这个闭环的前提则是基础设施，所以基础设施建设这块硬骨头必须得啃下来。广西在行动，刘玮真切地感受到了那片土地上涌动着的建设者的豪情。

党的十八大以来，习近平总书记三次赴广西考察。第一次是在 2017 年 4 月，他叮嘱广西"把富民兴桂各项工作做得更好"；时隔四年，2021 年 4 月，总书记再次踏上八桂大地，他要求广西"建设新时代中国特色社会主义壮美广西"；2023 年 12 月，在结束对越南国事访问之后，总书记再赴广西考察调研，他强调广西要"解放思想、创新求变、向海图强、开放发展"。六年来，习近平总书记一次又一次为奋力谱写中国式现代化广西篇章指引着方向。

广西，是西部陆海新通道陆海交汇的门户。立足北部湾，描摹新蓝图，新观念在形成、新资源在集聚、新枢纽在牵引，一曲高水平对外开放的"陆海之歌"正在唱响。在西部陆海新通道这一盘大棋局里，唯有各司其职，才能一子落，满盘活。广西在行动！

大道如砥：星光不问赶路人

每次洗衬衣，何海洋都会很小心地搓洗印有企业 Logo（标志）的部位，生怕用力过猛把那朵花弄得挑丝或脱线。他爱惜那朵花，那是他所在的重庆公运东盟国际物流有限公司的标志。

看到标志的第一眼，何海洋就非常喜欢。按捺不住好奇，第一时间向办公室比他入职早的同事请教。同事觉得自己讲不清楚，随即找了份资料发给他，让他自己看。

标志以丝带元素为创意基础，象征"丝绸之路"，寓意"地域之间的连接与沟通"。图形环绕中心，形成"聚集"与"发散"的围合图案，与重庆东盟国际物流园企业性质相符。标志形似勿忘我花，象征企业为打通西南翼重庆至东盟物流通道持之以恒地默默付出，也寓意企业的新生与未来的蓬勃生命力。

原来是勿忘我花！对照着文字，再去看那朵粉紫色调的刺绣，何海洋觉得它更加好看了，还专门上网百度了花的含义。何海洋学的专业是物流管理，毕业找工作时不改初衷，从事的职业与自己当初选的专业对口。他虽然 2018 年才进公司，但对这家年轻的物流企业，以及自己从事的极具挑战的职业，已经生出浓浓的归属感。何海洋觉得自己很幸运，不是每一个刚走出象牙塔的大学生都有机会施展自己的专业所学。

2015年，重庆公路运输（集团）有限公司与重庆公路物流基地建设有限公司共同出资，组建了重庆公运东盟国际物流有限公司。重庆公运东盟国际物流有限公司设重庆跨境公路班车平台、重庆东盟国际贸易服务平台"两平台"和重庆南彭公路保税物流中心、重庆国际分拨（公路）海关监管中心"两中心"。其中，班车平台作为跨境公路运输引领者，是连接重庆与东盟各国的桥梁和纽带；服务平台能够实现与国际贸易相关的物流、商流、信息流、资金流在重庆的汇聚；重庆南彭公路保税物流中心、重庆国际分拨（公路）海关监管中心作为西部陆海新通道在重庆的承接地，是重庆对外开放的重要窗口。2016年4月28日，重庆东盟公路班车首发越南。

上班第一天，何海洋所在的业务运营部便有一家货代公司的业务人员来洽谈合作。主管让有经验的同事直接带着何海洋一起做业务，光看是学不会的。就像学游泳一样，不下水永远无法感受水的浮力，站在岸上的人一辈子都不会成为游泳健将。何海洋站在一边，悄悄观察同事如何应对货代公司，把货代公司咨询的问题尤其是重复两遍以上的问题暗暗记下来。待货代公司的业务人员离开，同事与何海洋交流时，惊喜地发现他居然无意间把做业务最核心的几个要素都留意到了。同事觉得何海洋是个好苗子，征得主管同意后，便让何海洋跟踪服务，如果遇到解决不了的事情再由同事出面协商。这家货代公司主要承接汽配零部件，出口目的地是越南的河内。在何海洋的不懈努力下，不几天就把货代公司所需规格的零部件调配完成，报关、通关流程走下来，顺利起运越南。

彼时的何海洋从未出过国，办公室墙上贴着世界地图，地图上东盟十国的位置，抬头即见。近在眼前，却又遥不可及。

2019年，入职一年后的何海洋，已经成为一名业务熟练的物流师。这一年的8月，国家发展改革委印发《西部陆海新通道总体规划》，西部陆海新通道建设正式上升为国家战略。重庆公运东盟国际物流有限公司的"两平台、两中心"日臻完善。

公路班车，是西部陆海新通道的三种主要运输方式之一。重庆跨境公路班车平台开通了9条经贸通道，其中6条面向东盟，3条面向中亚，运行线路实现了新加坡、马来西亚，和越南、缅甸、泰国、柬埔寨、老挝等中南半岛的全覆盖，同时打通了重庆与乌兹别克斯坦、哈萨克斯坦、吉尔吉斯斯坦陆运通道的互联互通。

重庆东盟国际贸易服务平台主要服务于中国－东盟自由贸易区内的贸易商，为来自东盟乃至世界的商品进入中国市场，为重庆乃至中国的商品走向世界提供优质的集贸易、物流、仓储和供应链金融于一体的综合服务，构建重庆与东盟的国际贸易服务信息化桥梁，使中国与东盟经济区域的生产企业、贸易企业以最便捷的方式达成贸易。其已经成为"集东盟供全国、采全国销世界"的综合性国际贸易服务平台。

重庆南彭公路保税物流中心是重庆辐射东盟唯一的公路保税平台，作为重庆公路口岸所需的保税仓储、出口退税、进口保税、国际中转、跨境电商等拓展功能的承载体，为内陆商贸和生产企业提供着保税物流平台支撑和保障。

占地33000平方米的重庆国际分拨（公路）海关监管中心是重庆

市唯一的公路海关监管中心，查验区、检疫库、罚没库和卡口区域划分科学，单向六车道独立出入卡口，入关、待检、查验、出关的单循环出入通道最大限度地保障了通行效率。

东盟各国中，何海洋第一个去的国家是越南。这是他第一次出国，心情激动得久久无法平复。同行的同事告诉何海洋，他们此行要去拜访重庆企业设在越南的分公司，征求对方对公司业务的意见与建议。

物流行业有句顺口溜："公路运输块块钱，铁路运输角角钱，水路运输分分钱。"公路运输与铁路运输、水路运输相比，在价格上没有任何的优势可言，但公路运输点对点，无须二度周转，时间紧、货值高的货物是公路运输的重要客户群。

这趟越南之行，他们要先从重庆江北国际机场飞广西南宁吴圩国际机场，再从南宁乘车到凭祥，出凭祥口岸，入越南谅山口岸，最终到达目的地——越南首都河内。

从重庆到广西，再到越南，因为是从事公路物流运输工作，公路出行是何海洋与同事的第一选择，除了远距离的空中飞行，高铁与公路两个选项中，哪怕再远，他们也会选择后者。此次出差的另一个目的，就是沿着重庆跨境公路班车的行车轨迹实地行走。2022 年，重庆高速公路通车总里程突破 4000 公里，广西高速公路运营里程突破8000 公里。这两个西部陆海新通道上最重要的节点的公路网建设都已初具规模。

双脚踩在越南的国土上，何海洋才明白之前同事跟他说过的一番话的深意。同事说："你只有出了国，才知道中国的好！外国的月亮并不比中国的圆。"

越南的首都河内没有重庆繁华，听说越南有一个"重庆县"，但时间有限，来不及去一探究竟。河内人口大概只有800万，而重庆人口已逾3000万。虽然河内没有重庆繁华，但重庆的企业设在河内的分公司都发展得很好，无论是宗申摩托车，还是华晨汽车，都在这里获得了长足发展。2023年前7个月，中国对越南的注册投资总额超过23.3亿美元，在对越南投资的国家和地区中，中国对越南总投资规模已超过日本，跃居第三，仅次于新加坡与韩国。

河内道路两侧，来自中国企业的广告牌占了一半，欧珀（OPPO）手机、小米手机、维沃（vivo）手机，还有红彤彤的王老吉，走不了几步远，一定能看到中国元素。6月30日是何海洋的生日，他给自己买了一罐冰镇的王老吉，喝一大口，在熟悉的味道中，何海洋在异国他乡悄悄度过了自己的22岁生日。

东盟成员国的第二站，何海洋去了柬埔寨，出行线路略有变化。重庆飞南宁，沿公路从南宁到凭祥口岸出境，在胡志明市坐飞机抵达柬埔寨。东南亚国家的气候基调差不多，主打一个"热"字，闷热、湿热、潮热、燠热、炙热……却又各自热得不同。所以才会有铺天盖地的王老吉凉茶广告。柬埔寨也是随处可见王老吉的巨幅广告。

在柬埔寨首都金边工作时，上午打电话预约客户，下午去拜访，只有晚上的时间属于自己。年轻人总是对未知与新鲜充满好奇，尤其身处充满着异域风情的异邦，趁着吃宵夜的机会，何海洋与同事一起夜游金边。

夜幕下的金边独立广场上躺着一大片黑压压的人，也不知道到底是什么原因让他们露宿街头。一个瘦削的孩子拦在何海洋面前，头发上散发着难闻的气味。他伸手乞讨，先用日语，再用韩语，最后才用中文："老板，我今天还没吃饭呢，你行行好吧！"

夜色中看不清楚小孩的眼睛，何海洋不知道他的眼神是麻木还是狡黠，那只黑瘦、枯干的小手，仿佛稍一用力就会被折断。何海洋也不是大富之家的孩子，父母都是很普通的工人，作为独生子，虽说不是蜜罐里泡大的，但至少从小生活无虞。如果不是高中时一度痴迷游戏，他高考成绩应该还会更好。现在想想自己少年时的叛逆与迷茫，恍若隔世一般。何海洋把身上所有的现金都掏出来给了那个孩子，这一慷慨的行为显然引起了其他乞讨者的注意，在意识到他们正在从四面八方向他聚拢过来时，何海洋迅速离开了被阴沉夜色笼罩的独立广场。

2023 年，入职第五个年头，何海洋已经是重庆公运东盟国际物流有限公司业务运营部的副总监，外出考察路况是他工作的重头戏。有一次，他跟同事仅用了六天半的时间，就走了一圈"重庆—凭祥—越南—老挝—泰国—马来西亚—新加坡"，除了吃饭和睡觉，其他时间全部在路上奔波，日夜兼程地行，戴星披月地走。看太阳初升，看东方既白；送太阳西下，再等待月亮升起来，天上的清辉不抵大地上的车灯明亮。

重庆东盟公路班车开通以来，西部陆海新通道上带有"重庆公运东盟国际物流"标识的重型货卡眼见着日渐增多。出差路上，每次看到那朵粉紫色调的勿忘我花，在川流不息的车流中粲然绽放时，何海洋都会情不自禁地微笑。

在西部陆海新通道这条如砥之大道上，星光不问赶路人。

冬来无雪待佳辰：再见了，超长拥堵高峰！

立冬了，无雪。合浦依然无雪。

北纬 21 度与赤道保持着不近不远的距离，受副热带高气压带和信风带交替控制，有炽热高温，却无寒冷凛冽。这条纬度线上既有干旱炎热的沙漠，也有康养旅游胜地。手指一拨，转动地球仪，看北纬 21 度穿过夏威夷、穿过迪拜地球群岛、穿过撒哈拉沙漠、穿过西双版纳，也穿过广西北海合浦。

2005 年，在河北读书的谭泽文终于邂逅了人生中的第一场雪，比起流行歌手刀郎歌中的"2002 年的第一场雪"足足晚了三年。

天阴沉沉，像一顶磨砂的灯罩，遮蔽了穹庐的光芒。纷扬的雪花从不透明半空洒落下来，大如纸屑。它们看上去毫无规律可言，却同时又保持着一种编排好的韵律，跳跃，旋转，上下翻飞，忽高忽低。雪花不是雨滴，它们几乎没有重量，落在脸上，明明是凉的，却滚烫。捧一捧雪压实，团成雪球，用力甩出去，那原来没什么重量的雪却能瞬间成为攻击力极强的"凶器"，打在身上麻酥酥地痛。雪会把脸冻僵，过一会儿，又会让脸像着了火一样发烫。雪姑娘啊，你是怎么能在至寒与至热之间自由切换的呢？

谭泽文终于能在燕赵大地上仰天长啸，朗声背诵一遍《沁园春·雪》：

北国风光，千里冰封，万里雪飘。望长城内外，惟余莽莽；大河上下，顿失滔滔。山舞银蛇，原驰蜡象，欲与天公试比高。须晴日，看红装素裹，分外妖娆……

也终于看到《红楼梦》男主角贾宝玉那句台词描绘的实景："白茫茫大地真干净！"

原来，一座城市在一场雪后可以容颜大变，街道、屋顶、树木、草坪可以被统一成一种颜色，纯净，幽雅。原来电视剧里踩在雪地上的声音是真实的，而不是用音效拟出的。谭泽文甚至还在同学的竭力撺掇下，吃了一捧雪，入口即化，没有任何味道。

雪是北方冬天的标配，毕业那年，谭泽文准备好资料去天津应聘，只为了每年冬天能看到雪。他愿意留在北方。母亲那段时间每天都给他打电话，一句让他回家的话也不说，却又似乎每个电话、每句话都在催促着他回家。孝顺的谭泽文明白了妈妈的心意。

三年前，他一路向北求学；三年后，谭泽文一路向南回家，回到了北海合浦，成了广西高速公路发展中心的一名收费员。收费员培训刚结束，还没等去上岗呢，谭泽文又接着参加了高速公路路政执法培训，直接转岗成为路政大队的一名执法队员。

作为路政大队的执法队员，哪里有违章，哪里有事故，就得第一时间赶到现场。除非休班，只要在岗，路政队员就是 24 小时待命的状态。谭泽文处理过在收费站路口撞上安全岛的大货车，也去过交通事故的第一现场，小剐小蹭稀松平常，受伤的、命丧当场的人，变了形的车辆，无法用语言形容的惨烈场景，他都亲眼见过。在突然遭受意外的当事人面前，如何让他们心平气和地接受对损坏的高速公路进行赔偿，沟通能力与共情能力必须兼而有之，否则极有可能会激怒本就一肚子怨气的当事人，抑或在那些本就失去亲人的当事人伤口上再撒一把盐。

每当这样的时刻，谭泽文就会凝视闪烁的路政警示灯，他希望那一明一暗的警示灯在一呼一吸间能给予他些许圆融、两全的处理之法。如果这条路再宽一些，是不是会避免类似的事故发生？如果这条路可以修得再平坦些，是不是会避免类似的悲剧重演？彼时的谭泽文没想到有一天他会从高速公路的一个执法者转变为建设者。

2017年9月，广西沿海高速公路改扩建工程（南宁经钦州至防城港段）开工。该项目所在路段是国家高速公路网"7射、11纵、18横"主干线中兰州—海口高速公路（简称兰海高速）和其联络线的重要组成路段，是西部大开发区域、泛珠三角经济区、大西南经济区与中国－东盟自由贸易区、中越"两廊一圈"进行联系的交通枢纽，是广西面向东盟的国际大通道、国家"一带一路"、西部陆海新通道多式联运的重要组成部分。

项目路线总长约138公里，由南宁至钦州段及钦州至防城港段组成。其中，南宁至钦州段起自兰海高速南宁南主线收费站，止于现有兰海高速南北枢纽互通式立交，全长约108公里；钦州至防城港段起自南宁至钦州段卜家互通式立交，止于兰海高速防城港主线收费站，全长约30公里。项目的设计速度为每小时120公里。全线四车道与六车道都在现有路基两侧加宽为八车道，水泥混凝土路面改扩建为沥青混凝土路面，沿途桥梁全部扩宽新建，改扩建原有服务区2处、收费站6处，新增互通式立交及收费站2处、服务区2处。项目批复预算85亿元。

高速公路改扩建项目的施工原则是边通车边施工，但工程施工与道路通行之间一定会产生不可预知的各种矛盾和冲突。一般来说，改扩建工程项目会设置一个特殊的部门，即交通管理部，负责统筹解决在改扩建施工与日常通行当中出现的交通堵塞、事故等各种突发状况。

2011年，有着丰富路政执法经验的谭泽文被抽调到了广西沿海高速公路改扩建工程的交通管理部，从第一次参与广西沿海高速公路改扩建工程到现在，谭泽文的工作状态就是流动的，从一个工程转战另一个工程，这边的工程收尾，那边的工程启幕。像《阿飞正传》中的无脚鸟，一直飞，一直飞，在不同的工程之间闪转腾挪。

这十年，谭泽文参与过的改扩建工程，用十个手指头已经数不完了。这些改扩建工程，有的是公路等级的提升，比如一级路升级为高速公路；有的是高速公路拓宽，双向对开四车道升级为六车道或八车道；有的是服务区从以前的单一功能体提升为综合体。这十年，广西高速公路的新建路里程光速增长，原有路不断改扩建，谭泽文则是那个在路上撸着袖子加油干的见证人。广西沿海高速公路进行改扩建之前多是四车道，如果堵车一小时，高速公路就会拥堵十公里。改扩建之后是八车道，同样堵车一小时，拥堵路段最多也就四公里，一旦疏通，交通秩序很快就能恢复正常。

2016年清明节，南宁南收费站改扩建工程还未完全收尾。项目组预计南宁南收费站附近路段将会出现车流高峰，提前做了应对预案。

上午的车流高峰在意料之中，出现在九点半，出城是陆续的，虽然有交通高峰，但有惊无险顺利通过。下午四点之前，路上车流正常，六点之后车辆开始陆续增加，只半个小时的工夫，潮水一样的车流以迅雷不及掩耳之势呼啸着袭来。应急车道被彻底堵死，应急基本靠走。对讲机有效覆盖范围不够，手机信号时断时续，沟通基本靠吼。

谭泽文与同事们从南宁南收费站出发，沿着拥堵的车流疏导，走了五公里远，依然看不到最后一辆车。随身带的瓶装水早就喝完了，谭泽文喊得嗓子冒烟，声带像涂了一层烧烤辣酱，每说一句话都像是有小火炙烤。天色已经完全黑了，从六点半开始的车流高峰已经整整持续了三个小时，他声音嘶哑地穿梭在车流里，一刻不停。

突然，缓慢的车流中有一辆车摇下车窗，一个大眼睛的小姑娘伸手递过来一瓶水："叔叔，请喝水！叔叔，你辛苦了。"还没来得及说一声"谢谢"，车流已经缓缓向前流动。拧开瓶盖，小口啜饮，清冽的水润泽着干涸的喉咙，谭泽文湿了眼眶。男儿有泪不轻弹，只是未到感动时。那天晚上，高峰拥堵一直持续到夜里十一点钟。第二天，因为走路太多、站立时间过长，谭泽文的膝盖肿了起来，疼得无法走路。

2018年年底，从上一个工程中刚刚卸任的谭泽文，正在心里美美地计划着回北海的家休整几天。行李还没收拾完，就接到了兰海高速广西钦州至北海段改扩建工程即将组建指挥部的预备通知。

兰海高速，是国家高速公路网南北方向主干线之一，线路全长2570公里，双向四车道，设计速度每小时120公里。兰海高速的兰临段（兰州至临洮段）早在2004年12月就建成通车。由于建成通车时间比较早，当时的道路设计大都遵循了双向四车道的标准。随着沿途各地经济的迅猛发展，高速公路上通行的车辆激增，兰海高速拥堵便成了常态，理想中的高速公路变成了现实生活中的"低速公路"。改扩建迫在眉睫。

兰海高速广西钦州至北海段改扩建工程，是国家"十三五"规划中期调整重点项目及广西首个交通运输部科技示范工程，总里程约140公里，工程包括兰海高速钦州至山口段、北海支线两段，设计速度不变，依然是每小时120公里。其中，主线全长111.879公里，这一段将从外侧加宽，由双向四车道改为双向八车道；北海支线全长27.600公里，这一段将内侧加宽，由双向四车道改为双向六车道。改扩建工程的亮点之一是沿路铁山、合浦和北海三个服务区的整体提升。以前，这三个服务区就是平平无奇、功能单一的服务区，除了醒目的地点标识不一样，都是一样的建筑模式。改扩建之后，铁山服务区以金色为主色调，大量使用木材、藤条、竹子等天然原材料，营造出静谧与雅致、奔放与脱俗的东南亚风格；合浦是汉代海上丝绸之路的始发点之一，服务区的改扩建设计灵感结合了合浦汉代文化博物馆里很多文物的元素，彰显合浦的历史厚重感；北海服务区像一艘乘风破浪、扬帆远航的邮轮，无论是即将从北海国际邮轮母港启程旅行，还是已经结束旅程归来，开车途经北海服务区时，都能瞬间唤醒内心关于大海的记忆。改扩建后的铁山、合浦和北海三个服务区，不再是单纯的高速公路服务区，而是集游、购、娱、食、住于一身的大型商业综合体。

2019年3月30日，兰海高速广西钦州至北海段改扩建工程举行开工现场会，谭泽文担任副指挥长。这条路在改扩建的过程中，吸取了以往所有的经验教训，实行无感化施工、品质化扩容、智慧化保障。

施工期间的清明节、端午节、"五一""十一"长假、中秋节、春节，虽然偶有车流高峰，但再也没有出现过像 2016 年清明节那样的超长拥堵高峰。

钦北高速公路改扩建工程的工期与三年新冠疫情防控期重合。在推进项目的过程中，广西北部湾投资集团直属企业广西新发展交通集团创建了首个"工人馨村"，即打破传统的产业工人围绕建筑工地零散居住的模式，改为统一集中一处居住，并实行封闭式管理，改变以往参建工人集体宿舍脏乱差的生活环境和松散的管理方式。原本的名称是"工人新村"，后来用"馨"字替代了"新"字。"工人馨村"温暖了工人的心，调动了工人的积极性，成为极具特色的北投品牌、广西品牌、交通建设领域品牌。国务院国资委网站、《广西日报》《中国交通报》等多次对"工人馨村"进行了宣传报道。

2023 年 11 月 8 日，癸卯年，立冬日。广西北海依然无雪。

钦北高速公路改扩建工程已经完工。谭泽文的办公桌上有一沓新文件，那是下一个改扩建工程。他又要出发了。无雪又何妨？冬来无雪待佳辰。

平陆运河航道施工现场

平陆运河集团有限公司 / 供图

第三章

平陆运河

一号队员："修得了路，就挖得通河！"

2024年春节将至，作为平陆战队的"一号队员"，程耀飞已经做好了要在工地过年的准备。以前，他曾经开创过在一个工程上连着过两个春节的纪录。老婆跟程耀飞开玩笑，说："平陆运河计划工期五十二个月，足够你连着三个年都在工地上过，可以打破自己的纪录呢！"果然，知夫莫若妻。

2019年8月，国家发展改革委印发《西部陆海新通道总体规划》，在"提升综合交通枢纽功能"部分将平陆运河列为"交通枢纽重点项目"。

关于这条运河的"前世今生"，还得从一百多年前开始说起。

1918年，护法运动失败后，中国民主革命的伟大先驱孙中山先生在上海的寓所闭门著书，隐忍蛰伏。在这段时间里，孙中山先生陆续完成了《民权初步》《孙文学说》和《实业计划》，这三本书的合集被称作《建国方略》。

孙中山先生的《建国方略》是近代中国谋求现代化的第一份蓝图，尤其是《实业计划》，包括六大计划三十三个部分。在这一庞大的总体构思中，发展交通和通信是重点。孙中山先生提出：修建10万英里的铁路，以五大铁路系统把中国的沿海、内地和边疆连接起来；修建遍布全国的公路网，修建 100 万英里的公路；开凿、整修全国的水道和运河，大力发展内河交通和水力、电力事业；在中国北部、中部及南部沿海各修建一个"如纽约港"那样的世界水平的大海港。今天的三峡水利枢纽工程、平陆运河都在孙中山先生提出的建设构想之内。

关于钦州港，《建国方略》中有这样的表述："钦州位于东京湾（指北部湾）之顶，中国海岸之最南端。此城在广州即南方大港之西四百英里。凡在钦州以西之地，将择此港以出于海，则比经广州可减四百英里。通常皆知海运比之铁路运价廉二十倍，然则节省四百英里者，在四川、贵州、云南及广西之一部言之，其经济上受益为不小矣。"

1992 年 8 月 1 日，钦州港鸣放了建港第一炮，拉开了建设序幕。

在《建国方略》中，孙中山先生提出开挖一条"深水道"到钦州港的设想："改良钦州以为海港，须先整治龙门江，以得一深水道直达钦州城。其河口当浚深之，且范之以堤，令此港得一良好通路。"孙中山先生当年的"深水道"设想，正是今天平陆运河的雏形。

民国四年（1915），政府也曾经组织人力对这条可以通江达海的"深水道"进行过勘察，其成果被写入了交通运输部规划研究院编制的《主要水系间运河沟通规划方案研究报告》。

新中国成立之后，尤其是在进入社会主义现代化建设的新时期，广西一直在努力让这条百年来停留在纸上的运河成为现实。广西有着丰富的水资源，境内的西江航运量仅次于长江，居全国第二，也是一条"黄金水道"，一江春水向东流，蜿蜒流向广东珠三角，广西货，广东出。广西的百年夙愿就是从西江直接进入北部湾，通江达海、江海联运，这条运河成为广西所盼、桂运所系。2017 年，平陆运河被列入"十三五"西部大开发重大工程项目储备。2019 年 8 月，《西部陆海新通道总体规划》将平陆运河研究论证写进规划。至此，平陆运河成为西部陆海新通道的重要组成部分。

平陆运河是西部陆海新通道的骨干工程，是新时代的"国字号"工程。平陆运河始于广西南宁横州市西津库区平塘江口，经钦州灵山县陆屋镇沿钦江进入北部湾，全长 134.2 公里，按内河 I 级航道标准建设，可通航 5000 吨级船舶。建设内容包括航道工程、航运枢纽工程、水利设施改造工程、沿线跨河设施工程以及配套工程。项目开发任务以发展航运为主，结合供水、灌溉、防洪、改善水生态环境等。项目概算总投资 727.19 亿元，建设工期 52 个月，计划 2026 年年底主体建成。

2021 年 7 月 16 日，广西成立了西部陆海新通道（平陆）运河项目建设工作领导小组。2022 年 3 月 17 日，平陆运河项目正式立项。不久，项目先导建设工程先行用地获自然资源部批复。万事俱备，只欠开工。

2022 年 7 月 9 日，周六早上，广西交通投资集团巴马至田东高速公路项目指挥部指挥长程耀飞的手机响了。

打来电话的是平陆运河集团董事长王劼耘，在去平陆运河任职之前是广西交通投资集团的总经理，是程耀飞的顶头上司。

彼时，巴马至田东高速公路建设进入最后冲刺阶段，程耀飞也已经在工程工地上连着过了两个春节。好巧不巧，这个周末程耀飞回南宁处理一点事情。

"耀飞，你在不在南宁？"

"王总，我昨天晚上刚回来，家里有点事，明天就回指挥部。"

"你下午有没有时间来一趟我办公室，我找你聊点事情。"

"好。"

推开王劼耘办公室的门，程耀飞刚一落座，耳边就响起了王劼耘开门见山的提议："耀飞，有没有兴趣加入我们平陆战队？"

程耀飞愣了一下，下意识地拒绝："我是搞公路建设的，对运河项目没有经验啊！"

"平陆运河项目这边的人你哪一个不认识？大家都是老同事，有谁以前搞过水运项目？项目都是相通的，修得了路，就挖得通河！"

程耀飞转念一想，是这么个道理。当时从广西交通投资集团抽调人手组建西部陆海新通道（平陆）运河项目建设工作领导小组和项目部时，程耀飞觉得离自己太遥远，从来没想过自己也能有机会参与其中。平陆运河是新中国成立以来建设的第一条江海连通的大运河，又是西部陆海新通道的骨干工程，如果能有幸创造历史、见证历史，那就太有意义了。对一个建设者来说，这是挑战，更是机遇。程耀飞不想失去这样一个千载难逢的机会。

"好吧！王总，我愿意来平陆运河。"

"你要不要回去跟夫人商量一下？"王劼耘给了一个温和的建议。

"那倒不用。"程耀飞与妻子是彼此事业发展的最佳后盾，只要是自己认准的方向，另一半都会默契地支持。"我什么时候过来报到？"

"明天吧！"王劼耘恨不得一时三刻就让程耀飞进入工作状态。平陆运河工程需要尽快开工，指挥长人选不能悬而未决。

"不行，我还兼着巴马至田东高速公路项目的指挥长呢，我需要交接。您看这样可以吗？我明天一早先去向这边的董事长请辞，然后去田东办理交接手续，之后去您那边报到，周一、周二，最迟周三，我就到平陆运河这边上班。"

王劼耘哈哈大笑，此刻，他无比肯定，自己选对人了，程耀飞就是平陆运河工程建设指挥部指挥长的最佳人选。

程耀飞是土生土长的广西人，出生在广西贵港平南县安怀镇的一个偏远村子。程耀飞第一次带着还是女朋友的老婆回家，从平南县到程家，他们坐着简易摩的颠簸了四个小时才到家。女朋友一遍遍地问："快到了吗？"

"快了，前面不远就是。"

四个小时里，女朋友问了四十遍，终于在程耀飞千篇一律的回答中暴怒："程耀飞，你骗我！怎么这么远啊！你重庆交通大学交通运输学院毕业，以后你好好修修回你老家的路吧！"

"我答应你，我一定修一条公路，以后带你回家不让你这么辛苦！"程耀飞郑重地向女朋友许下了爱情誓言。

十年后，这条路真的修通了。现在从平南县到程耀飞老家，开车只需十几分钟。

程耀飞大学毕业回到广西，第一份工作是在广西高速公路管理局。当看到广西交通规划勘察设计研究院招聘设计人员时，他毫不犹豫地从高速公路管理局辞职，他希望自己能学有所用，在专业对口的领域内天高任鸟飞。

说来也巧，程耀飞在广西交通规划勘察设计研究院参与的第一个设计项目是重庆绕城高速西段的勘察设计。他在重庆读大学学习如何修路，参与修建的第一条路也是在重庆。重庆是程耀飞真正意义上的职业起点。他跟着导师跑了半年现场，一笔一画做设计，最终，重庆绕城高速西段的规划设计，以方案最优、设计理念有创新、设计方案与地貌最吻合、对生态伤害最低，获得了中国公路勘察设计协会颁发的优秀设计一等奖。

2009 年，程耀飞进入广西交通投资集团。2012 年，他作为副指挥参与了梧州到柳州高速公路的建设。这条连接梧州和柳州的高速公路，是广西中东部地区通往珠三角发达经济圈的便捷通道，光前期设计准备就足足耗时两年。程耀飞与设计团队穿越大瑶山，沿着山边、溪边徒步行走、勘察，只为减少工程对山体的破坏、对天然水源的影响。

广西的山，山脉连绵，峰峦重叠，点不清，数不尽。山山美景不同，各有各的神韵，没有两座一模一样的山峰。程耀飞从小看山，对大山之美司空见惯，但几次徒步大瑶山，每一次都会被大瑶山惊艳到，当真是天地造化，大自然的鬼斧神工！

2017 年是梧柳高速的建设冲刺年。那一年，雨季雨不大，旱季几乎没下雨。这样的天气对高速公路施工来说非常适宜，尤其是在混凝土浇筑阶段。一般来说，混凝土表面在浇筑 3~4 个小时后就会变得坚硬，但需要 24~48 小时才能初步凝固。如果想要完全凝固，则需要 28 天左右。这时候降雨就会成为一个变量。那年天时作美，没有大风大雨，偶尔的零星小雨还省却了为防止太干需要人工洒水的工作。2017 年 12 月 19 日，梧柳高速顺利交工验收，12 月 22 日正式通车。最终，梧柳高速获得了"2020—2021 年度国家优质工程奖"。

梧柳高速通车的前一夜，工程指挥部所有人彻夜无眠，通车仪式现场，每个人都圆睁着一双布满血丝的眼睛。鞭炮声伴着哭泣声，奋斗到竭尽全力，拼搏到感动自己，大伙喜极而泣。

2022年7月9日，周六，程耀飞与王劼耘会面。周日，程耀飞向广西交通投资集团请辞，之后赶往巴马至田东高速公路指挥部交接工作。

新的一周，7月13日，周三，程耀飞准时到平陆运河项目部报到，走马上任平陆运河工程建设指挥部指挥长，正式成为平陆战队的"一号队员"。

此时，距离2022年8月28日平陆运河开工的日子，只有46天。

不可抗力因素：灿烂的未来，需要耐心等待

癸卯年还有一个月就要结束了，王灿灿这一年只休息了十天，刨去一来一回在路上的两天，他跟家人朝夕相处的时间实际只有八天。2023年最后一个月，他也不可能再休假了，不但不能休假，而且极有可能连2024年春节都要在平陆运河航道1标段项目部度过。

平陆运河航道1标段是平陆运河主体工程的起始段，由中交广航局负责施工建设。

航道1标段起点在南宁横州平塘江口，跨沙坪河南下，终点在南宁横州新福镇南侧，全长19.723公里，施工内容包括航道工程、导流

工程、锚地工程、水上服务区工程、恢复性道路桥梁工程、人饮工程、移民安置"三通一平"工程、景观绿化工程和水土保持工程。其中航道包括陆上土石方开挖、疏浚、炸礁施工和护岸，土方开挖总量约 2117 万立方米。

王灿灿是山东菏泽人，菏泽有"中国牡丹之都"的美誉。中国是牡丹的原产国，明朝以降，菏泽的牡丹种植得到了极大发展，到了清朝蒲松龄写《聊斋志异》中的《葛巾》《香玉》时，菏泽的牡丹已经非常有名，甚至可以用独有的品种来反哺洛阳，"菏泽牡丹甲天下"名不虚传。在菏泽，几乎家家都有种植牡丹的习惯，庭院里栽植一株国色天香、花团锦簇的牡丹花，花开时节，美得动人心魄。

牡丹是王灿灿见过的所有的花中最茁壮、最泼辣、最喜庆的存在，凡是人世间有的颜色，牡丹几乎都能开出与之对应的花朵。牡丹的璀璨与热闹，其实就是中国老百姓心底对幸福的丰足之盼，是盛世花，也是安宁花。可惜，男儿长大走四方，一步步远离家乡的牡丹。

11月份的广西南宁横州，温度依然很高，徘徊在 25~26℃，偶尔高兴了也会飙升到 30℃。雨依然是常客，淅淅沥沥不紧不慢地下，2023 年尤其多雨。

小雪了！已经是冬天的第二个节气，离开家乡的这些年，尤其是近几年在海南、广西、广东工作，早已习惯了冬日不见落雪。前几天，妻子来电话说老家山东已经下了立冬以来的第一场雪，下得还挺大的呐。王灿灿闭着眼睛就能想象得出天地之间银装素裹的样子，但平塘江口依然高温、湿热，每次跟家人视频，儿子总会因为父子俩穿衣服的厚薄、多少，嬉闹一阵子。

从大学选择土木工程专业那时起，王灿灿就知道毕业后如果自己从事这一行，那就意味着要踏上离家渐行渐远的路。

平陆运河航道1标段是2023年3月完成水下水上施工作业和活动许可证办理的。沙坪河是西江的一级支流，河道不宽，却淤积严重。

第一次站在河边，凝望水面，王灿灿看到了好几条跃出水面的鱼儿，也许是突如其来的热闹让河里的游鱼产生了几分惊惧，它们也想跃出水面，一探究竟吧。

作为中交广航局平陆运河航道工程施工1标段项目经理部的常务副经理，全长19.723公里的工程面，王灿灿徒步走了一遍，理清了第一手资料。除了施工所需数据，还有关于这条河、这片土地的历史与传说。

平塘江口自古就是钦盐北运的要道。史料记载，江口盐关自汉朝起设司盐，管理盐务行政事务，历史上曾经有八个朝代在此设立盐关。盐关设置后，从钦州运来的官盐在江口中转，经水路运往全国各地。自古以来，平塘村江口街码头也曾经大船小舟，千帆竞渡，舟楫往来，通达南北，操着各种口音的客商熙熙攘攘云集此地。客栈、货栈、饭馆、酒肆、茶楼、当铺、镖局一应俱全，一派"盐都"之盛景。

沿河而居的人们，摇着橹去河上撒网捕鱼，吃不完的渔获就在岸边卖掉。沙坪河上没有桥，此岸的人想要到彼岸，只能借助摆渡人的渡船。

去横州新福镇平塘村江口街村走访时，王灿灿见到了七十多岁的陈大爷。陈大爷年轻的时候就是一个摆渡人，他的父亲、祖父都曾经是这条河上的摆渡人，几代人都是靠着一条摆渡船讨生活。在陈大爷的眼中，王灿灿看到了老人对码头昔日繁华兴盛的怀念与眷恋。

沙坪河的河道日渐淤塞，而公路网与铁路网却日臻完善，在越来越追求速度的今天，平塘村江口街的落寞与萧条就成了必然。河面上的船一天少似一天，直到一只桨也不见。

"大爷，等平陆运河通了，船就又来了！"

"好！好！那你们可快点挖啊！我都快八十了，得让我能看到啊！"

陈大爷的方言，王灿灿只能听个七七八八，但大致意思他是明白的。老人家希望能在有生之年重新看到这条河焕发当年的生机与活力。虽然听着不太懂的方言，吃着迥异于家乡的食物，周遭的花草、树木也因为纬度不同于山东老家而差异特别大，但王灿灿内心却没有一丝一毫的异乡人之感。这种此心安处是吾乡的感觉是从什么时候开始的呢？

2008 年，刚走出大学校门的王灿灿参与了哈大高铁的建设。十五年来，他修过高铁、地铁、高速公路，足迹一路向南，从黑龙江、吉林到山东、河南，再到广东、广西，还曾栉风沐雨，在天风海雨中参与过南海岛礁的建设。作为一个建设者，王灿灿的心路历程就是——一个土木工程专业的大学生，唯有经过一个个项目的锤炼，才能蜕变为一个成熟的技术主管。

刚入职的时候，王灿灿是在中交一航局二公司，他在那里整整工作了十五年。2023 年 3 月，他被调到中交广航局，平陆运河航道工程施工 1 标段项目是他进入中交广航局后接手的第一个项目。

平陆运河航道 1 标段的施工难点之一就是河道内淤泥的处理。河道内的淤泥需要用抓斗式挖泥船与反铲挖泥船配合施工，将河道内的淤泥抓起，再转运到晾晒场，晾晒、脱水后再运到堆存场。天气多雨就会影响淤泥的晾晒，达不到转运标准就无法运到堆存场。工程是一环套一环，任何一个环节的意外都会影响下一个环节的正常运转。施工机械故障的维修、车辆的调剂、人员的安排，凡是人力可达范畴，困难都是可以克服的，但天气的变化、淤泥晾晒的脱水速度却不受人类主观意志的左右，遇到这样的不可抗力因素，能做的只有等待，等天晴，等淤泥自然晾干。

沙坪河依着山势流淌，大大小小的弯拐了又拐，山路十八弯。平陆运河的河道是按内河 I 级航道标准来建设的，未来要通航 5000 吨级的船舶，河道施工首要就是裁弯取直。裁弯取直所产生的土石方的消化处理，就是平陆运河航道 1 标段的又一个施工难点。如何分配？如何运输？如何堆放？在不触及红线用地的前提下，建设施工便道、建筑临时码头、建造堆存场。便道、临时码头与堆存场虽然是临时建筑，但无一不在考验着建设者的统筹思维与长远布局，临时建筑未来的用途转化是他们必须事先考量与谋划的。

荔枝是广西最典型的水果之一，荔枝树也是广西城市、乡村常见的果树。一些城市的老城区，农村的房前屋后，虽然百年荔枝树不是随处可见的风景，但几十年的荔枝树漫山遍野，俯仰皆是。历经几十年、上百年的光阴，这些荔枝树依旧枝繁叶茂，年年开花挂果，香甜馥郁。白居易就曾写过一首《种荔枝》：

红颗珍珠诚可爱，白须太守亦何痴。

十年结子知谁在，自向庭中种荔枝。

平陆运河航道1标段内有七棵被列入广西保护古树和名木名录的荔枝树，有特级的，有一级的。荔枝树最佳的种植或移栽时间是春季的3月份或秋季的10月份，2023年的最佳移栽时间已过，只能等明年再说了。这事儿，又是急不得的一桩。

河道清淤依然是施工的重头戏。司机两班倒，歇人不歇马。挖泥船、抓斗船、泥驳船白天在工作，夜晚也在工作。暗夜里，孤零零地亮着几盏灯，黑丝绒质地的天空也只剩下几颗星。大地深邃如渊，星星无聊地看着自己的影子。又是平陆战队的一个不眠夜。

项目部的管理层需要轮值夜班，这一年，王灿灿看过午夜的沙坪河，看过凌晨三点月光下的河面，也迎接过河上的日出。

月光是安静的，月光下的河面也是安静的。然而，静谧中自有生机蕴藏。薄纱似的月光笼罩大地，秀丽高挑的桉树直插云霄。彻夜无眠的游鱼偶尔会制造出一点声响，被惊醒的水鸟会不耐烦地嘀咕几声。河边葳蕤的水草沐浴着月华，在微风中有一搭无一搭地闲聊，蚊虫太多，有点痒，它们摇曳着彼此驱赶。

晨光熹微，东方既白。望舒只属于暗夜，白天则是扶光一统天下。青黑色的沙坪河上有了光，周遭寂静的万物像被突然注入了灵魂，活了起来。人间极致美景，都不及此时此刻。

从这里启程的平陆运河之未来，定会像这轮初升的骄阳一般灿烂，就像王灿灿的名字寓意一样，灿灿生辉。

万象更新：从一个超级工程到另一个超级工程

与王灿灿一样，韩振响也是刚走出校门，就进了中交一航局的大门。不同的是王灿灿在二公司，韩振响在一公司。他们并不相识，至少在没参与平陆运河项目施工之前，他们的生活与工作没有任何交集。

时间过得真快，已经是 2023 年 8 月中旬，距离西部陆海新通道骨干工程平陆运河项目开工建设一周年的时间越来越近了。韩振响所在的中交一航局一公司承建的企石枢纽导流明渠已完成，枢纽施工具备了无水环境。而"几"字形的沙坪河已经沿着导流明渠改道流淌，不知疲倦地奔向远方。

工地上，数百台工程机械和土方车来回穿梭作业，各种机械轰鸣交织，混音，在外人听来也许杂乱无章，但韩振响却觉得那是一曲极为美妙的交响乐。他有时甚至会沉溺其中，思绪也会飞出去。

去年此时，平陆运河的开工仪式也像现在这样喧闹。

2022 年 8 月 28 日，平陆运河建设动员大会在广西钦州市灵山县旧州镇马道枢纽现场召开，现场宣布平陆运河正式开工建设。平陆运河项目建设内容主要包括航道工程、航运枢纽工程、沿线跨河设施工程以及配套工程。最先开工的一期工程是平陆运河三座梯级枢纽建设，同时也是整条运河建设中施工难度最大的部分。

平陆运河起点西津库区平塘江口的水面与终点入海口的海平面之

间有 65 米左右的落差，若想保障船舶在河道内航行顺畅安全，就需要建设梯级枢纽，将运河的航道分成几个阶梯，以调节水位落差。全长 134.2 公里的平陆运河航道上，一共需要修建三个梯级枢纽，即马道枢纽、企石枢纽和青年枢纽。

一道横亘东西的分水岭，千百年来就矗立在那里，它是广西无数座大山的一部分。这道分水岭，看上去与东西走向的秦岭有那么几分相似。秦岭是中国南北的分界线，而这道分水岭也阻断着北边的郁江与南边的钦江相会。分水岭中间有一道天然峡谷，平陆运河的建设者们将利用峡谷地形开挖船闸与航道，建设平陆运河上的第一梯级枢纽，连通郁江与钦江，形成一条通江达海的大通道，让广西内陆及西南其他地区的货物从这里经钦州由北部湾出海。这里是峡谷，没有天然河道，需要按照航道尺度进行全河段运河开挖，穿山而过，才能完成这座拔山盖世的马道枢纽。马道枢纽是目前世界在建的最大内河省水船闸，上下水头落差最高可达 29.6 米，是平陆运河全线施工强度最大的标段。"省水船闸"为水利科技名词，指在闸室的一侧或两侧建有贮水池暂时贮存闸室泄水时泄出的部分水量，待闸室灌水时再将贮存的水灌回闸室，以节省过闸耗水量的船闸。

企石枢纽是平陆运河第二座梯级枢纽，施工强度仅次于马道枢纽，难点在于企石枢纽的混凝土一次性浇筑方量大。根据设计，企石枢纽需浇筑混凝土 292 万立方米，其体积相当于三个国家游泳中心"水立方"。企石枢纽项目部引进了目前世界最大、最先进的水工型强制式混凝土拌合楼，每座拌合楼配备两台 7 立方米主机，生产力是普通拌合站的 5~7 倍，120 秒内可同时搅拌 14 立方米混凝土，实现了自给自足式生产与施工，一举解决了困扰建筑行业施工的大方量混凝土供给问题。

青年枢纽是最后一个阶梯，靠近入海口，船闸运行过程中难免会发生海水与淡水的交换。钦州市的饮用水取自钦江，施工过程中，如果海水上溯将会影响钦州市的饮用水水质。如何在保证工程进展与保障市民饮用水安全之间取得双赢，是平陆运河建设者必须应对的难题。生活在钦江与北部湾交汇处的海鳗，每年都会从大海溯流而上回到钦江的河道产卵，青年枢纽的横空出世，无疑阻隔了海鳗族群繁衍生息的生命之路。人工鱼道的铺设，就是人类为鱼类和其他水生生物创设的救赎之路。人类要面对自己的人生，而鱼类也要享受它们的鱼生，毕竟我们共同拥有一个地球。

平陆运河开工仪式是在 8 月份，但韩振响早在那之前就已经来到了位于灵山县陆屋镇企石村的企石枢纽建设工地。这位从小吃着天津大麻花、听着津派相声长大的地道天津人，他的生活轨迹与山东人王灿灿极其相像，也是一步步远离着故乡。

记忆有点久远了，是从哪一年开始离开天津的呢？

想起来了，应该是 2003 年。那一年，刚刚成为一名质量员的韩振响被公司派到了东海大桥项目。这是中国境内一座连接上海市浦东新区南汇新城镇与浙江省舟山市嵊泗县洋山镇的跨海通道，东海大桥位于浙江省杭州湾洋山深水港海域内，是沪芦高速南端疏港支线的组成部分，也是洋山深水港的重点配套性工程之一。

当时中交一航局一公司的项目部驻地在原南汇区的芦潮港。去报到的时候，习惯了天津气候的韩振响，对上海的潮与湿备感不适，身上的湿疹此起彼伏，直到身体凭借强大的免疫力适应了长江以南的日与夜。韩振响在上海前前后后待了十年的光景。十年后，他被公司派得更远，飞到了太平洋西南部的巴布亚新几内亚独立国，一个比上海更加燠热的地方。在那里，韩振响经历了一场生死考验，是终生难忘的记忆。

巴布亚新几内亚的治安不好，抢劫案件三天两头发生。公司在巴布亚新几内亚援建项目比较多，有桥梁，有港口，也有市政公路。在建设营地时，他们昼夜奋战，将一座小山夷为平地，先用围挡圈起来，插上五星红旗，迎风招展的旗帜会在无形中给营地里的人一种安全感。这一天，有两个持枪的当地人翻越围挡，对着正在干活的建筑工人大声叫骂。韩振响闻声赶过去察看情况，那两个当地人把枪口指向了他。就在这时，公司雇佣的保安抢先朝天鸣枪示警，劫匪慌忙逃出。

在巴布亚新几内亚工作的几年里，公司几乎所有人都被拦路抢劫过，所以大家平时也都会相互提醒在口袋里常备零钱，好在抢劫犯们只图财不害命。有一个同事特别倒霉，一天当中被抢了三次，最后一次口袋里没钱，因为还没来得及补充呢。在国外工作时，工作服上除了印有公司的标志，还会印上国旗。那一次，惊恐万分的同事指着自己衣服上的国旗说："I'm Chinese! I'm Chinese! I'm Chinese!（中国人！中国人！中国人！）"劫匪看了他一眼，收起枪，扬长而去。

这些年，总有人说中国的发展速度放缓了，尤其是遭遇了一场疫情之后。但韩振响不这样想，他觉得中国在基础设施建设上的投入更理性了，像平陆运河这样高达727亿元体量的超级工程能够开工建设，就是对唱衰中国经济论调的有力反击。

在来平陆运河企石枢纽项目部工作之前，韩振响在雄安参与雄安至北京大兴国际机场快线的建设。作为天津人，韩振响尤其关心雄安的建设进展。短短六年，雄安新区从无到有、从蓝图到实景，一座高水平现代化城市正在拔地而起，堪称奇迹。这些成绩是在世界百年未有之大变局、三年新冠疫情防控的严峻形势下取得的，殊为不易。

同样都是超级工程，同样都面临着疫情的困扰，韩振响觉得天下建设者的心都是相通的，无论盖楼、修路还是架桥，只要身处工地的建设一线，心情都是一样的，经历的剧情也大都是雷同的。

2023年8月17日，企石枢纽开工近一年了，泄洪闸首仓混凝土浇筑进入倒计时。项目部自建的水工型强制式混凝土拌合楼已经可以正常生产，完全可以满足一天1.2万立方的最大浇筑量。除此之外，大体积混凝土的浇筑间隔时间控制、混凝土出料温度保持等问题，都一一解决。万事俱备，只等开工。

经过严格测算，首仓混凝土为440立方，需要10个小时的浇筑时间。

下午6点，炙烤了一天，太阳累了，磨磨蹭蹭地一点点西下。韩振响心里很紧张，面色却如常。细心的同事发现他今天推鼻梁上的眼镜的频率有点高，这一个小小的细节足以出卖他真实的心境。他在担心，担心团队研发的调控大体积混凝土温度的智能调控机不能如愿发挥作用。

温度比正午时低了许多，浇筑时间也是严格测算过的，必须避开高温。混凝土是建筑的血肉，直接关系着整个建筑的生命。当各种原料进入拌合机，一场复杂的化学反应会持续放出热量，而浇筑后混凝土水化放热，中心位置最高可达到70℃。内外温差巨大，就会出现开裂，那就预示着混凝土浇筑的失败。作为超级工程，企石枢纽的主要结构必须做到天衣无缝。

中交一航局平陆运河企石枢纽项目部有一个其他项目部无法企及的技术团队支撑，即由项目部总工程师刘文彬博士担纲的企航创新工作室，它也是中交一航局港研院设在项目部的博士工作站。

刘文彬博士的履历可谓金光闪闪。2015年，她成为天津大学岩土力学与工程专业的优秀博士毕业生。在读博士阶段，她就已经开始参与导师天津大学闫澍旺教授的围海造陆工程，并取得了骄人的成绩。她入职中交一航局港研院之后，一直从事基础理论研究，坚持每个月去一次施工现场。刘文彬博士的研究不是凭空蹈虚，而是一切从实践出发。她全程参与了深中通道的建设。

深中通道，又称"深中大桥"，是连接广东深圳市和中山市的大桥，是国家高速公路网深圳—岑溪高速公路的组成部分。深中通道项目是世界级的"桥、岛、隧、水下互通"集群工程，是国家"十三五"重大工程和《珠三角规划纲要》确定建设的重大交通基础设施项目，是连接广东自贸区三大片区，沟通珠三角"深圳、东莞、惠州"与"珠海、中山、江门"两大功能组团的重要交通纽带，是粤东通往粤西乃至大西南的便捷通道。

刘文彬博士是在深中通道最后一节沉管安装完成后，直接从深中通道的项目部来到了平陆运河企石枢纽项目部，是从一个超级工程来到了另一个超级工程，而这两个国家工程又都与西部陆海新通道建设有关。

在刘文彬博士的主持下，一台用于调控大体积混凝土温度的智能调控机就在企石枢纽项目部被研制出来了。它犹如一台超级冰箱，根据传感器反馈的温度数据，结合输入的技术指标，自动控制冷却水循环温度、流速、流向等，达到温控指标后自动停机，将混凝土出料温度保持在16℃以下。

下午六点准时开始。一秒，一分，一小时……时间在流逝，8月17日的夜晚，企石枢纽项目部的人注定无眠。韩振响在推了鼻梁上的眼镜无数次之后，迎来了东方欲晓。

凌晨四点，首仓混凝土浇筑完成，混凝土中心温度成功控制在44℃以内。大体积混凝土浇筑表面无任何裂缝，观感质量良好。刘文彬松了一口气。

第一缕霞光映射在企石枢纽上，韩振响忽然想到了平陆运河对这座枢纽的定位，联想到一个词，一个特别应景的词，用来形容此时此刻的当下：万象更新。

海阔天鲸跃：学习是为了自己

黄海微澜，就要离开这片夜以继日紧张作业了一百多天的水域了，李昊龙有点怅然若失。他是天鲸号最年轻的电机员，2022年9月才正式成为这艘中国自主建造的第一艘超大型自航绞吸船上的一员。连云港赣榆港区10万吨级航道南延伸段一期工程建设，是李昊龙职业的起点。

2023 年 3 月 13 日，天鲸号徐徐驶离赣榆港区，连云港赣榆港区 10 万吨级航道南延伸段一期工程阶段性施工保障任务顺利完成。可能是因为天鲸号在南海填海造岛期间表现得太优秀了，以至于大家习惯上将它称为"地图编辑器"或"造岛神器"，殊不知造岛只是副业，疏浚航道才是它的主业。但这一次天鲸号不是回家，它刚刚接受了一项新任务，又要启程远航了。

短暂休整，一个月后的 4 月 17 日，天鲸号航速 12 节告别黄海的海州湾，去往南海的北部湾，向着广西钦州港进发。那里，新中国成立以来建设的第一条连通江海的大运河正在等着它的到来。

在航行了八天之后，天鲸号抵达了钦州港。这是李昊龙的第一次南海行。他的工作区在甲板以下的轮机舱，噪声可达 100 分贝，最低也不会低于 90 分贝，部分区域 50℃的高温，穿行其中，三分钟衣服就会全部湿透。这是他当初报考大学选择专业时没有预料到的。

李昊龙是天津人，又是家中的独生子，他高考的第一志愿是中国民航大学飞行技术专业。民航招飞，初试、复试都顺利过关，高考分数也绰绰有余，无奈强中更有强中手，李昊龙败在那些比他更优秀、与飞行更有缘分的同届考生手下。天津理工大学船舶电子电气工程专业是李昊龙的第二志愿。

妈妈对李昊龙说："你与海有缘。龙嘛，哪能离开水？"李昊龙在心里腹诽，那《易经》里面不也有"飞龙在天"的说法嘛。

毕业找工作的时候，父母竭力反对李昊龙选择远洋运输，一出去大半年见不着儿子。中交天津航道局有限公司的工程施工似乎能比远洋运输离家近一点。

中交天航局是中国第一家专业疏浚机构，由1897年成立的海河工程局发展而来，迄今已有120多年的历史。孰料真正入职中交天航局之后才发现，儿子上三休一，工作三个月，休息一个月。父母只得自己安慰自己，三个月见一回儿子总好过大半年才见一回吧。

入职培训的时候，李昊龙就暗自祈祷自己能被分到天鲸号上，因为它太有名了！培训了42天，无论是教学视频还是培训教材，每天都能看到天鲸号的身影。最后一周分配，李昊龙如愿以偿地登上了天鲸号。他圆梦了。

上船第一天，李昊龙吐得昏天黑地，吐到怀疑人生，几近虚脱。负责带他的贾师傅安慰他："再吐几次，就适应了！"

"适应了就不会再晕船了吗？"

"不，晕船的感受会终生伴随。区别只在于你的耐受力会提高一些而已。"贾师傅神秘地笑了一下，继续说，"在船上生活三个月，等你上岸，感受也是不一样的。"

三个月后，轮休的李昊龙切身体会到了师傅话里的含义：他晕陆地了。

平坦的柏油马路像是棉花团一样柔软，每向前走一步，眼前的景致都是晃动的，游离的，甚至隐隐有恶心的感觉，好在没有呕吐。李昊龙像个酩酊大醉的醉汉一样踉跄着回了家。电话里继续向师傅请教，得到的回复是：别紧张，适应了就好了。果然，工作、轮休，轮休、工作，人生的频道多切换几次之后，也就进入了所谓的适应状态。

李昊龙是乘坐天鲸号抵达钦州港的。这里是南海，海水比黄海要蓝得多。黄海海州湾的海水确切说并不是蓝色的，而是黄绿色的，但南海北部湾的海水是真的蓝，蓝得让人心旷神怡，迷醉于其中，可以忘记时间的存在。

天津的纬度是北纬39度，钦州港是北纬21度。经度决定了一个地区太阳升起的时间，纬度则决定一个地区的气候与物候。这是李昊龙第一次来钦州港，一个迥异于他原本的生活体验之地。李昊龙喜欢这里。他知道天鲸号这一次肩负的疏浚钦州港和平陆运河入海口的使命，这一次李昊龙终于有机会与天鲸号再次创造历史，虽然他只是一个谁也不知道、不认识的电机员。这份使命光荣而伟大。

和李昊龙与钦州港的初遇不同，水手闫文星已经是第四次来这里了。四次，分别在三条船舶上作业。2008年，在"天锐1"船上参与了广西钦州保税港区建设；2016年，所在的"天锐1"船又承担了茅尾海的疏浚工作；2021年，在天骥号参与了钦州港30万吨级进港航道及支航道清淤维护工程施工。这是第四次，闫文星要在天鲸号上完成对平陆运河入海口的疏浚。

闫文星也是北方人，河北保定涞水县人。他不是独生子，有一个优秀的哥哥。无论家人还是亲戚朋友，甚至邻居，从小到大总拿他与哥哥比较。

"你哥比你听话！"

"你哥比你爱学习！"

"你怎么不学学你哥？"

"跟你哥比，你差远了！"

优秀的哥哥像闫文星头顶的一片乌云。是不是炸响一记闷雷，总会准确命中少年的自尊心？几番轰炸之后，闫文星彻底放飞自我，破罐子破摔。高考只考上了一个民办的专科学校，学费贵得离谱。他主动放弃了。他想去打工，想离开家，离开那些从小认识他与他哥哥的人，融入陌生。他向往一种海纳百川的广博之地，在那里没有比较，没有失衡的天平。也许，他可以重新找到自己，做真正的自己。

就在闫文星收拾好行李，准备外出打工时，听说中交天航局有个定点帮扶涞水县的免费招收培训海员的扶贫项目，心下一动，自己也可以成为郑智化《水手》中的水手吗？可以去海洋尽头的另一个世界，做勇敢的水手，做真正的男儿？

怀揣一本烫金的高中学历毕业证，闫文星去报了名。从小在农村长大，学历够，再加上有一副好身板，闫文星的行李没白收拾，不过他不是启程去打工，而是启程去了设在天津塘沽的中交天航局职工培训中心，成为中交天航局在涞水县招收的98名轮机部、18名甲板部学员中的一员。通常的社会学员培训需要交三万元的培训费，涞水县所有学员免费。

与李昊龙的岗前培训不同，闫文星他们要学习的知识太多，所以培训期就相对要长，要整整五个月的时间。

上学的时候，哥哥的阴影导致闫文星逆反心理深重，他从不在学习上努力，得过且过，反正我比不过你，再努力也不行，干脆"躺平"算了。

这一次不同，五个月之后，学员是要进行考核拿证的，还不止一个证。水手不是想当就能当的，需要持证上岗。

"我学习是为了自己！"闫文星第一次意识到了这一点。

如果，如果三年前刚考上高中时，他就悟到这一点，那结果是不是会不同？可惜，历史不存在假设，光阴更不会倒流。这一次，闫文星在学习上使出了吃奶的力气，百分百投入。他起得最早，睡得最晚，甚至走路都在看书、背题。

五个月后，闫文星顺利拿到了所有的证，他拿到了人生的船票，可以登船了。但116名学员中也有黯然退场的，闫文星只能替他们惋惜。从高考的赛道转场到职业教育的赛道，这是天赐的机缘。尽管有机缘，但只有努力才能抓住它。

"天锐1"船是闫文星职业生涯开始的第一条船，参与的是广西钦州保税港区建设。

2008年5月29日，国务院正式批准设立广西钦州保税港区，这是继上海洋山、天津东疆、辽宁大连大窑湾、海南洋浦、浙江宁波梅山等保税港区之后的全国第六个保税港区。广西钦州保税港区地处中国－东盟国际大通道和西南地区出海的最前沿，是中国西部沿海唯一的保税港区，是中国距东盟最近的保税港区，是广西北部湾经济区开放开发的核心平台和强力引擎。

第一次与大海亲密接触，海天一色的辽阔就治愈了闫文星，促使他与自己、与过往达成了和解。回望少年时的执拗与偏激，那些身处其中时觉得如世界末日般的折磨，在海风、海浪面前不值一提。那些曾经的自己以为的伤害，仅仅是自己以为罢了。

从2007年踏上甲板，成为一名勇敢的水手，十六年间，闫文星四次来到南海的北部湾水域，每一次都有不同。这是一个在不断进化、不断成长的港域，它与祖国同行、与时代同向，向南，再向南，向海图强。

2023年8月20日，完成钦州港疏浚的天鲸号现身平陆运河航道工程 15 标段，茅尾海海域。

平陆运河航道工程 15 标段正是中交天航局承建的平陆运河工程主体工程的终端段，标段全长约 22 公里，总疏浚工程量 1323.14 万立方米。施工期紧、疏浚物运输距离远、设计航道中岩石层分布多变，而这些困难在天鲸号这艘大国重器面前都是小菜一碟。天鲸号有强大的挖掘能力，无须对河床上的硬质岩石进行海底爆破，它的长距离输送能力，不仅减少了抛泥加转吹造成的海域二次污染，也最大限度地保护了作业区域的海洋生态环境。

海阔天鲸跃，大国重器与世纪工程，本就是黄金搭档。此刻，南海是平静的。即便是动态的平静，也是天鲸号大展宏图的最佳窗口期。

千古灵渠对话平陆运河：“兄弟，未来看你的喽！”

1

岭南的八月，是火热的。然而，天气之热与平陆运河建设之热一比就相形见绌，瞬间居了下风。

2022 年的 8 月 28 日，平陆运河破土动工。2023 年 8 月上旬，平陆运河开工建设即将一周年。一支由中央驻桂、自治区及部分设区市主要新闻单位组成的大型媒体采访团，成员从四面八方会聚到钦州，沿着平陆运河行走，捕捉、发现建设一线的生动故事，全方位展现平陆运河工程建设一年来取得的阶段性成果。

我是这个大型媒体采访团中唯一的非媒体人，作为一名报告文学作家，一步步靠近平陆运河，去感受它的律动与心跳。

未曾与平陆运河谋面，却先遇到了灵渠，以及灵渠背后的他。

那天在平陆运河指挥部，平陆战队年轻的队员们素颜上台，表演了一场情景剧:《我们的故事像一条河》。

公元前221年，秦王嬴政灭六国。为巩固皇权，统一全国，这位始皇帝发出了打通岭南水运通道的号令。

皇帝陛下，您可闻听灵渠开凿通水夙愿达成? 遥想五年前，五十万大秦将士，兵分五路南下，决心统一岭南，饮马南海。微臣领命，率士兵工匠修此运河，历经寒暑四载，破难无数，将士白骨，工匠接力，而今，运河修成，功垂万代啊! 陛下，您统一岭南、饮马南海的愿望就要实现了，我大秦江山永固，版图昌盛的格局已然达成。

先生，您就是率领士卒和工匠修建灵渠的监御史禄?

正是在下。你们是?

我们是两千多年后的人，和您一样，我们都是修运河的人。

两千年以后的人?

北有长城，南有灵渠。今天的我们知道，位于广西兴安县的灵渠是世界上最古老的人工运河之一，是世界水利工程建筑的明珠啊。

岁过境迁，沧海桑田。你们还记得我?

先生，虽然灵渠沟通了长江和珠江，打通连接了湘江和漓江，但在珠江和北部湾之间依然山影重重。为了实现广西通江达海的梦想，从汉代的马援到近代的孙中山，无数朝代的人都梦想在广西修建一条运河。

在中国广西，有两条运河跨越千年，继续讲述着同一个故事，通江达海，向海图强。这两条运河，一条是两千多年前的灵渠，而另一条，是新时代的平陆运河。

这，何为平陆运河？

……

情景剧不长，7分58秒。在不到8分钟的时间里，一场跨越时空的古今对话妙趣横生。平陆运河集团的工作人员虽然不是专业演员，但表演投入，情真意切，这是他们自导自演的情景剧。同样是人工开挖的河，同样是历尽艰险的建设者，他们与千年前的史禄的风度、气韵是相通的。隔空对话，是同频共振，更是量子纠缠。

在今天之前，我得承认对广西这片土地是陌生的，对灵渠更是知之甚少，对灵渠的建造者史禄几乎一无所知。

2

广西桂林兴安县灵渠畔，有一四贤祠。祠内供奉着秦监郡御史禄、汉伏波将军马援、唐桂管观察使李渤、唐桂州防御使鱼孟威四位千古贤人。

古人不但将史禄请入了四贤祠，还给他盖棺定论，上联为咫尺江山分楚越，下联为史君才气卷波澜。

史君名禄，史禄。

这个名字是后人强行赋予他的名字，因为在现存的所有古籍文档中，没有关于他生平的只语片言：哪里人氏，姓甚，家中有何人，妻子儿女，官场上与谁交好，有何风流逸事，有何诗作或手书留传后世……没有，统统都没有。他像一个谜，真正地存在过，且名垂青史，但他又五官模糊，神龙见首不见尾，像雾像雨又像风。

在《淮南子》及其后的《史记》和《汉书》中，都只提及了一个官职和名字——监郡御史，名禄，简称"监禄"。

等到了唐代《桂林风土记》一书，作者莫休符在写及灵渠时，大笔一挥，将他写作"御史史禄"。后世再提及他时，便也一直沿用莫休符的说法，此后，"史禄"这个名字再无争议。至此，史禄之名已定。

世上之所以会有灵渠，起因是一场战争。

公元前219年，怀揣一统天下人生理想的秦始皇发动了百越之战，旨在统一南方百越各部。大将军屠睢率大军五十万，分五路向百越进发。部队在湖南、广西交界处受阻，陆路难行，水路不通。其实一路走来，秦军一直是逢山开路，遇水架桥，南征的铁骑走到哪里，五尺道就修到哪里。没有便捷的交通，也就没有充足的补给供应。百越之地乡民奋起反抗，深山泥淖瘴气环绕，天时、地利、人和，无一有利于秦军。征越之途晦暗不明。

史禄上场，这是他人生的高光时刻。他像一盏灯，他的出现，照亮了秦人征越之路。

当时秦始皇的诉求很简单，"使监禄凿渠运粮"。秦始皇想要的只是一条运粮的应急之河。

站在现在的视角来看当时的史禄，我们一定会得出这样的结论：史禄此人不平常。

秦始皇为什么会派史禄去开凿这条人工运河呢？一个原因是他精通水利。秦代流芳千古的三大水利工程，郑国渠、都江堰、灵渠，每一个都令今人叹为观止。郑国、李冰父子、史禄，他们当中任何一个，放在今天也都会是响当当的水利专家。还有一个原因只能是猜测与臆想，百越之地会不会就是史禄的家乡，他从那里走出来，他了解那里的山川与河流，熟悉那里的一草一木。这条人工运河，也许他早就想修造了，只是苦于没有机会而已。

史禄不会无缘无故地接受任命，即便皇权当头，皇命不可违，也明知不可为而为之吗？不是的，在接受"凿灵渠运粮"任务前，他应该早已认真研究过，他是胸有成竹的，没有金刚钻不揽瓷器活。而且，在他的规划里，灵渠，不应该仅仅是一条运粮之河。

3

湘江，发源于桂林东面的海洋山，向北流入湖南，注入长江，属长江水系。

漓江，发源于兴安县的猫儿山，向南注入西江，属珠江水系。

这原本是两条互相不"说话"的江，一条滚滚向东北，一条滔滔向东南。漓江水位高，湘江水位低，两条江落差6米，要引湘入漓，使北水翻坡、北舟逾越，谈何容易？

千年前的史禄先生不是待在书斋里听汇报的专家，他是真正的实干家。他是设计师，也是工程师；是测量员，也是勘探员。始皇帝给了充足的士兵与工匠让史禄调遣。他带着他们翻山越岭察勘地形，实地测绘，他内心有几个大胆的计划，已经在纸上推演了无数遍，他需要找到一个点，一个湘江与漓江水位落差最小的点。

在湘江上游的海洋河，一个叫分水村的河段，经过无数次的比对，这里便是湘江与漓江水位落差最小的地方。

就是这里了！这就是我们要找的分水点。

用巨石砌成一条约半里的"人"字堤，前锐后钝，形如犁头，故名铧堤。铧堤高六米，这道六米高的"人"字形拦河坝把河水三七分流，形成了南渠和北渠。三分经南渠流入漓水，七分经北渠引入湘江。

北渠在湘江故道的冲积平原，迂回曲折，"S"形蜿蜒逶迤八里，比故道长了一倍。它缓缓流淌，滋润哺育了更大更广阔的湘江河谷平原。南渠的长度要比北渠长出许多，达六十多里，它流经兴安城，接灵水，经溶江镇，最终汇入漓江。

灵渠之所以伟大，是因为它是世界上最早的提水通航工程，是近代船闸的始祖。流水通过了渠道，便进入了斗门。斗门即今天的船闸，它是提高水位以便于舟楫浮渡的工程。宋代典籍中关于斗门有这样的记载："每舟入一斗门，则复闸之，俟水积而舟以渐进，故能循崖而上，建瓴而下，以通南北之舟楫。"

无独有偶，两千多年后的平陆运河也设计有马道枢纽、企石枢纽、青年枢纽三处船闸，是平陆运河建设中最关键的工程。从平陆运河起点西津库区水面到钦江入海口的海平面之间水位落差大约65米，三个枢纽建成后，航道中的水深、流速得以保障，往来船只经过运河上的三级"阶梯"后便可轻松地航行。其中，马道枢纽建成后将是世界上规模最大的内河省水船闸。

4

公元前214年，灵渠凿成通航。同年，秦军攻陷百越，在岭南设置南海郡、桂林郡和象郡，百越之地被纳入大秦版图。

修建了这样一条伟大的运河，一条决定战争胜负的运河，史禄应该是劳苦功高吧？他是不是会从此平步青云，做更大的官？没有任何的记载表明这一点。史禄凭空消失了，从此消失在了典籍中，遍寻不见。

是他深藏功与名，主动隐退，还是五年的修渠让他心力交瘁，病体不支，英年早逝？史禄啊史禄，除了你这个半真半假的名字，我们甚至都不知道你的年龄、身高，是南人之相还是北人之姿。

原来人间"功成不必在我，功成必定有我"的高尚情操古来有之。千年前灵渠的建设者如此，今日平陆运河的建设者更当如是。

2018年8月13日，在加拿大萨斯卡通召开了国际灌溉排水委员会第六十九届国际执行理事会全体会议，公布了2018年（第五批）世界灌溉工程遗产名录。中国的灵渠，申报成功。

消息传来，灵渠碧波荡漾，风含情，水含笑。

如果灵渠会说话，它会对平陆运河说："兄弟，未来看你的喽！"

平陆运河企石枢纽施工现场

平陆运河集团有限公司 / 供图

第四章

沿河而居

搬迁无悔：第一个吃螃蟹的人

黄英红第一个在搬迁协议上签了字。她是钦州市灵山县沙坪镇旧圩社区居委会党支部书记，她不带头谁带头呢。

见黄英红签完字，社区居委会的成员也签了。书记都带头了，居委会其他人也不好再继续坚持。被召集到居委会开会的居民代表你看看我，我看看你，相互推脱着："你签！你先签！"礼让三先的中华美德在这一刻被发挥得淋漓尽致，谁也不愿意成为第一个吃螃蟹的人。

"一个一个按顺序来吧，从这边开始！"黄英红的建议打破了僵局。这天上午，搬迁协议签了一多半，剩下的那些都是硬骨头，要一根一根地啃。

乡亲们的踌躇与犹豫，黄英红非常理解。万不得已，谁愿意搬迁呢？金窝银窝不如自家狗窝，在一个地方住久了就习惯了，任谁都会生出感情来。再说，大家搬到这里才几十年的光景，当初让他们搬来此地的时候，可是说好了这里就是一辈子的家园，是他们的出生之地、埋骨之地。

这才过去了多少年啊，为什么又要让他们再次舍弃家园，再次踏上搬迁的路？

在"村改居"之前，旧圩社区叫旧圩村。旧圩村是行政村，辖着好几个自然村，黄英红婆家的铜锣坪村就是旧圩村的自然村之一。

铜锣坪村第一次搬迁是在 20 世纪 60 年代末，黄英红是嫁过来之后听太婆和家婆说过，那时候丈夫还没有出生呢。当年导致铜锣坪村整体搬迁的直接原因，是要在西江支流郁江上建设西津水电站。

1958 年 10 月，西津水电站动工兴建。郁江水被拦腰截断，人工蓄水使上下游形成落差，再利用水能发电。1964 年，西津水电站投产发电。之后，在 1966 年 7 月、1975 年 12 月、1979 年 7 月，2、3、4 号机组相继投产，西津水电站成为当时中国最大的低水头河床式径流电站。

郁江被截断，在上游形成了一个绵延百里的人工湖——西津湖。当地人习惯称它为"西津水库"。黄英红的婆家铜锣坪村恰好就在西津水库的库区里，随着西津水电站机组投产发电，库区水位不断升高，库区里的村庄需要整体搬迁，人们不得不含泪搬离了祖祖辈辈生活的家园。那是 1968 年，铜锣坪村的所有村民都搬至现在的旧圩村。俗话说得好，树挪死，人挪活，既来之则安之，新家园地势开阔，依山傍水，没过几年，原铜锣坪村的村民也就适应了新环境。

2006 年，修灵山至新福的公路；2019 年，修沙坪至大塘的公路。一时之间，因为修路村庄要搬迁的说法传得神乎其神，几家欢乐几家愁。好在这两条路只是占用了旧圩村的土地，并没有经过村庄，那些关于村庄搬迁的说辞更是子虚乌有。

黄英红 2005 年嫁到旧圩村。她是广西崇左扶绥人，像大多数初中毕业就去广东找工作的广西年轻人一样，黄英红在广东一家织布厂做织布女工。在那里，她遇到同样在织布厂当维修工的丈夫。

第一次跟着丈夫回婆家过春节的经历，让黄英红终生难忘。两个人从广东坐长途客车到灵山县城，一路高速公路，五百公里走了八个小时。从灵山县城到沙坪镇，还得坐长途车，几十公里的路又走了两个小时。从沙坪镇到旧圩村没有公交车，还有几公里的山路，望山跑死马，要是步行的话，天黑也走不到家。两个人一人花三块钱雇了两辆摩托车，骨头快颠散架的时候，才到了旧圩村。

回村路上，丈夫指着幽深的水面告诉黄英红："那就是西津水库。"

天色有点暗了，水面上浮着一层薄雾，鸟飞得很低，它们盘旋着，啾啾而鸣。应该是今天归巢前的最后一次飞翔。天色越来越暗，青山、绿树的青绿之色都被黑夜一点点吞噬。丈夫说白天的西津水库很美，湖水清得像一面镜子，无须抬头看山，水中自有蓝天、白云和青山。水电站泄洪的时候，惊涛骇浪，那排山倒海的浩荡声势，巨大的声响会传得很远。每次泄洪过后，只要是晴天，天上都会浮现出一道彩虹，久久不散。

虹一样美好的生活只维持了五年，2010年，黄英红的丈夫突发心脏病，溘然而逝，留下她带着四岁的女儿和两岁的儿子艰难度日。这一年，黄英红刚刚成为预备党员。

旧圩村有五十多名党员，年龄最大的102岁，年龄最小的28岁，女党员占三分之一。黄英红所在的铜锣坪自然村有包括她在内的四名党员。

平陆运河开工的消息，整个广西家喻户晓。旧圩村恰好就在平陆运河航道1标段的项目施工区内，航道弯道取直，到那时旧圩社区大半个村庄都会成为一汪深水。这一次不再是传言，村庄整体搬迁已成定局。这一次需要整体搬迁的也不再仅仅是铜锣坪村，而是整个旧圩社区的 106 户 360 人。那天，黄英红与社区党员带头，第一批签下了搬迁协议。

最初听到搬迁消息的时候，旧圩社区的居民还是非常兴奋与期待的。今时不同往日，大家其实都向往更好的居住环境，都希望自己过上与城市里方便的水、电、路、讯一样无差别的生活。再说了，上一辈人能为西津水库牺牲家园，这一代人为了利国利民的平陆运河工程，同样可以舍小家，顾大家。居民的抵触情绪根源在过渡安置政策。在他们的预期里，是政府建好了集中安置房后，他们再搬迁，而根据施工进度，则需要居民先腾空房子方便拆除以保障工程进展，待集中安置点的楼房竣工之后，居民再搬迁入住。过渡安置有两种选择：一种是货币过渡，领取相应的费用自己租房过渡；一种是在政府提供的过渡房中安居。

签了搬迁协议的，黄英红就督促着他们尽快腾空房屋；那些不愿意签协议的，她就跟社区的党员挨门挨户去做工作。

"让我签也可以，你先告诉我将来我家住哪个楼、哪一户，你告诉我，我就签，否则我就是不签！"

遇到这样的居民，黄英红能做的就是一遍一遍地给他讲政策，没有别的办法。她不是神仙，无法预知未来。她能做的就是拿出集中安置点的规划图，告诉居民，未来新家的路有多宽，房子有多整齐，有幼儿园、小学、菜市场和活动中心。每天出门走的是柏油马路，晚上可以在活动中心的广场上跳广场舞，农具和农机会有专门的地方存放。

唯一不好的就是不能再养鸡鸭鹅了，就连养狗也要去办证，狗也需要上户口。以前旧圩社区仅仅是"村改居"，旧圩社区与旧圩村除了名称，本质上并无任何不同。但在不久的将来，旧圩社区会成为真正的城市社区。

"就算不为咱们自己，也得为孩子们考虑，谁家的孩子不愿意在城市里待着呢？交通便利，网络又快，工作机会也多。您再考虑考虑，搬是一定要搬的，政策对谁都一样！我向您保证，从这里搬出去，咱们的日子会越来越好，您不会后悔的。"黄英红无论心里多急切，都不能急在脸上。一天做不通工作，那就第二天再来。反正已经陆续开始有人搬家，只要有人动起来，那些想不搬的也会心发慌。

黄英红也已经带头搬了家，把83岁的太婆和68岁的家婆安置妥帖了。而女儿在灵山县高中，儿子在沙坪镇中学。黄英红一天需要跑好几个地方，探望太婆和家婆，照顾女儿和儿子，还得倾心倾力跟不愿意签字搬迁的居民周旋。

"黄大哥啊，您就签了吧！大家都搬走了，将来就留下您一家在这里生活，您自己好好想想，那能行吗？"

56岁的老黄，家有二子，他家的房子比较偏僻，平陆运河航道1标段工程红线只占了他家房子的一角，其余大部分保留了下来。老黄就心存希望，他觉得如果自己坚持到底，也许政府就会改规划，他就能继续住在旧圩社区。面对黄英红的苦口婆心，他执拗地表达着自己的诉求："你们往旁边挪一米，我家的房子就不碍事了！"

"唉，"黄英红实在不知道该如何接老黄的话茬，"黄大哥，这是国家工程，党中央、国务院同意了的，是咱想挪一米就挪一米的事儿吗？"

"黄书记，你别拿党中央、国务院吓唬我，他们知道我是谁？"老黄依然故我，一副油盐不进的模样。

"黄大哥，我还是那句话，您不为自己考虑，也要为孩子们考虑。您有两个儿子，将来还会有孙子，咱们的新家门口就是幼儿园。我向您保证，从这里搬出去，咱们的日子会越来越好，您不会后悔的。虽说安置点的房子还在建，咱们需要自己找个过渡的住处，那又怎么样，挨一挨就过去了！大家都选货币过渡，租个房子过渡一年，省下的钱都是自己的。"

老黄沉默着，低头在院子里兀自忙活，不再搭理黄英红。

"又是一天的无用功……"黄英红叹口气，把今天翻篇，明天再来。明天不行，不是还有后天嘛。

2023 年 8 月 11 日，在黄英红的不懈努力下，旧圩社区最后一户居民签署了搬迁协议。

因河而兴：可以在家门口上班

同事跟陈永春商量，让他上白班，他笑了笑，没反对，点头默认了。

"就是嘛！你这刚结婚，哪能让老婆守空房啊！我这是为你着想，替你考虑。还不快谢谢我？"得了便宜还卖乖，说的恐怕就是同事这种人吧。

陈永春不想跟同事多计较，人家说得没错，他的确刚结婚，2023年1月26号请的喜酒。因为疫情，村里不让大摆宴席，只小范围宴请了几家最亲近的亲戚。最让他开心的是，在他人生最重要的时刻，父亲与母亲都在身边，为他送上祝福。虽然他们在他九岁时已经一别两宽，各生欢喜，但父母没有因为另组家庭而缺失了对陈永春的关爱，只这一点，陈永春已经倍加感恩。

陈永春家在广西横州市新福镇丕地村。"丕地"是句白话，席地而坐的意思。村里的老人说，丕地村自明朝万历年间就成村了，最早在这里盖房居住的人，家徒四壁，居家过日子的桌椅板凳、床榻箱笼一件也没有，天当被，地当床，山作枕头月是灯。席地而坐是常态，久而久之"丕地"就成了村名。

丕地村是真的穷，穷了几百年。有时候，陈永春也会情不自禁地想，如果丕地村不是这样闭塞、这样穷困，母亲是不是就不会离开他和父亲了。母亲离开丕地村之后，嫁去了沙坪河对岸的横州镇周塘村。母亲安顿好之后，第一时间跟父亲商量，要把九岁的陈永春接到她那边上学。只要是为了儿子好，老实憨厚的陈父没有任何意见。

母亲的新家要比丕地村父亲的家条件好出来许多。继父爱屋及乌，对陈永春也不错，该管的管，不该管的一句话不多说。陈永春很聪明，玩的东西一学就会，看书的时候就脑筋不够用。母亲也不强求他，在他初中毕业后，跟父亲商量了一下，就送他去学挖掘机技术了。正规培训了三个月后，找了一个师傅跟车当学徒，赚不赚钱不重要，重要的是把技术学到手，积累点经验。跟着师傅上机实际操作了一段时间后，陈永春才意识到，那三个月在培训班上学到的所谓知识，还不抵跟着师傅工作三天的收获大。那些理论知识即便倒背如流又如何，只有在实践中，才能真正掌握挖掘机的操作技巧与窍门。这不是一个仅靠蛮力就能胜任的工种。

开挖掘机又累又枯燥，坐在驾驶室里，即便关上门窗，也避免不了噪音对耳朵的侵蚀，在一个高分贝的环境待久了，有时候还是会被吵得心烦意乱。在驾驶室的轿厢里，能明显地感受到振动，工作时间长了，人会被颠得反胃，想吐。

十六岁学挖掘机技术，两年学徒生涯，乏味又无趣，陈永春迫切想逃离这样的生活。

2011年，年满十八岁的陈永春报名参军，去广东深圳市当了一名边防武警。深圳固然繁华，却与陈永春无关。部队是一个神奇的地方，生活简单、纯粹，却能让人快速成长、成熟。五年的军营生活，陈永春理解了父母，甚至佩服他们在察觉婚姻出了问题之后选择离婚的勇气，而不是成为怨偶，相互折磨一辈子。对于曾经学习的挖掘机技术，陈永春也有了更深的认识，他自信能成为一名优秀的挖掘机司机。所以，退伍之后，他第一时间重操旧业，继续开起了挖掘机。

重新坐在挖掘机驾驶室里的陈永春，心境已然不同。他的手与大脑的配合度更高，也更协调，小时候的聪明劲完全显露出来，他会准确判断工地的现场环境，根据实际情况变通作业。噪音依然大，振动依然强烈，但少年的心不再浮躁，而是沉着的、踏实的。

一年里，陈永春有十个月甚至十一个月在外面工作。他随着工程队去过广东，还去过贵州和云南。他参加过珠海市金湾区的建设，那是未来珠海市西部城市中心、粤港澳大湾区西部海空枢纽、珠江西岸先进制造业的新引擎、粤澳深度合作区重要支撑区。在深圳当兵五年，陈永春能想象得出将来珠海金湾区的繁华，他知道将来那里的车水马龙、万家灯火与他无关，但他曾经为那片土地洒下过劳动者的汗水，曾经参与过历史的创造。挖掘机每一次触地的震动，都让他觉得自豪无比。

工地上的工友们，有一人吃饱全家不饿的，像陈永春这样的未婚小年轻，父母正值壮年，无须他赡养；更多的是拖家带口，以一己之力为家人谋幸福生活的。从日常的消费态度上就能看出来区别。在年轻人中，陈永春算是理性的，他知道攒钱，从不乱花钱，这个习惯同样受益于那五年的军营生活。有时候，他也会扪心自问，如果没有那五年当兵的经历，他会不会一边卖力打工，一边过度消费自己的青春岁月，上网，打游戏，早早结婚，重复父亲的生活轨迹。

退伍的第三年，陈永春攒够了买车的钱，然后毫不犹豫地买了车。以前没有车，他只能在过春节的时候才回丕地村，年前年后待上二十天左右就折返工地。有了车就可以自驾，不再受制于公共交通，反正年轻嘛，下了班，走个夜路，开个夜车，说走就走，想回家随时可以动身出发。清明节、端午节、中秋节，只要工地放假，他就可以选择回家过节。

恼人的疫情把陈永春困在了丕地村。他像一只折了翼的候鸟，无法再振翅迁徙，只能留守原地，暂做一只留鸟。

无所事事的日子，精神极度匮乏，他躲进了《王者荣耀》，在里面寻找乐趣。不玩不知道，一玩真奇妙！怪不得那么多人趋之若鹜。游戏不难，容易上手，环环相扣，手机拿起来就放不下，动动手指，一天就过去了。犹如困兽的日子不再煎熬，不再那么难打发。除了游戏本身好玩，另一个让陈永春欲罢不能的原因是《王者荣耀》的社交功能，他认识了一个家在玉林的姑娘，同样被疫情困在家里无法外出打工。刚开始是打字聊天，后来语音聊天，再后来视频聊天。打游戏倒在其次，更多的是为了见到她，听听她的声音。

疫情防控时松时紧，等陈永春启程去工作时，以前让他觉得游刃有余、得心应手甚至有点陶醉的工作，变得索然无味。刚开始，他以为自己是玩游戏成瘾。下班后赶紧掏出手机去打一局。此时，陈永春不再是全天候在线，心心念念的玉林姑娘也因为工作经常不在线。一把游戏打完，陈永春的心还是没着没落的。他这才意识到，他不是对游戏上瘾，而是对手机那一端跟他一起玩游戏的姑娘上瘾了。换句话说，他爱上她了。

2023 年 1 月 21 日是除夕。虽然依然被疫情的阴云笼罩，但陈家屋里屋外一片喜气洋洋。陈家添人口，大年初二，1 月 23 日，陈永春终于如愿以偿，把虚拟世界里——《王者荣耀》游戏中——与他肩并肩闯荡江湖的姑娘娶回了家。

虽然没有大摆宴席，大宴宾朋，但来来往往串门看新媳妇的人还是有的。大家见面，问完"过年好"之后的话题总也离不开平陆运河开工。2022 年 8 月，平陆运河的三大枢纽工程已经开工了，二期航道马上就要开挖。陈永春不看报纸，不看电视新闻，传统媒体中常听的只有广播电台，还仅限于开车的时候听。年轻一代获取信息的方式除了手机，还是手机。

抱得美人归之后，网络游戏不再像以前那般具有超级魔力，也已经不能把陈永春牢牢地粘在那上面。他最热衷于刷抖音视频，搞笑的、搞怪的，吃播、直播卖货，切换到本地，系统给他推送最多的是关于平陆运河的消息。

2月10日，正月二十这天，陈永春刷到了平陆运河航道1标段的消息，一看内容，临时建设的用于施工的6号码头就在丕地村旁边。

这是什么？这是天赐的机缘，可以在家门口上班，可以参与平陆运河这样的超级工程，可以用自己的双手建设家乡。按捺不住激动的心情，陈永春当天就找到了平陆运河航道1标段的项目部，开门见山地问："你们招不招挖掘机司机？"

陈永春是第一个主动找上门来问询的挖掘机司机。

"招啊！当然招了！"说来也巧，陈永春遇到的刚好就是负责人，于是当场被录用。负责人还让陈永春发动一下村里其他的挖掘机司机师傅，也到这里来工作。可惜陈永春是丕地村唯一一个开挖掘机的。他回村里一宣传，倒是也发动了一部分人到项目部去干临时的杂工，铲泥巴，冲洗路面，打扫卫生，指挥运输淤泥的车辆。杂工是短期工，工资日结。

从应聘那天起，陈永春就一直在6号码头施工，司机两班倒，白班司机早六点至下午六点，中午十一点半下班，一个半小时的午饭与休息时间，下午一点继续；夜班司机晚七点至第二天凌晨五点。白班司机与夜班司机一周轮换一次。白天闷热潮湿，晚上清爽一些，夜班司机白天还可以兼顾家里的大事小情，所以大家都愿意上夜班。

陈永春是挖掘机司机中最年轻的一个，又是新婚宴尔。不想白天上班的同事就跟陈永春商量，找各种理由来说服他。他大多数时间只是笑一笑，也就应承下来。他很知足，在平陆运河项目上工作，每天可以回家吃饭，收入也不低，一个月 1.2 万。以前他在外地干活一个月赚得要比现在多一点。单就每天可以回家这一项，已经弥补了每月少赚那几千块的缺憾。再说了，刨去吃穿用度，去外地干活剩下的还不如现在多呢。

每次在沙坪河上干活，转动挖掘机那大型的加长臂，挖起一铲斗淤泥，陈永春就美滋滋地畅想，沿河而居的丕地村一定会因河而兴。多年之后，当他成为父亲或者是爷爷，看着平陆运河里百舸争流、千帆竞发，他就可以告诉儿子抑或是孙辈，这条河是他们开挖的。

家在运河边：平陆运河就是水上的路

清晨五点，院子里的鸡刚叫了一声，张庆英的闹钟也响了。隐约还能听到机械运转的低音轰鸣，平陆运河马道枢纽工地已经开始了新一天的忙碌，抑或他们本就没有停歇。

昨晚睡觉前，张庆英给自己的电瓶车充上电。她觉得人跟电瓶车也有点像，人需要吃饭补充体力，吃饱喝足休息好才能有精力干活。电瓶车的饭就是电，一根电线，接通电源，看着那小格子一升一降，直到满格，电瓶车也就"吃饱"了。起床第一件事就是去拔电瓶车的充电电源，村里前段时间有个人的电瓶车充电充爆了，眨眼的工夫，一辆电瓶车烧得就只剩下了一副车架子。

张庆英家在钦州灵山县旧州镇石桥村，距离平陆运河马道枢纽项目部，骑电瓶车只有三分钟的车程，是名副其实的家在运河边。娘家在十三公里外的大垌村，与石桥村一样，都属于旧州镇。

旧州的历史可以上溯到秦汉，这里是一个人人都会说客家话的小镇。隋唐时期，旧州是钦州州府的所在地。钦州故城遗址就在今天旧州镇政府的西侧，残存的泥筑城墙与碎砖烂瓦，默不作声地为今人明证着昔日的辉煌。

旧州古镇以绣球而闻名，有"中国绣球之乡"的美誉。绣球可考的历史有两千多年，据说它的前身是兵器，青铜质地，古称"飞砣"。在漫长的岁月中，飞砣渐渐褪去了森森杀气，成为互相倾慕的男男女女传情达意的信物。虽不致命，却依然不改追逐与攻击的逻辑本性。把玩着华美、精致的绣球，摇曳的流苏让人想起具有同等功效的西方丘比特之箭，即便是爱神之箭，也依然是锋利的尖锐的，剑拔弩张，控制、驾驭的气韵隐隐蕴含其间。而旧州镇的绣球，圆润、饱满、大成若缺，七窍玲珑，东方的哲学与智慧囊括其中。

与大多数广西年轻人一样，张庆英也是早早就去了广东打工。"去广东"是从什么时候成为广西人谋生的第一选择的？张庆英不知道，反正从她记事起，周围人就是这样过日子的。似乎祖辈、父辈也是这样子过来的。

外面的世界真的好吗？带着这样的疑问与希冀出发，到了广东，张庆英发现外面的世界的确是好。这样的认知，让她既羡慕又失落。她艳羡这样的繁华，周围的每个人看上去都是那么体面而从容，都生活得不费吹灰之力。

只有小学文化的张庆英能胜任的工作有限，她在广东东莞虎门的一家制衣厂找了份在流水线上缝衣服拉链的工作。那条紧密咬合的拉链虽然能把左右衣襟拼合在一起，但总给人一种貌合神离的感觉，轻轻一拉，握手言欢的状态即刻间分崩离析。就像她与这座昼夜不舍高速发展的城市的关系一样，看似紧密，实则脆弱不堪。毕竟铁打的都市，流水的打工仔。

在广东，张庆英把自己的绣球抛给了同是来自旧州镇的老乡。大垌村的姑娘与石桥村的男儿郎在广东结缘。也许，他们跋山涉水离开家乡，就是为了方便在一片更加明亮、宽敞的地方能够看得见、找得着彼此。所谓有缘千里来相会，无缘对面不相逢。他们缘分的化学变化发生在广东，而非广西，倘若当初他们不离开广西，是否还会有今天的缘分呢？哪怕大垌村与石桥村只有三公里的距离。

在外面待得太久了，老家只有在春节的时候才会携儿带女、大包小包地回去一趟。张庆英十年四胎，第四胎时喜得麟儿。三个女儿从小到大生活在旧州的时间不长，她们心中没有被浇灌根植"原乡"的概念，继大女儿去南宁求学并留在那里工作生活之后，二女儿、小女儿相继去到南宁与姐姐会合。南宁，未来会是三姐妹繁衍生息的地方。目前留在张庆英身边的只有正在读小学的儿子。

疫情改变了很多人的生活轨迹。张庆英一家也不例外。丈夫从事了多年的电镀工作，是一个成熟的电镀技术员，深受他所在公司老板的器重。三年前，老板已经把广东的企业陆续搬迁去了越南，机械与设备就是从广西运出去的，一部分走凭祥口岸的陆路通道，另一部分从防城港装船运抵越南。老板再三相邀，又承诺加薪，张庆英的丈夫也就动了心，跟着老板一起去了越南工作。疫情阻隔了丈夫回国、回家的路，他滞留在了越南，整整三年。

干家务活儿，张庆英是一把好手。早饭简单，煮一碗米粉就行。现在煮饭连火都不用生，"嘀嘀"两声，电磁炉一按。没有烟熏火燎，煮一顿饭下来，衣服上只沾染些许油味，没有烟火气。女儿们都从南宁回家时，张庆英还是会点燃木柴，在灶台上的铁锅里用锅铲上下翻飞地煸炒儿女们最爱的妈妈菜式，张庆英对自己煮菜的手艺还是很有信心的。马道枢纽工程启动，项目部招聘用工人员的消息不胫而走。等张庆英去报名的时候，餐厅的帮厨岗位已经满员了，她只得退而求其次，选择了保洁员。保洁员工资比帮厨略低一点，一个月 3500 元，张庆英已经十分知足了。她在广东的制衣厂一个月比现在多赚 1000 元，但刨去房租、伙食费以及每年往返的路费，还不如在家门口赚得多呢。

保洁员的活儿其实也不累，比下地种田要轻松许多。平陆运河所有标段的施工单位项目部都是标准化建设，张庆英觉得马道枢纽项目部比他们的村委会建得都好，人家这还是临时用房呢。保洁员一天工作八个半小时，早上七点上班，中午十一点下班；下午两点钟上班，六点半下班，不用上夜班。因为家离得近，中午张庆英还可以回家。其实一日三餐都可以在项目部吃，只因张庆英心里记挂着儿子，大都是一下班就赶紧回家。五年级的孩子，正是调皮捣蛋的时候，儿子不如他的姐姐们那么爱学习、求上进。有时候张庆英也自责，许是自己把儿子惯坏了吧。

电磁炉上的水开了，沸水开花，层层叠叠无穷尽。儿子昨天下午放学的时候说要吃猪脚粉，昨天晚上张庆英就把浇头提前做好了。不然，一大早起来收拾猪脚，还要炖得酥烂软糯，哪里来得及哟。炖好的猪脚又热了一遍，香喷喷的。香葱、香菜末也切好了。就是儿子还不起床，已经喊了两遍了，不喊他三遍，小家伙是不会乖乖起来的。

锅里的水花依然在绽放，米粉不能早烫好，烫早了，不吃就在碗里坨了。儿子终于起来了，睡眼惺忪，米粉都是闭着眼睛吃完的。张庆英需要先把儿子送去上学，再骑车去上班，好在离得近。

不到七点钟，张庆英已经到岗。每天总有起得很早的人，办公室里也已经有人开始工作了，或许是熬了个通宵吧。这太正常了，早已见怪不怪！

张庆英换上工作服，准备开始打扫卫生。项目部的一楼门厅有一面仪容镜，每次换完衣服，她拿着盥洗好的墩布路过时，都会看一眼镜子里的自己。她从年轻时就爱笑，看着镜子里的自己，张庆英也会笑一笑。镜子里的那个自己也回赠一个笑脸给她。有什么事是笑一笑不能过去的呢？

项目部里每天人来人往，却没有几个人会在那面仪容镜前驻足。他们太忙了。

仪容镜旁边就是项目的电子进展图，数据每天都在更新。平陆运河始于广西南宁横州市西津库区平塘江口，经钦州灵山县陆屋镇沿钦江进入北部湾。张庆英的母亲、父亲已经搬离了旧州镇，现在就住在陆屋镇的张庆英的弟弟家里。其实也不算远，旧州镇与陆屋镇之间也不过15公里的车程。几年前，张庆英家就已经买车了，当时花了13.8

万，买了一辆白色的东风日产。丈夫常年在外打工，张庆英就先一步考了驾照。学会了开车，想上哪里就能去哪里。

这段时间，因为施工车辆多，载重大，路况不太好。村里经常会有人抱怨，每次听到这样的牢骚声，张庆英就劝慰两句："等平陆运河开通了，路会越来越好的，运河里还有船开过来呢！别嫌现在路不好走，上去十年还没现在的路呢。忍上三两年，日子会更好！"

也许被劝慰的人以为张庆英在说漂亮话，但她内心真就是这样想的。平陆运河就是水上的路，家门口的公路就是平地里的河。河里要有船，路上要有车，船来船往，车来车往，人来人往，只要动起来就有钱赚。就跟她在制衣厂车间里干活一样，机器一动起来，老板就有钱赚。

有了这条河，将来旧州镇就会有更好的路，生活在这里的人也会有更好的生活。说不定到那个时候，三个女儿会回心转意回老家来呢。生儿育女，当然是盼着他们往高处走，但是大城市里生活也不易，如果家门口有工作的机会，生活无虞，不也是挺好的一个选择嘛。

青春万岁：一座有故事、有记忆、有历史的水闸

1

喻友文是湖南人。岳阳的平江县，是将军县，也曾是全国十大贫困县之一。直到 2019 年，平江县才符合贫困县退出条件，脱贫摘帽。

几亩山地与薄田，贫瘠得长不出足够养活一大家子的物产。父母常年在上海打工，有时候春节都不回家过年，因为假期不回家可以赚到比平时多几倍的钱。喻友文是被爷爷奶奶带大的留守儿童。所以，对于身边值得尊敬的长者，他有着无法言说的心理上的悦纳。就像他第一次与彭世厚老人的见面、接触，一句问候，一个眼神，喻友文就知道这是一个可亲可敬的老人家。

平陆运河青年枢纽项目部成立之初，第一时间要组建管理团队，时任中交四航局钦州港项目部党支部书记的喻友文，有着丰富的党群工作经验，遂被任命为中交四航局平陆运河青年枢纽项目部党支部书记。喻友文1991年出生，正值青年，青年枢纽管理人员35岁以下的比例高达80%，是一支标准的以青年人为主的队伍。

喻友文的家在汨罗江的支流边上，他从小沐浴着江风长大，尤其喜欢傍晚的江风，温和、润泽。2013年入职中交四航局，参与的第一个项目是海南省马村港的建设。大海的美是壮阔的，海风是迅疾的，再轻柔的海风也蕴含着力量。海风是咸的，吹拂了几天，便把被江风驯养多年的白面书生改造成了黝黑的汉子。在海边工作、生活，脱几层皮之后也就适应了。这些年，喻友文的工作半径一直在南海周边。

到了平陆运河青年枢纽项目部，喻友文内心想消除的疑问是：这个枢纽为什么会定名"青年枢纽"呢？像马道枢纽与企石枢纽是以其比邻的村庄来命名的，青年枢纽周遭并没有一个"青年村"啊。

实地走一趟，喻友文方知，此地虽无青年村，却有一座青年水闸，而且是一座有故事、有记忆、有历史的水闸。

驱车前往钦州市档案馆，喻友文与同事一起去调取昔日的档案。

2

他又一次在梦里看到了那个战天斗地的火热场景，以及在激情燃烧岁月中的自己。那个时候，他腰不弯背不驼，双鬓没漂染霜花。那一年的 8 月，钦江下游的水闸开工建设，而他还是广西钦州水利学校农田水利建设专业的在校生。1939 年出生的他，那一年才只有 20 岁。正青春！

"彭世厚！"人群中有人喊了一声他的名字。

"我在这儿呢！"他一边答应着，一边继续用眼神在人群里搜索一闪而逝的那抹倩影。

目之所及，到处人山人海，这是一场没有硝烟的人生战争，与恶劣的大自然之间的博弈。

新中国成立以前，钦江入海口的三角洲平原地带四面环水，这里的水域已经是咸淡水的交汇之处。彼时，此地没有水利设施，康熙岭、尖山、沙埠、大番坡等地的耕地无法灌溉，只能种一些产量低、口感不好的劣质稻谷，基本上是靠天吃饭，生活在这片土地上的农民之穷远近闻名。新中国成立之后，虽然兴建了部分水利工程，但也无法满足当地农民的实际需求。三天两头受灾，不是海水倒灌，就是闹旱灾。三天不下雨一小旱，七天不下雨一大旱。

1958 年，当时的钦县曾经在钦江牛头湾处筹建过水利工程，在纸上规划蓝图容易，一项庞大的水利工程落地，需要真金白银的投入，很显然，钦县的财力与物力都不足以支撑这样的大工程，只能望图兴叹。

没有资金，就只能望海兴叹吗？

没有设备，工程就不能上马吗？

没有建设者，就能难倒钦县人民吗？

不能。

1959年8月，县委和团县委响应党中央提出的组建青年突击队加入生产一线中的号召，动员全县青年参加工程施工，兴建钦江水闸。10月，钦江水闸工程施工指挥部正式成立。

共青团员、青年民兵、青年学生……钦县的青年人的豪情被次第点燃。钦县驻军、机关干部、钦州镇居民也加入进来，工程建设现场，每天最少七千人，最高时可达万人。

清基砌石是水闸建设的基础工程。没有拖拉机和装载机，偌大的工地上没有一台机械的身影，只有充满激情的人。一把铁锹、一柄铁锤、一把洋镐，这就是工具；一辆独轮车，一副扁担挑着两个竹筐，这也是工具。工地上的万名青年人凝心聚力，将自己化为建设的重器、利器，用汗水一点点衬砌起一座水闸。这座钦江下游的水闸，是当仁不让的青年水闸，当时即命名为"钦江青年水闸"。2015年12月，青年水闸原坝址拆除，重建时更名为现在的"钦州青年水闸"。

在青年水闸还停留在平面上的1958年，彭世厚，这个聪明、朴实的农家子弟考上了广西钦州水利学校。1959年8月工程开工后，学校组织实习，他以建设者的身份参与了施工。1960年6月，青年水闸竣工。这一年，彭世厚毕业，被分配到青年水闸管理处，成为青年水闸的管理者，守护它的平安与健康，直到2000年退休。

青年水闸左岸坝肩的山坡上、管理处后山的山顶上，一左一右，两座飞檐流角的小亭，两两相望、默默传情，宛如一生一世一双人，故名"鸳鸯亭"。这里是彭世厚与老伴儿闲暇散步的必到之地。

现在是老伴儿了，六十多年前却是彭世厚在人群中寻找的一道俏丽身影。老伴比彭世厚小五岁，是尖山镇人。他们在青年水闸的建设工地上结缘，而后相守相伴了一辈子。像这样的爱情故事不胜枚举，建"鸳鸯亭"也正是为了纪念那段激情燃烧的岁月。

3

从钦州档案馆回来，喻友文觉得不虚此行。他知道了青年水闸对钦州这座城市的意义，不仅仅是历史，更关乎民生。

2023年"五四"青年节，参与平陆运河建设的青年代表齐聚平陆运河青年枢纽施工现场，举行"青年思享会"，分享读书心得，交流工作中的体会。

喻友文将彭世厚老人请到了钦州青年水闸的现场。已经84岁高龄的彭世厚精神矍铄，嗓音洪亮。虽然是已经讲过无数次的故事，但说到动情处，老人家依然会声音哽咽、潸然泪下。

原来青年水闸竣工后，效果太显著了。青年水闸是一座以城市供水、农业灌溉为主，兼顾生态补水、防洪、发电、挡潮等综合功能的大型水闸工程，是钦江控制性水利枢纽。当年它担负着钦县辖区几十万人口的生活用水、市区河网生态补水和钦南区康熙岭、尖山、沙埠、大番坡等乡镇街道的农田灌溉任务。这些地区原先只能种一季稻，一亩水稻产量仅有一百斤。有了充足的灌溉水源，一年可以种两季稻，亩产增加至四百斤。以前的粮仓是空的，水闸建成后，当年钦县的粮仓就是满满的仓储。

当地有句顺口溜："有女不嫁黄坡男，三餐番薯两餐馊。"青年水闸启用后，很快就改了词，变成了："有女要嫁黄坡男，似年似节大把肉。"

六十多年来，青年水闸像一道屏障，造福、守护着钦州人。

时间的光轮来到了 2023 年，从 8 月 28 日这一天开始，钦州进入了平陆运河时间。

随着平陆运河的开工建设，钦江上的青年水闸，这座已经挺过了一甲子岁月的水利工程需要拆除。但它并非消亡，而是上移 1.5 公里再重建，以全新的样貌与双线船闸共同构成平陆运河青年枢纽工程。老的青年水闸承担的城市供水、农业灌溉、生态补水、防洪、发电、挡潮及航运等综合功能，新建的青年枢纽依然赓续不变，它只是会变得更高、更壮、更现代、更安全。

4

彭世厚在青年水闸管理处家属院里住了一辈子，孩子们长大了，鸟儿一样扑棱着翅膀飞走了。他和老伴不想离开这里，站在阳台上就能看到青年水闸的全貌。开闸放水的时候，像轰隆隆的闷雷声，一阵快过一阵。天气晴好时，坝上还会浮现一道彩虹，艳丽张扬，久久不肯散去。

青年枢纽建设现场，彭世厚去参观过。与当年不同的是，建设工地上的机器比人多。六十多年前的水闸建设工地，号子声响彻云霄；

六十多年后的青年枢纽工地，机械的轰鸣声震耳欲聋。负责接待他的喻友文在展板前详细地给他介绍了一遍，让彭世厚心生期待。

最让彭世厚啧啧称奇的是青年枢纽的鱼道建设。

青年枢纽的泄水闸布局在钦江的主河槽内，也就是老青年水闸上游约1公里处。当初青年水闸建设并没有设置鱼类洄游通道，导致钦江下游的鱼洄游不到上游。

平陆运河在建设青年枢纽时，提出了恢复钦江鱼类生态的设想：在青年枢纽的发电站下游，设置竖缝式鱼道和鳗鱼道两条鱼道，两条鱼道洄游的鱼会在鱼道的观察室会合，然后全部通过竖缝式鱼道洄游，既而在青年枢纽发电站上游155米处的鱼道出口游出。鱼道主要满足两类鱼的洄游，一类是以鲈鱼为代表的鱼，另外一类是以鳗鲡为代表的鱼。

在平陆运河，尊重一条鱼，让鱼生与人生一样有尊严，是新时代中国建设者努力达到的一个维度。中国式现代化是人与自然和谐共生的现代化，人与自然亦是生命共同体。平陆运河为人与自然和谐共生的现代化道路贡献着中国方案。

那天，与青年人一起过"五四"青年节，给青年人讲自己的青春往事，彭世厚的心情像钦江入海口的浪头一样澎湃。

演讲结束，喻友文安排项目部的车把彭世厚老人送回家。临上车前，老人再三叮嘱喻友文，老青年水闸拆除的时候，一定要通知他，他要带着老伴儿再去水闸前拍一张合影，以作留念。虽然这样的纪念照片，家里的相册里已经有好几张了，但彭世厚就是想留下青年水闸最后的模样，因为那是他青春的尾巴。

大道之风从海上来

中篇

【月当窗】风从海上来

北溟波澜，南海风雷乱。平陆运河似练，
千帆竞、众芳羡。

月暖，星斗暗，云残红树岸。击水鲲鹏千
里，循歌去、争相看。

湛江港

西部陆海新通道物流和运营组织中心 / 供图

第五章

白海豚的歌声

一座港的三十而立：风华正茂，未来可期

　　茅尾海的海风自带岁月的染色剂，它能把粉雕玉琢的小婴孩白皙娇嫩的肌肤染成古铜色，一种沿海而生、沿海而居的人们所独有的专属色；也能把青春的一头乌发染灰，再染白。茅尾海的风是一把温柔的刀，有二月春风似剪刀的俏丽，更有风刀霜剑严相逼的狠厉。庞栋春就是吹着这样的风长大的。

　　如今，庞栋春已经退休赋闲在家，往返于南宁与钦州两座城市之间。相较南宁，庞栋春更愿意待在钦州。原因只有一个，离钦江近一些，离茅尾海近一些，离钦州港近一些。人生就是这样，年轻时急切地逃离自己的出生、成长之地，待到阅尽世间繁华，内心又会燃起回归原点的冲动。只不过有的人仅仅停留在起心动念，而有的人则付之于行动。

　　流淌了千年的钦江，算得上钦州的母亲河，它哺育、滋养着这座城。江面如镜，映照着城市的昨天与未来。江水深流，浪花裹挟着深深浅浅的岁月残殇，滚滚向南奔赴大海。近半个世纪以来，这条江上总在诞生着"不等不靠、艰苦奋斗、实干第一、上马第一""敢教日月换新天"的奇迹，于是，在下游，有了一座众志成城的青年水闸；在入

119　　　　　　　　　　　　　　第五章　白海豚的歌声

海口，又有了一座众擎易举的港口：钦州港。

人到了一定年纪，总爱回忆，大脑中冷不丁就会闪回一个曾经的片段，一张脸，一句话，有时候还会出现瞬间的记忆空白，想不起那人是谁，那句话是谁说的，当时又是在哪里。于是，记忆的搜索引擎就在脑海中不停地旋转，旋转，直到忽然记起。

记忆里有一条船，木船，船上有高高的帆。那是父亲的船。父亲与村里同族的几个叔伯经常一起出海，从很远的地方运来沙子与石头。船是渔家人水上的车马，也是渔家人耕海的耧犁。每次出海，父亲都能赚到钱，或多或少。茅尾海的风把父亲吹得黝黑发亮，更亮的是眼神。父亲说："要是有大码头就好了，就能买更大的船，赚更多的钱。"

父亲做梦也没有想到，有朝一日他的希冀会在儿子手中变成现实。

那是1990年，时任钦州市委常委、办公室主任的庞栋春肩上多了一副担子：钦州港开发建设指挥部副指挥。

那时的庞栋春才知道，原来关于钦州港，中国民主革命的伟大先驱孙中山早有论述。从1917年开始，历经三年，孙中山先生完成了《建国方略》，这是中国现代化建设的第一份蓝图，在港口规划中赫然出现钦州港。但囿于种种原因，几十年的时间里，钦州港仅仅只是一个构想。

在海边，有绵长的海岸线，却没有港口出海。守着富饶之海，却过着苦哈哈的日子。钦州的未来与方向是向海，向深海。

"砸锅卖铁，把短裤卖了，也要上马钦州港！"这是钦州港建港先行者的决心与勇气。三十多年了，这句话像用刻刀刻在了庞栋春的记忆里。

在钦州港的建设中，钦州又打了一场"人民战争"。彼时的钦州港建设没有列入国家计划，建港资金是第一大难题。广播、报纸，有声的、文字的，无一不在诉说钦州港的筹建。小学生上学路上晨呼，放学路上晚呼，稚嫩的小手挥舞着一面面三角彩旗，童音清脆："建设钦州港，有力出力，有钱出钱！"

一夜之间，要建设钦州港的消息传遍了钦州的大街小巷，每一个角落。"捐资建港"成为每一个钦州人的自觉与自发。钦州所有机关干部捐出一个月的工资，上至耄耋老人，下至幼稚学童，每一个人都为建设钦州港出一份力，哪怕只捐一分钱。小学生捐出了自己舍不得花的压岁钱，小脚老太太蹒跚着去赶圩，把自己积攒的舍不得吃的鸡蛋卖掉，换来的钱一股脑全捐了。哪怕只捐了一分钱，也会有一张收据，证明曾经为这座钦州的港、人民的港尽过心。捐资建港像一支神奇的黏合剂，把所有钦州人的心黏合在一起，没有一句反对的声音。人心齐，泰山都能移，遑论建一座港！

现在的钦州港勒沟码头，在三十多年前是个只有七户人家的小渔村。钦州港开发建设的现场会就曾经在村头举行。彼时已经是1991年年底，那一天很冷，还飘着零星的小雨，没有伞，参加现场会的三十多个人被冻得直打哆嗦。寒风冷雨中，血是热的。

连续三年不间断的水文监测资料是规划建设一座港口的首要条件。钦州港这座人民的港口之所以能以不可想象的速度开港，离不开军民鱼水情。

与钦州港遥遥相望的龙门镇海域，有一座军港——龙门港。1919年，桂军名将申葆藩在龙门的制高点修建了一座西式三层的将军楼。

这座百年老宅，已然历久弥新。1939 年，日本人在龙门和企沙半岛登陆，剑指广西。解放后，这里也曾是中国海军的重要基地。20 世纪 70 年代，防城港建成广西第一个万吨级深水码头，1974 年扩建为对外开放贸易港口，1975 年建成广西第一个万吨级泊位。1984 年，国务院首批开放 14 个沿海港口城市，北海市和防城港区组团位列其中。1986 年，北海港在千吨级码头的基础上，建成两个万吨级泊位。

毗邻龙门港的钦州港，一次又一次地错失着向海图兴的契机。春天的故事里，没有钦州港的只语片言。

春风浩荡，1992 年的春天如约而至。龙门港海军基地向钦州港开发建设指挥部无偿提供了建港海域内三年不间断的水文监测资料，中交三航院的专家研读完材料后说："这一份材料，就能让钦州港的建设工期整整提前三年，三年啊！"

不仅仅是水文资料，前期的钻探设备、铁锚、线缆、电缆……所有龙门港的海军驻军能给予的支持，没有一项打过折扣。

不打折扣的还有无私支持钦州港建设的钦州人民。当时港域内涉及搬迁的村庄，无须动员，主动搬离了祖祖辈辈生活的家园。项目区内征地一千多亩，三个人，二十天全部完成，无一人索要补偿款、青苗费。那些土地的所有人有一个共同的想法：把本该给他们的钱用于建设钦州港。中交三航院需要把仪器安放在钦州港西南角的一个小岛上收集动态数据，还要请专人守护，但没有报酬。守护人得自己有船，白天巡视设备，晚上住在船上。原本以为请不到人，孰料来报名的渔民却排起了长队。

勘探工作接近尾声时，勘探船的输油管意外破裂，不得不停下来。

这个型号的输油管必须去湛江买，一来一回就得停工两天。两天啊！两天能做多少事哪，实在是耗不起。

庞栋春连夜带人去了龙门镇的渔港码头，寻找相同型号的渔船，如果船老大有多余的输油管就可以借用一下，或者直接作个价卖给指挥部也行。终于在半夜时分，他们找到了一条型号一模一样的船，亮着灯。

说明来意后，船老大犹豫了一下，皱着眉头把自己的输油管拆了下来。

"这个您要多少钱？"庞栋春赶紧问。

"我本来要出海打鱼，两天你说我能赚多少钱？我把输油管给了你，我就出不了海了。我去湛江买，停工这两天，你说我损失多少钱？"

庞栋春心里咯噔一下，船老大这番话，他没法接下去。输油管不能不要，但万一对方狮子大开口，他该怎么办？还没等他想好怎么应对，只听船老大继续说："我没打算要钱啊！为了建港嘛，我不计较的。我捐过款的，就当我又捐了一笔钱好了呀。"

港区内通水通电通路，建筑材料露天存放，无人看管，却连一粒石子都没有丢失过。

1992年8月1日，钦州市政府特意选择了"八一"建军节这天开工，礼敬最可爱的人。

天蓝如镜，白云时卷时舒，隔着一片水域，钦州港建港第一炮炸响。穿云裂石的爆炸声惊天动地，让观礼的人们感受着脚下的震撼，钦州港的建设序幕拉开。

中国古代著名的军事战略家孙武在其皇皇大著《孙子兵法》中，从"道、天、地、将、法"五个方面分析了如何判断胜负形势。道之正义、天之时机、地之条件、将之素质、法之有度，这些先决条件，钦州港建设无不具备，成功只在早晚。

孟子亦云:天时不如地利，地利不如人和。1994 年 1 月 16 日，"人和之港"钦州港开港。两个万吨码头建成，钦州"有海无港"的历史终结。然而，彼时的庞栋春已经调往钦州市浦北县了。

一晃三十年过去了，花样年华的钦州港三十而立。它是中国西部沿海唯一的保税港区，已形成油品、集装箱、煤炭、汽车等物流体系，实现集装箱班列每日开行并与中欧班列保持衔接，开通内外贸集装箱航线 60 多条，覆盖中国 18 个省区市 61 个城市 120 个站点，通达全球 119 个国家和地区的 393 个港口，货物运输品类达 940 多种。"向海产业壮大、向海通道建设、向海科技创新、向海开放合作、海企入桂招商和碧海蓝湾保护"六大行动，无一不在助力着钦州港从地区性港口向国际化港口迈进，从港口枢纽向通道枢纽逐步升级。

三十而立的钦州港，一座西部陆海新通道上的年轻港口，风华正茂，未来可期呢。

在港口，等风来: 气量和心胸是被痛苦和委屈撑大的

从入职的第一天到现在，谢火明从来没有后悔过，哪怕在工作最难、最累，自己几乎无法应对，接近崩溃的时候，也从来没有后悔过自己的职业选择。

作为北部湾港钦州码头有限公司副总经理，谢火明知道同事们除了称呼她"谢总"，还会偷偷叫她"火总"。她并不介意，一个无伤大雅的绰号而已嘛。的确，她行事是风风火火的，这一点她从来不回避，大大方方承认就好。有时候她还会佩服父亲，甚至感恩他老人家给自己取的这个名字，"火"字真的就是她的写照。她的生命本质就像一团火，自信、张扬，热烈地燃烧，释放着蓬勃的生命力，让身边的每一个人都能感受到她的能量。可能有时候会因为过于炽热，而给周围的人一种无形的逼迫感。

自信、张扬的谢火明走到哪里，笑声就跟到哪里。从小到大，一直如是。父母给了她关注，哥哥与弟弟给了她关爱，她的家乡横州盛产茉莉花，她就是家中的那一朵美丽的茉莉花。只有生命底色被写满爱的人，才会绽放得放逸、肆意。香飘芃野，馥郁、浓烈，甚至霸道。谢火明性格像谁呢？像父亲吧。

谢火明的父亲是他们村有名的致富能手，有头脑、有心术，性格坚毅，做人有韧劲。父亲在年少时为了能给家人更好的生活，主动辍学挑起生活的重担。父亲把谢家经营成村里的首批万元户之一。幼年失学的父亲对自己三个孩子的教育尤为重视。谢火明的哥哥是谢姓家族第一个大学本科生。那一年，光在村里宴请就摆了六十多桌。荣耀还在继续，谢火明还有她的弟弟，相继凭自己的能力实现了鲤鱼跳龙门。这是父亲这辈子最开心、最得意的事情。

1997 年，大学毕业的那一年，培养了谢火明多年的中学希望她回校任教。她犹豫着，权衡着。八月的一天，谢火明去钦州港找在上班的老乡玩。正是这一趟钦州港之行，彻底改变了谢火明的人生。

彼时的钦州港码头刚刚启用三年，到处都是生机勃勃，野蛮生长。港口几乎都是年轻人，谢火明在那里整整玩了两天。他们一起在夕阳下唱卡拉 OK，海风吹乱了头发，吹皱了衣衫，吹散了歌声。沙滩上有螺，捡一只，放在耳边，里面有远方的歌声，像是呼唤，又像是哀怨的请求。这里的烧烤味道天下无双，这里的海鲜粥鲜美可口。海风吹在皮肤上，黏黏的；舔一下，咸咸的。钦州港给谢火明的感觉像校园，她刚离开一座象牙塔，又踏进了一座崭新的象牙塔。她喜欢这样的钦州港。

要回家了，老乡看出了谢火明眼神中的不舍。"火明，你也可以来钦州港工作啊！我知道你喜欢这里，我觉得这里比学校更适合你。"

没有一秒钟的犹豫，谢火明独自做了她人生的第一个重大决定，委婉拒绝了母校领导，加入了钦州港建设者行列。

那一年，是弟弟来送谢火明入职的。姐弟俩带着行李，从村子里坐三轮车到镇上，再坐小公共汽车到县城，转长途汽车到钦州市，换乘公交车到钦州港。去钦州港的路上，途中遇乡镇赶圩，公交车被堵在里面，整整三个小时没挪动。到了港区，还要再坐三轮车才能到宿舍。从港区到宿舍区，只有一条没完全硬化、没铺沥青的土路，窄窄的，窄到两辆车对头开破不开辙。路两侧是生机盎然的红树林，结满了风铃一样的榄钱，碧绿，青翠。树上栖满了鸟。有人走过，它们瞬间像一颗爆炸的礼花弹一样从大树的枝丫上弹射开来。鸟儿并不怕人，却也不靠近，只在一个它认为安全的距离之外，审视打量着钦州港新人谢火明。

"姐，这就是你放弃去学校教书换来的单位？"一路颠簸，弟弟一路咋舌。他十分质疑姐姐的选择，姐姐是冲动型，从小到大，经常脑子一热做各种异想天开之事。可这是工作啊，一辈子的大事，只是来这边玩了两天，就自己做了决定，也不跟家里人商量一下。

"这里的好，你不懂的！"弟弟的凉水浇不灭谢火明心中的那团"火"。

知道她刚参加工作，初来乍到，母亲给了谢火明一笔钱。1997 年，两千块钱对刚上班的小年轻来说算得上是一笔巨款。她买了一辆红色的三枪牌自行车，24 英寸的女士坤车。同事们大都走路上班，只有谢火明骑着她的红色自行车，"叮铃铃，叮铃铃"地越过人群，率性向前。

率性向前的还有钦州港！

1994 年 1 月 16 日，钦州港开港。同年 6 月 28 日，钦州港区挂牌成立。

1996 年 6 月 14 日，广西壮族自治区人民政府批复同意钦州港设立省级经济开发区。

1997 年 6 月 18 日，钦州港口岸正式对外开放，成为国家第七个一类口岸。

1997 年 8 月 18 日，是谢火明正式上班的第一天。她入职钦州港务局商务调度部商务科的货主之家。八月初，钦州港务局的领导刚刚从山东青岛港参观归来，货主之家的设立就是学习考察的直接结果。货主之家的设立是为前来港口办理业务的货主们提供一个休息、商务谈判以及处理业务的温馨空间，谢火明是空间的管理员，主打一个贴心与周到的服务。

货主形形色色，性格各异，诉求更是不一而足，但他们也有一个共通点，就是要求"快"。每个人都希望自己第一时间收货或发货，第一时间装完或卸完。有的货主好沟通，有的自恃财大气粗，颐指气使。谢火明性格开朗，笑容像小太阳一样炫目，往往三两句话就能安抚货主焦躁的情绪。其实，哪一个货主能不明白呢，船舶在海上面临的情况瞬息万变，很多事情是不可控的，码头的装载与卸货有流程、有工时，不会因为自己的焦急而有任何的改变。他们的抱怨、焦虑，都是正常的情绪反应，他们只是希望自己的情绪能被看见、被关注到。

商务科是港口的对外窗口，是与货主面对面的平台，也是 22 岁的谢火明的第一方人生舞台。在北部湾国际港务集团没有成立之前，钦州港与防城港、北海港相较，并无太大的优势，港口与港口之间的无序竞争无形当中给了货主可乘之机。有时候，她也会被无故刁难到难以忍受，但即便再难堪也会挺直脊背，保持微笑。四下无人时，紧缩一下肩膀，长舒一口气。悄悄哭一会儿，再精神百倍地回到办公室，去面对货主。一个人的气量与心胸是被痛苦和委屈一点点撑大的。

2007 年，北部湾国际港务集团成立，钦州港、防城港、北海港"三港合一"，开全国沿海港口跨行政区域整合的先河。整合后，钦州港主营集装箱业务，"油、煤、气、盐"多元石化产业体系初步建立；防城港聚焦大宗散货，以钢铁、有色金属、能源、粮油等为重点的现代临港产业集群加速形成；北海港打造邮轮母港、北部湾国际滨海度假胜地、海上丝绸之路首发港，乘风而起。

2008 年 5 月 29 日，国务院批准设立广西钦州保税港区，是中国西部唯一一个保税港区。

这一年的五月，谢火明调整到钦州港的集装箱板块工作。

这次的人事调整并非只涉及她自己。钦州港组建了最优团队，深耕港口集装箱业务，利用政府的集装箱业务扶持政策，对航运公司、货主、代理公司进行补贴和奖励；利用钦州保税港区的带动效应，加大对集装箱适箱货源的组织，培育集装箱货源市场；加强与中国海运、天津中远海运、香港永丰船务等集装箱航运公司的合作，提高装卸效率，缩短集装箱中转时间。钦州港有它的短板，也有它的长板，所幸，港口的决策者并没有一味去补齐它的短板，而是尽可能发挥其在集装箱业务领域内的优势，并做到了极致。

在集装箱业务一路高歌猛进的时候，谢火明又回到传统业务板块。长板足够长之后，短板也该适时补一补了，大宗散货业务量，也不能小觑啊。

2010年11月，钦州港开发区升级为国家级经济技术开发区，开发区建设进入国家发展战略。国务院批复同意钦州港口岸扩大对外开放范围，至此，钦州港口岸实现了全面对外开放。

2012年3月26日，国务院批复同意设立中国－马来西亚钦州产业园区。这是中国与马来西亚实施"两国双园"合作机制的第三个"两国双园"——中马钦州产业园。

2012年年底，钦州港30万吨级主航道竣工，30万吨级油码头水工部分建成。

2019年8月，西部陆海新通道建设上升为国家战略。

在离开集装箱业务板块两年之后，谢火明再次回归，担任广西北部湾国际集装箱码头有限公司商务部经理。这一年，北部湾国际港务集团、天津中远海运、新加坡国际港务集团、重庆和成都强强联手，重新布局广西北部湾国际集装箱码头业务，新增内外贸航线11条，其中外贸航线 10 条,《区域全面经济伙伴关系协定》诞生的自贸区内流向占了 8 条。2023 年,钦州港迈入"500 万标箱时代"。

2019 年 8 月,中国(广西)自由贸易试验区钦州港片区设立。

2021 年 7 月 9 日,钦州港 30 万吨级油码头正式对外开放。

为了不断扩大集装箱业务,稳定现有货源及开拓新的集装箱航线,谢火明想方设法推动完善码头各种作业资质,申请新的港口危险货物作业附证。她邀请相关管理单位代表一同去贵州罗甸考察。

罗甸,一座被打火机成就的城市,产品远销东南亚、中东地区和欧洲。实地调研之后,谢火明才知道,原来俄罗斯人青睐防风打火机,易点燃、轻便款打火机在中东地区卖得好,出口欧洲的打火机机身要重一些才有销路,印度尼西亚人对打火机的火焰高度比较看重。

一只小小的打火机,带火了一座城的经济。以前贵州罗甸的打火机大都从宁波港或上海港出海。随着贵州加入西部陆海新通道建设,从这条更便捷、更经济的新通道出海远行便成了贵州罗甸打火机的新选择。西部陆海新通道的钦州港与贵州罗甸打火机之间,是一场真正意义上的双向奔赴。

2022 年 12 月 26 日,广西北部湾国际集装箱码头有限公司成功取得新的港口危险货物作业附证,新证新增 26 个危险货物货种集装箱作业(直装直取)资质。这是北部湾港钦州港区集装箱码头自 2011 年以来,单次申办新增加危险货物作业资质货种数量最多的一次。罗甸打火机即将从钦州港起航喽!

只要一有时间,谢火明就回老家探望年迈的母亲。谢家是村子里为数不多百年来坚持同宗同族群居的家族。四代人共同栖居在一个偌大的院落里分甘共苦，守望相助。谢家子孙有离家很远的，也有固守田园的，都自得其乐，各得所安。谢火明读书时学的是理科，工作后从事的也是与文学、历史、哲学毫不相干的职业，但每次回家，她内心都有一种抑制不住的激情。父亲的故事，爷爷的故事，太爷爷的故事，都是一个个鲜活的中国故事，不惊天动地，也不荡气回肠，却是那样地真实、温暖。

老家距离平陆运河起点的平塘江口不到二十公里的车程，平陆运河一开工建设，谢火明就密切关注它的进展。这条河贯通之后，会给钦州港带来更大的热度与流量，除了工作的原因，谢火明的关注还有一层，与老家的发展相关。

每次回家，饭桌上一家人的话题总也离不开这条河。坊间热议的焦点是平陆运河开通之后，横州市会不会变为南宁市横州区？原因很简单，从目前的趋势看，南宁未来的发展重心是向南延展，虽然两地间隔一百多公里，但拥有平陆运河起点优势的横州，明显具备了承接南宁部分职能和资源的可能。横州的未来，一切皆有可能。

2023年8月18日，是谢火明入职钦州港26周年的日子。今天的钦州港与26年前相比，早已不可同日而语。这种变化是脱胎换骨式的嬗变，时代的魔术师在海上打了一个响指，倏忽之间，御时代之风而行的钦州港，旧貌换新颜。

站在办公室的窗前，看不远处蔚蓝水面的一片繁忙。开窗，气韵流动，风从海上来。

永远存在另一种可能：各有侧重，各美其美

金花茶在玻璃杯中绽放，沸水还原了它的蜡质花瓣，虽不似盛开在枝头时娇艳，却依然婉约可人。一室清香，即便不喝，只闻一闻就心生欢喜。无论身处何处，只要手捧一杯防城金花茶，便有了家的质感。刚刚散步走得微微出汗，啜一口茶，一口清清爽爽的苦。

即便是周末，董志艺也不喜睡懒觉，相较昏睡，他更喜欢在清冽的空气里散步。对，是散步，而不是跑步。清晨，无论哪个季节，盛夏还是冷冬，清晨的温度总会低一点，而后慢慢上升，董志艺给它定义为"气温在爬山"。同理，晚上则是"气温在下山"。这些年，身边跑步的人越来越多。也有朋友不停地劝说董志艺，让他动起来、跑起来。董志艺不为所动，运动健身讲究一个适配度，没有哪一项运动，是适合所有人的。

虽然来钦州港三年了，但客居的心理依然会时不时跳出来。就像刚才走在钦州港区，董志艺会不自觉地在内心比较钦州港与防城港清晨的不同，完全是无意识的。

2020 年 7 月 20 日之前，董志艺还没从防城港北港物流交流到钦州港北港物流，那时，他从来没想过自己有朝一日会来这边工作。虽然钦州港、防城港以及北海港同属于北部湾国际港务集团，但各个港口相对独立，业务也各有侧重，属于各美其美、美美与共。不承想，

集团公司实行异地跨港轮岗交流，一纸任命，防城港北港物流总经理、副总经理、操作部经理，以及作为市场部经理的自己，一起来到了钦州港北港物流。这是董志艺在防城港工作12年后，再次像初入职场那样，去适应一个全新的环境。

十多年过去了，每每回想起自己刚参加工作时的一波三折，董志艺总有一种做梦般的不真实感。2008年10月，他去防城港应聘的岗位是港口指挥手，在面试时，主管看董志艺的眼镜片有点厚，就询问他的眼睛近视程度。

"裸眼视力4.1，戴500度眼镜，矫正视力5.0。"这是董志艺体检报告上的数据。

"哦！这样啊。"主管若有所思。

"如果港口指挥手的岗位申请最终没有通过，我们还有其他的职位，比如叉车司机，你接受岗位调剂吗？"

"我同意，我接受。"

很快，董志艺收到通知，从港口指挥手的岗位调整到叉车司机的岗位。港口指挥手负责在卸船机卸船时，指挥卸船机的司机和船上其他的相关工作，以及卸船机设备与船体的安全指引。这是一个要眼观六路耳听八方的岗位，虽说董志艺的矫正视力符合岗位要求，但出于安全考量，主管还是做了调整。在接受了三个月的培训后，董志艺拿到了特种设备上岗证，成了当时防城港的高学历叉车司机。

父母对董志艺的工作颇有微词。父母都是教师，教养出来的三个女儿也都考上师范类院校，毕业后从教。董志艺高考时，由着自己的心意选了计算机专业，然后却成了一个叉车司机。一辈子为人师表、桃李满天下的父母有点难以接受，不过，看到儿子满心欢喜，他们也没说什么。很久以后，一家人聊起就业的话题，还会假设一番，如果当初董志艺与三个姐姐的职业选择是一样的，人生是不是就是另一番景象。

尤其是当董志艺因为开叉车意外受伤，父母对儿子的心疼到了极致。那次受伤，董志艺在医院的病床上躺了19天才出院。伤筋动骨一百天，又在家足足休养了三个月才重新返岗，继续兴高采烈地去开叉车。董家只有这么一个儿子，既然儿子喜欢，父母还能说什么呢？

董志艺是真的喜欢自己的工作，他把叉车开到了"人车合一"的境界，同时他也是发自内心地热爱防城港，愿意把自己的青春和汗水挥洒在这座港口。

伤势痊愈后，董志艺幸运地迎来了职场的涅槃重生。他从一名叉车司机干到机械班副班长、班长，再到码头装卸部副经理、技术部经理、市场部经理。直到2020年7月，一纸任命让他离开防城港，来到了钦州港。

相较于1992年才鸣响建港第一炮的钦州港，防城港的历史要更早一些。

1968年，国家决定兴建防城港，定名为"广西322工程"，当时是作为援越抗美的海上隐蔽运输航线的主要起运港口来进行规划建设的。1972年防城港开港，是"海上胡志明小道"的起点。1975年，防城港1号泊位建成，是广西第一个万吨级泊位。1979年，防城港的1—7号泊位相继建成出水。1983年10月1日，防城港正式对外籍船舶开放。

十年后，1993年10月，防城港市挂牌成立。城市依港而建，因港得名，防城港市既沿海又沿边，是中国唯一与东盟海陆河相连的城市，是"一带一路"、西部陆海新通道上的重要门户城市和重要节点城市，也是港口型、陆上边境口岸型国家物流枢纽承载城市。

董志艺的家在防城港市的港口区，离海边很近，出小区步行十分钟就是西湾。4.2公里的西湾绿道，董志艺用脚丈量过。手机里拍摄最多的是倒水坳大桥，钢筋混凝土的大桥被塑成了一只振翅欲飞的白鹭，薄雾弥漫时、旭日升起时、落日余晖中……角度不同、光线不同，景致自然也各有不同。这座城市的每一棵树、每一片水域都可入画。

老家广西钦州灵山县伯劳镇距离防城港市约130公里，两个多小时的车程。其实当年，董志艺原本也可以选择去钦州港应聘，十几年过去了，当时是因为什么原因放弃的钦州港，而选择了防城港呢？记忆有点变形，甚至模糊，说不清楚了呐。

一脚踏进钦州港，首先就是补上一堂历史课，董志艺对钦州港这座被钦州人民的深情厚谊堆砌起来的人民港湾充满了敬意。在北部湾国际港务集团成立之后，钦州港瞄准了集装箱板块，心无旁骛地一路向前，终成领跑之势。目前，钦州港大部分业务围绕西部陆海新通道展开，少部分业务涉及仓储与代理。而防城港因为得天独厚的优势，业务多元，产业呈现集群模式，钢铁、有色金属、粮油食品加工、绿色新材料四大千亿元级支柱产业和电子信息、能源、装备制造、生物医药、县域轻工业五个百亿元级特色优势产业集群多点开花，港口综合通过能力遥遥领先于北部湾国际港务集团的其他两个港口。

西部陆海新通道这股强劲的发展之风势如劈竹。在防城港工作时，董志艺对新通道的直观感受并不算十分强烈。真切地能感受到它的气势，是到了钦州港之后。查阅了一下相关数据，他发现 2020 年钦州港一年铁海联运的班列发运量比前三年的累计总和还要多。这样的增长速度让人瞠目结舌，难以置信，但它却真实地发生了。

奇迹依然在继续。拿到 2023 年 1~9 月份国内港口货物吞吐量排名数据后，董志艺急切地寻找着"钦州港"的名字。

哇！钦州港居然闯入了全国前二十名之列。

身为钦州北港物流的副总经理，董志艺对钦州港 2023 年 1~9 月份货物吞吐量增长率 20% 的数据早已知晓，增长依然集中在铁海联运班列，但令他没想到的是，钦州港成了国内增长最快的港口。钦州港的成绩单，依然有着巨大的提升空间。作为西部陆海新通道骨干工程的平陆运河，正在一点点地生长。待到运河建成开通之时，钦州港的货物吞吐量一定会再创新高的。

在钦州港工作三年多了，董志艺觉得自己已经完全融入其中。那天他无意中在手机里刷到了"广西防城港码头 2022 年货物吞吐量破亿吨"的新闻时，嘴角悄悄上扬，难掩内心欢喜。

在没来钦州港之前，董志艺一直认为防城港就是他事业的起点与终点，这三年异地跨港任职的经历，让原本性格偏于内向的他打开了心扉、视野以及格局。董志艺不知道自己还会在钦州港工作多久，他也不着急返回防城港，反而对北海港充满了希冀。

北海市的合浦在秦汉时期曾经是海上丝绸之路的始发港之一。清光绪三年（1877）北海已经开埠，打开了向海的一扇门。1984 年，北海更是成为全国第一批沿海开放城市之一。北海是个有历史有故事的城市，北海港是北部湾国际港务集团三大港口中开港最早的。这个跨越千年风雨依然屹立的港口，自有它的独到之处。

人人都以为钦州市犀牛脚镇的三娘湾是中华白海豚的故乡。殊不知隔海相望的北海水域，也是这群"海上大熊猫"的重要栖息地。

2021年9月，北部湾国际邮轮母港客运中心在北海港建成，这座跨越千年的海港会在新时代的浪潮中如何浅吟低唱？

大胆猜想一下，定会如白海豚的歌声那般美妙吧。

家住茅尾海："开挂"的人生

在董志艺跨港交流到钦州港任职的几个月后，2020年12月，广西壮族自治区劳动模范和先进工作者评选结果公布，广西钦州北港现代物流有限公司现场值班员赖梁文榜上有名。

2020年是赖梁文的丰收之年，这一年他获得了三个"劳动模范"荣誉：钦州北港现代物流有限公司劳动模范、广西北部湾国际港务集团劳动模范和广西壮族自治区劳动模范。而这一年，赖梁文只有24岁，这一年是他入职的第三年。

不了解赖梁文的人乍一听到如此年轻、工作资历又这么浅的他当选广西壮族自治区劳模的消息后，第一反应是惊讶，甚至质疑，还有人在暗中悄悄议论，猜测他是有什么背景和来头。但赖梁文身边的同事、主管，所有了解他的人，没有一个会这样想。赖梁文就是茅尾海边一个渔村里长大的普通小孩，父母都是农民。同事是看着赖梁文三年来一点点蝶变的。外人看到的是短短三年里赖梁文收获的丰硕成果，像看一部用华为手机延时拍摄的风景大片，是加速度播放模式，是"开挂"的人生。

华为延时摄影默认加速 15 倍，成片效果是 15 秒压缩成 1 秒。同样也可以说，在无人可见时，赖梁文付出了 15 倍的艰辛努力，才有了那一秒钟的得来全不费功夫的成功。

赖梁文学历不高，2017 年毕业时，刚好广西钦州北港现代物流有限公司招聘，因表现优异，成为一名现场值班员，工作地点在钦州港东站。

现场值班员的"现场"，可能是码头边，可能是货船旁，也有可能是码头的堆场，当然更有可能是火车站的货场，毕竟铁海联运是钦州港物流的一大特色。

春夏秋冬，一年四季，无论刮风还是下雨，只要港口不停止作业，现场值班员就永远在现场。钦州港的蚊子过了"五一"劳动节，就急不可待地上岗"劳动"。这里的蚊子相较城区的品种，个头更肥硕，秉性也更强悍，被这些蚊子叮起的包，奇痒无比，挠破了还会溃烂，瘢痕迟迟不消淡。风油精、花露水、蚊不叮、驱蚊手环都试过，见效甚微。有时候恨不得用风油精洗个澡，然而驱蚊效果不见得有多好，却把自己熏得够呛。钦州港的蚊子生命力有多强呢？它们能一直坚持工作到12 月份不下岗，简直就是一只只的"蚊坚强"。越是坚持到最后一刻的蚊子越毒辣。赖梁文领教过冬天蚊子超强的杀伤力，每每想起被叮咬后那种痒到骨头里的折磨，总会由衷地佩服这双翅目蚊科的小虫，它已经在地球上生存了一亿多年，它可能比某些恐龙出现得还要早，恐龙都灭绝了，它却依然"嗡嗡嗡"，全须全尾、恣意地活跃在地球上。

只要进入现场，安全帽就必须焊在头上，一刻也不能摘下来。不能脱掉的还有黄色的反光背心，那醒目的颜色对于自然界的昆虫而言，就是一朵盛放着的招摇的花。招蜂引蝶的同时，也更得蚊子的青目。对于人类而言，蚊子百害无一利，但它却是整个生态系统中不可或缺的一个链条，它加害人类，传播疾病，但它们庞大的种群也是其他物种食物链中的一环。

在广西航运学校读书时，专业课老师不停地强调物流链条的重要性，这个链条中任何一个物流节点与物流线路出了问题，都会动一发而牵全身。

相比物流链条，自然界的生物链条是更高级的存在。这样想一想，蚊子也会变得可爱起来。

夏有蚊子，冬有寒风。每年1月至3月，钦州港的风是一把渗透力举世无双的无形剑，再厚的衣衫也挡不住它的长驱直入。在现场工作时，风会把人整个吹透、冻僵。每当眼珠子都快被冻麻木的时候，赖梁文总会想念夏天的蚊子。被蚊子叮咬的痛楚与寒冷对身体的戕害相比，似乎更容易接受一些。一个班组三个人，两个在现场工作，一个在调度室。赖梁文从来都是在现场的那两个人之一。

一名合格的现场值班员，需要具备多个方面的综合能力。首先他得是一名客服，在现场，能以最快的速度听懂客户在说什么，按照客户的真正需求去随机应变处理能力范围内的事情。装货或者卸货完成之后，要跟客户准确无误地签单交接。超出自己现场处理能力范围的事情，不盲目一口应承下来，也不能一推六二五，事不关己高高挂起，要进退有度地稳定客户情绪，协调部门负责人找到合理的解决办法。

在现场的每一天，工作的每一个环节都在考验着赖梁文的情商、智商与应变能力，而他不过是一个二十岁刚出头的青葱少年。除了这些极度烧脑的工作，现场还有很多体力活需要参与。赖梁文清扫过的最长的列车有 52 个车厢，一个货车厢长度约 15.5 米，总长 800 多米。要把车厢顶上的碎石颗粒清扫干净，免得在长途运输过程中，因为速度的原因飞溅出去造成意想不到的意外。按照安全规定，在车厢顶清扫时是不能跨越车厢的。爬上去清扫完一个，再下来，再攀爬下一个车厢，如此循环往复。所有的车厢顶打扫完，人就像从水里捞出来的一样。夏天还好，风一吹能把汗渍吹干；冬天时，不出十五分钟，风就能把人体表所有的热量吸食殆尽。

站在车厢顶上，茅尾海遥遥在望，赖梁文家就在海那边。

2020 年年初，赖梁文转岗，从现场值班员转为调度员。之所以能够成功转岗，完全得益于这几年他在现场的实干与锤炼，从最初的手足无措，察言观色，成长为一名成熟的现场值班员。这几年，他几乎经历了数不清的现场状况，该如何处置都已了然于心。

荣誉纷至沓来时，赖梁文第一时间与家人分享。他只要一有空就回父母家——茅尾海的一个小渔村，钦南区大番坡的辣椒槌村。

新中国成立以来第一条通江达海大运河——平陆运河 2022 年 8 月 28 日开挖后，入海口的河道全面疏浚，河道里的蚝排与蚝柱面临清理。作为儿子，赖梁文与哥哥都得回家帮忙干活。海边的人靠海吃饭，父母在水里捞食了一辈子，打鱼、养蚝，赖以生存的产业突遭变故，刚开始还不太能够接受。毕竟那一个个蚝排、一根根蚝柱都是肉眼可见的财富，让他们眼睁睁地看着即将到手的钱打了水漂，任谁心里也不痛快。哪怕有补偿，心理上也难以割舍。

"这是国家的大工程，再说平陆运河通了之后，将来日子会更好过嘛！"哥哥在钦州保税港区的一家公司上班，他也期待着这条运河会为这片海域带来更多的机会。

父亲摇着小船打了一辈子鱼。两个儿子小时候，他经常带着他们去打鱼，那时候是为了生活，现在更多的是打来新鲜渔获的乐趣。茅尾海的这片海域，曾经是赖梁文哥俩小时候的乐园。

鱼还是小时候的那些鱼，黄腊鱼、鲈鱼、傻瓜鱼、海鲫鱼……有海鱼，有江鱼，也有游弋在海水淡水交汇处的鱼。

母亲煮的鱼依然像小时候一样美味。赖梁文从小爱吃鱼，海边的孩子，哪一个不爱吃鱼呢？再说了，爱吃鱼的人聪明嘛。他从小就被人夸是个聪明的孩子。

两兄弟都已经成家立业，都在城里住，只余父母还在辣椒槌。父母可以进城帮衬着儿子带小孩，但他们的心和他们的根都在辣椒槌。赖梁文与哥哥不止一次地劝过父母，但他们不为所动。以前不理解，不知怎地，今天吃着母亲炖的杂鱼锅，那熟悉的小时候的味道，让赖梁文鼻子一酸，突然间就理解了。

听到大海的呼唤：心之所念，素履以往

采访约在晚上十点。白天参观了吴丛铭工作的广西钦州保税港区盛港码头有限公司，作为工程技术部副经理的他出差去了南宁。他在电话里说他处理完南宁的事情会立刻返回钦州，无论早晚一定会接受采访。因为第二天他的工作日程已经排满了，没办法，只能向黑夜要时间。

刚下过一场雨，观景平台的地面上有些许积水。天雾蒙蒙的，像一面浴室里被蒸汽遮掩住固有光泽的镜子，不通透，看不清远方。八月的钦州，温度不高，湿度也不大。一年多以前，2022 年 6 月 28 日，全球首个 U 型工艺、国内首个铁海联运全自动化集装箱码头——北部湾港钦州自动化集装箱码头开港运营，这是广西实现"向海图强、向海而兴"海洋梦的关键一步。西部陆海新通道，这条国际大通道拥抱世界的速度又加快了。

我曾经参观过山东港口青岛港的前湾港区，以蓝色为主基调的全自动化码头与一侧红白相间的传统码头泾渭分明。没有岸桥司机，也没有中转集装箱运输车司机，整个码头空无一人，运送货物的是全自动化双小车岸桥、AGV（自动化导引小车）、全自动化轨道吊及调箱门固定吊。各种设备在高效地运转，除了耳边的海风、远处的海浪声，现场安静得让人诧异。依稀记得，那天也刚下过一场雨。我在青岛港

全自动化码头采访了连钢创新团队的几位核心成员。

2020年，北港股份自动化集装箱码头建设项目部组建了一支平均年龄33岁的建设团队，当时只有29岁的吴丛铭正是核心成员之一，他曾经多次前往国内先进的集装箱码头学习，我采访过的连钢创新团队中的部分成员也与他有交集。人生就是如此奇妙，这是小说家都无法虚构的情节，生活远比小说更精彩。

我在网上查阅过资料，除了眼见为实的青岛自动化集装箱码头、北部湾港钦州自动化集装箱码头，中国其他的自动化码头，如上海洋山港、深圳盐田港、宁波舟山港也都是以蓝色为主色调，最基本的思路应该是区别于以往的传统码头。但为什么会选择蓝色呢？难道仅仅因为蓝色是海洋的颜色？这个理由说不通，以前红色的码头也是与沧海为邻。把这个问题留给吴丛铭吧，也许他会给出一个不一样的答案。

中华白海豚是钦州的一张名片。这一次采访团队决定入住白海豚国际酒店，钦州市的标志性建筑。酒店门前有追逐嬉闹的白海豚雕塑，活灵活现，仿佛下一秒就腾空而去。此处距离三娘湾只有五十多公里，下午没有采访，完全可以去看一眼真正的白海豚。可惜天公不作美，刚下过雨，又起了风，听说三娘湾看海豚的船只已经全部靠岸避风浪。唉！还是再看一眼白海豚雕塑，望雕塑而兴叹吧。

晚上十点半，吴丛铭迟到了半个小时。他穿了一身运动服，热气腾腾，他是跑着来的。"我每天跑步健身，今天一早去南宁出差，没来得及运动。晚上夜跑五公里，补上今天的运动量。不好意思，让您久等了！"

吴丛铭个子不高，瘦却不羸弱，精壮，手臂上的肌肉纹理明显到让人无法忽视。他皮肤白皙得几乎透明，这样的肤色完全不像长年工作生活在海边的人。鼻梁上架着一副银丝框眼镜，镜片后面一双忽闪忽闪的大眼睛，眼神古灵精怪。他有着白海豚一样温暖的笑容。如果不是事先知道他的身份，我真的会以为他是一个正在读大学的风华正茂的少年。

"我本来应该 2009 年就上大学，但那年我考得不好，就复读了一年。2010 年考上了上海师范大学的机械设计制造及其自动化专业。"

2010 年，穿着一双崭新的安踏球鞋踏入上海师范大学校门的吴丛铭，信心满满，这可是老家钦州浦北最畅销的服装品牌。到了学校看到同学们穿的衣服的品牌一半都不认识，后来才知道，那些不认识的品牌是"耐克""杰克·琼斯""匡威"。其实，吴丛铭家境优渥，那些他从来没听说过的潮牌，他完全消费得起，只是以前没有见过。

吴丛铭还上小学的时候，父亲就已经去海南承包了土地种植香蕉。高一那年暑假，人家都忙着报补习班，吴丛铭却迷上了网游。他打着上补习班的幌子在网吧里打游戏，被父亲当场抓到，挨了一顿暴揍。父亲说："既然你不喜欢学习，那就不学，跟我去押车运香蕉吧。"

2006 年，十六岁的吴丛铭跟着父亲在钦州当地租好大货车，从北海港货运码头坐滚装船，傍晚六点开船，凌晨五点在海南海口市靠岸，去香蕉园装车。香蕉需要在成熟前十天或十五天左右采摘，以免过熟对运输贮藏不利。父亲种植的香蕉，长年供应给山东德州的水果批发市场。父亲带着吴丛铭走了一圈，就把押车的任务一股脑扔给了他，转身回海南香蕉园继续干活去了。"我像你这么大的时候，早就开始赚钱了。不想好好念书，那你就好好卖香蕉吧！"

于是，吴丛铭就踏上了独自押车运送香蕉的征程。香蕉货车从海南出发，经广东、湖南、湖北、河南，最后抵达山东德州。车上两个司机，日夜兼程。高速服务区就是他们的加油站、加水站、盥洗室、餐厅和休息室。押运香蕉的路上，吴丛铭觉得自己把这辈子的泡面都吃完了。

到了德州卸货的时候，吴丛铭亲自上阵，少雇用一个人能省下一份工钱。一箱香蕉二十公斤，刚搬的时候不觉得重，越卸车会越觉得重，一车香蕉一千箱，卸到最后精疲力竭。高中三年、大学四年，年年暑假，吴丛铭都会奔波在从南到北、从北到南的路上。

父亲用提前接触社会的方式，将吴丛铭倒逼回了学校的课堂上，连网瘾都戒掉了。吴丛铭已经有很多年不再玩网游了，生命中的那个阶段已然过去，父亲的初衷倒不是一定要让儿子考上名校，他只是希望孩子能接受完整的学历教育。父亲相信自己的判断，就像多年前他离开广西前往海南一样，他坚信多读书会让吴丛铭获得更好的人生。

2014 年，吴丛铭以上海市优秀毕业生的身份拿到了毕业证，是有留在上海的机会的，要么留校担任辅导员，要么去上海江南造船厂。然而，吴丛铭最终还是选择回钦州，为了爱人，也为了家人。

回到钦州，吴丛铭考过大学生村官，由于种种原因又放弃了。他也在北海的一家台资企业做过几个月的机构设计，总觉得日子过得寡淡，少一点滋味。

一天，吴丛铭跟女朋友坐公交车，两个人卿卿我我地热聊，错过了要下车的站点。91 路公交的终点站，毗邻钦州港，坐在车上，透过车窗，吴丛铭看到了港口的岸桥、起重机，脑海中瞬间浮现出两个字——"机械"。他久久地遥望那屹立在海边的大型机械，长长的臂弯伸向大海，清风拂过，那一刻，吴丛铭听到了来自大海的呼唤。

"真的，我当时心中就有那样一个声音，那才是机械专业人该去的地方。"

心之所念，素履以往。没过多久，吴丛铭意外得知了北部湾国际集装箱码头有限公司的招聘信息。2015年9月，新加坡国际港务集团有限公司与太平船务、广西北部湾国际港务集团有限公司共同出资12.1亿元，组建了北部湾国际集装箱码头有限公司，共同经营钦州港大榄坪南作业区3—6号泊位。

还等什么呢？吴丛铭一跃而起，报名去了。

过程很顺利。最后一轮面试的考官，一边看吴丛铭的简历，一边打量他："看你白白嫩嫩的，工程技术部的工作可是很苦啊，你能不能受得住？"

"我没问题的。我属于劲瘦精壮型，瘦而有力。我很能吃苦的。"

在担心中煎熬了一个月，终于收到了录用通知。吴丛铭开心得想要大声歌唱。

年轻人对困难的估计还是过于乐观了些，北部湾国际集装箱码头有限公司组建初期，条件艰苦得难以想象。工程技术部的临时办公室就是两个集装箱：一个大的，40英尺；一个小的，20英尺。摆在哪里呢？堆场里面，还是煤堆旁边。没有风还好，一有风，人人都像煤矿工人。工程技术部16人同时报到，第二天就有一个人受不了离职不干了。一年后，同时入职的同事，走了一半。而在面试时就被考官质疑的吴丛铭，居然是最心如磐石的那一个，他从未想过离开。

吴丛铭经常凝望着海边的岸桥出神，正是那条伸向远方长长的手臂把他召唤到这里。负责带他的师傅说，港机设备的修理，干上五年才勉强入门。吴丛铭不信邪，机械原理是不变的，熟悉了解其规律之后再进行适度的强化训练就能完全掌控它。现在设备智能化程度高，辅助手段多元，单纯依靠经验来修理、调试的年代已然过去。2015年，入职；2016年，当班长；2017年，成为副主管……2019年，加入自动化集装箱码头建设团队。

终于等到合适的提问时机，我问了吴丛铭我最想知道答案的问题：为什么自动化集装箱码头约定俗成要用蓝色？

"我是这么理解的，蓝色代表生态、科技与未来，这就是自动化集装箱码头的发展理念，当然也是为了与传统码头有视觉上的差别。"

答案跟我预想的差不多。

"我参观过青岛港，你也在那里学习培训过。我想知道钦州港的自动化集装箱码头与青岛港有什么不同吗？一般来说，踩在巨人肩膀上的腾飞，会后来者居上。"

"您今天上午不是在码头参观了吗？展厅墙上有五幅宣传画，那就是钦州港自动化集装箱码头区别于目前国内其他自动化码头的特质。"

在吴丛铭的提示下，宣传画在我脑海中一一浮现。

首：全球首个U型工艺，全国首个铁海联运自动化集装箱码头。

融：融合团队的组建，北部湾港自动化集装箱项目，在建设之初，就重视项目组织结构的完整性和内部融合团队的组建，一批机电设备、信息技术、操作运营、工程等人员贯穿建设调试、运营的全过程，实现内部不同专业的横向融合以及建设和运营阶段的纵向融合，培养具有高端视野和统筹性思维的人才。

升：双小车岸桥效率提升，有效解决了自动化集装箱码头拆装锁难题。

低：低速的自动化双悬臂轨道吊，实现了设备成本、堆场建设投资、设备能耗、设备损耗低。

快：从 0 到充满仅需一小时，采用 373 千瓦时大容量磷酸铁锂电池，满电最长续航可达到 8 小时，首创新型智能充电机器人，在定点充电工艺的基础上实现大电流智能快充。

"青岛港的运输车是 AGV（自动化导引小车），我们北部湾港自动化码头用的是 IGV（智能导引运输车）。373 千瓦时超大容量磷酸铁锂动力电池是什么概念呢？市场上常见的纯电汽车搭载的电池容量普遍在 70 千瓦时左右，采用新型刀片电池技术的比亚迪"汉"系列也只达到了 80 千瓦时，蔚来的大型 SUV（运动型多用途汽车）能达到 100 千瓦时，但我们码头的 IGV 是 373 千瓦时，它有超长续航能力，最大限度保障码头生产效率。"吴丛铭难掩内心的傲骄，一脸开心与得意。再成熟，他也才刚刚三十三岁，本就是意气风发的年纪。

"但是我今天上午在自动化码头没有看到船舶作业，反倒是其他的传统码头比较繁忙呢！"

"因为现在尚未完成自动化码头船舶航线挂靠的调整，但自动化码头是港口建设的趋势和发展方向，智慧港口是大趋势，这一点毋庸置疑。只要方向是正确的，达到目的就只是一个时间问题了，就像跑步一样。"吴丛铭晃了晃手腕上的运动手表。

凌晨一点半，访谈结束。吴丛铭没有开车，他还要以奔跑的方式回家呐。此时此刻，他为之倾心倾力的港口也在奔跑着。

送吴丛铭下楼，看着他以标准的跑姿矫捷地消失在夜色里。酒店门口的白海豚雕塑还没有睡，它依然眼神明亮，眼睛笑眯眯地成了一条缝。它在歌唱，至于唱的是什么，它知道我能听得到、听得懂。

钦州港

西部陆海新通道物流和运营组织中心 / 供图

第六章

北海之鲲鹏

父子兵与亲兄弟：每一次出海，都像出征

吴宇的哥哥叫吴霓。哥哥的名字是父亲吴同辉起的，"霓"字取自老电影《霓虹灯下的哨兵》。父亲是用孩子的名字纪念自己的青春岁月。母亲刚怀上吴宇不久，父亲就去了广东参加引航员的学习培训，扔下母亲一个人在家。实际上，在港口码头当装卸工人的母亲对父亲没有一句怨言，她了解防城港建设的紧迫，也深深懂得自己的丈夫。父亲心疼母亲既要拖着笨重的身体洗衣煮饭，又要照顾满地跑的大儿子，就把给老二起名的权利让渡给了母亲。

母亲喜欢雨，满心期待能生一个柔情如水的女娃。结果呱呱坠地的，又是一个男孩。"雨"字太温柔了，性情爽利的母亲即刻换了一个更适合男孩的"宇"字，吴宇。

多年之后，父亲在广东学习时的师傅问他："你有几个儿子？"

"两个。"

"有没有跟你干一行的？"

"有，老大现在是引航员，老二在集装箱码头工作，已经是总经理助理喽！"

"好，那就好！"

哥哥吴霓身高只有一米七,吴宇比哥哥高出一大块,接近一米八。两个人只相差两岁。单纯地从外形来看,吴宇更像是哥哥。

吴霓是青岛港湾学校的委培生,学的航海技术专业。毕业后,按照父亲的意愿,从事了引航员职业。吴宇读的也是航运类学校,但他读的是体育专业。分配工作时,有身有力的吴宇去当了皮带机队的修理工,跟着师傅学习机械维修。没有任何机械知识基础的他,跟着师傅从头学起。

一家两代四口人,都在各自的岗位上为防城港的发展坚守着。哥俩相继结婚,各自有了自己的小家庭。他们的小家都距父母家不远,"一碗汤的距离"。

虽说好汉不提当年勇,但是爷仨聚到了一起,小酌几杯之后,微醺的父亲就会情不自禁地忆当年。

父亲不是一个自恋的人,在他滔滔不绝"遥想当年"的故事里,并非只有他自己。有一个名字父亲提及的频率最高:包文生。

1968 年,国家批准兴建防城港。一穷二白的年代,需要大量的劳动力,相当于无形中给周边村庄的人创造了一个离开土地的机会。在这批勇敢地抓住机会的人当中,就有当时防城公社白沙大队的会计包文生,他成为防城港建设工地的第一批建设者之一。

海边的淡水贵如油,一口简陋的淡水井,只用来提供饮用水。劳作一天后,汗渍黏糊糊的,也只能洗个海水澡。在水里时不觉得异样,但海水在皮肤上一点点蒸发后,浑身紧巴巴、皱巴巴得难受。再难受也没有人舍得用淡水冲凉。没有电,蜡烛也是稀缺物,只有几盏昏黄的船灯在工地上轮着用,哪里需要挂在哪里。船灯,陆地上的人们称它作"马灯"。煤油更稀缺，一盏船灯不可能通宵达旦地亮着。

有月亮的夜晚，温润的月光从工棚的小窗偷跑进来，闷热的工棚里似乎有了一丝清凉，呼吸也变得顺畅起来。月亮是不花钱的灯。港口作业区里也没有路。怕什么呢！世上本没有路，走的人多了，也便成了路。就像广西原本没有防城港，建设了，从此不也就有了嘛。

开工第二年，防城港有了第一艘船，承载量 50 吨，150 马力。这条船是包文生去广州接回来的，于是他成了船长。这条船就成了建设用船，船长包文生带着他的船员，去梧州，去广州……一趟又一趟，买回来各种建港所需的物资。

1970 年年初，防城港初建工程完成，建成 2000 吨级浮动码头 1 个、500 吨级小码头 4 个，港区通水、通电、通路。同年 5 月，防城港港务局成立。

1972 年，防城港开始扩建。这一年，吴宇的父亲吴同辉参加工作，来到了防城港。最初，吴同辉从事的是装卸，后来去了船队学习开船，学的是挖泥船驾驶，勉强也算是一名船长吧。

1983 年 10 月 1 日，国务院批复同意防城港对外籍船舶开放。有外船进港，就必须要有引航员。

引航员又称"引水员""领港"，是在一定航区指引船舶安全航行、靠离码头或通过船闸及其他限定水域的人。

引航员按引航水域可分为港口引航员、内河引航员和沿海引航员三种。大家一般习惯性地把海港引航员称为"领港"，长江引航员则习惯性地称作"领江"。引航员必须对所在水域的地理特点、航道、水深、水流、航标设置和当地规章制度了如指掌，并具有熟练的船舶驾驶操纵技术。港口引航员还必须掌握难度较高的靠离码头操纵技术。

船舶在港区、内河、沿岸航行，为避免发生搁浅、触礁、碰撞事故，船长一般都会申请引航。此时，引航员就需登船，操纵船舶并指挥拖轮将船舶安全地靠入泊位或驶离泊位，或者也可以给出关键性的船舶驾驶指导意见。靠泊和驶离是船舶驾驶过程中的两个高难度环节，引航员的责任之大可想而知。

每次登船，引航员都需要攀爬船舶上几层楼高的软梯，如果风平浪静还好，一旦遇上大风暴，软梯之软常人难以想象，挂在随波浪颠簸起伏的软梯上，人渺小如一片落叶，每一次的摆动都危机四伏，都潜藏着无尽的危险。美国《读者文摘》杂志曾做过危险职业调查，引航员位列第三，危险系数仅次于排名第一位的飞机试飞员和排名第二的矿工。

防城港要对外籍船舶开放了，却没有一名引航员。这还了得！赶紧选派人员去广州黄埔港跟班学引航，首批四人，吴同辉是其中之一。

1984年，防城港迎来第一艘外籍船舶，一条万吨船。此时，吴同辉已经作为防城港第一批引航员上岗了。在他看来，引航员登上外轮的那一刻，宣示的是国家主权。每一次出海，都像一次出征，神圣、庄严，因为引航员代表的是中国形象。

海上天气多变，也就意味着危险无处不在。有一次引航，风浪太大了，吴同辉他们乘坐的拖轮一次次被浪头颠得几乎立起来。外籍船舶近在咫尺，必须引航。软梯在风中飘来荡去，挑衅地从吴同辉身边一次次擦肩而过。吴同辉深吸一口气，在拖轮被浪颠到最高点时，瞬间抓住软梯，紧紧贴在上面，一级一级地爬了上去。这次还算幸运，有一次他没抓稳，直接掉进了海里。好在救援及时，没有发生更可怕的意外。在海上经历过的所有生死时速，退休之前，吴同辉没有跟家人吐露过半个字，在家只讲乐事、趣事，不诉艰难，只报平安。

多年之后，当吴霓成为一名引航员之后，才深切体会到，父亲云淡风轻的背后，到底向家人隐瞒了什么。

初中二年级的暑假，吴宇曾经跟着父亲出过一次海。十节的速度，风浪并不大，在船上的两个小时，吴宇全程在晕船、呕吐，喝一口水都会即刻吐出来。

"爸爸，你晕吗？"

"我也晕。"

"那你为什么不吐？"

"爸爸习惯了。刚上船的时候，也是像你一样吐，后来就不吐了，但是我也晕。很少有人会不晕船，程度不同而已。"

那一次的出海经历深深地刻印在吴宇的记忆里，多年之后想一想自己的就业选择，或多或少，晕船的恐怖阴影还是左右了职业方向。每年农历五月是鱿鱼的鱼汛期，哥俩会相约出海钓鱼，吴宇依然会晕船。

在皮带机队工作了三年之后，1999 年，吴宇转岗到了防城港集装箱码头。一步一个脚印，像父亲、哥哥一样踏实工作。出色的业务能力，除了深得同事的认可，也引来了货代公司老板的关注。曾经有一家货代公司再三相邀，请他过去担任高管，给出的薪酬十分诱人。吴宇有点心动，回家跟父亲商量，他话还没说完，就被父亲厉声打断："不行，你不能去！"父亲不跟儿子讲道理，他对此事只有态度。原本就有些犹豫的吴宇，也就放弃了离职的念头，继续踏踏实实地在港口工作。

如今的防城港有东湾港区、云约江港区和西湾北南作业区三大港区，泊位 41 个，其中生产性泊位 37 个，万吨级以上深水泊位 26 个，泊位最大靠泊能力 20 万吨级，是全国沿海港口中装卸货种最齐全的港口之一，成为我国最大的硫黄中转港、磷酸出口港以及铁矿石、煤炭、化肥等重要战略物资的中转基地，与全球 100 多个国家和地区开展贸易往来，250 多个港口通航。交通运输部列入统计口径的 16 类货种在防城港都有作业，是华南沿海唯一可以同时接卸 5 艘满载的好望角型船舶的港口。2022 年，广西防城港码头货物吞吐量破亿吨。

吴同辉是 2000 年退休的，含饴弄孙，享受天伦之乐。"上阵父子兵"时代结束，只剩下"打虎亲兄弟"。

吴霓家一个女儿，吴宇家两个女儿。要说吴同辉有什么遗憾的话，那就是两个儿子都没能给他生一个小孙子。他希望孙子辈能再出一个引航员。吴同辉知道长江上有"领江"的女引航员，但是"领港"的女引航员好像一直是空白的呢。时代不同了，男女都一样。如果三个孙女中能出一个"领港"的引航员，也是一大幸事啊。

给我一个支点：撬动防城港的未来

浮漂陡然下沉了一下，又迅速弹起来。鱼儿在试钩了！莫慌，耐心等它真正咬钩，都等这么久了，还差这几秒钟吗？

今天休班。因为不是周末，杜晓阳就没约人，不是所有人都像自己一样上倒班，等下次休息刚好周末时再约他们吧。

早上七点钟杜晓阳才出海，天光早已大亮。除非一起出海的朋友、同事强烈要求，他们才会天不亮就摸黑出海。等到了钓鱼的海域，太阳才刚刚睡醒，每一次在船上看日出，都会让杜晓阳有一种微醺、迷醉的错觉。他无法用语言向别人转述心中的那种震撼，索性闭嘴不说。朋友、同事会等待太阳跳出海平面的瞬间，他们会放下手中的鱼竿，暂停钓鱼大计，一心一意甘做太阳的摄影师。杜晓阳也拍过，后来就不拍了，他更喜欢用眼睛看。手机的像素还原不了天地大美。不管你多少次重复迎接海上日出，每一次都奇幻瑰丽得让人难以置信。每每翻看手机里的照片，杜晓阳都觉得不如他亲眼看到的海上日出美妙。

一个人出海，杜晓阳就依着自己的秉性来，不急不躁，最起码嗍一碗热乎乎、鲜甜的海鲜粉再去。其实还有一个原因，他不愿意一个人看日出。静谧、辽阔的大海，生命力蓬勃的日出东方，天地有大美而不言。一叶小舟，舟上只一人，孤绝的飞鸟御风翱翥。一个人看风景，风景越美越衬得一个人寂寥。

浮漂又重重地沉下去了。咬钩了！杜晓阳快速转动鱼轮，把上钩的鱼遛到眼前，猛一下提线把鱼甩进船舱。不错，一条肥美的海蜡鱼。这是女儿最喜欢吃的鱼。

有了女儿之后，杜晓阳觉得自己的心态、看事情的方式、对世界的理解都有了很大变化，从第一次抱起女儿的那一刻起，他就有了一种甘愿把自己的生命交给她的感觉，所以离婚时，什么都可以让渡给前妻，唯独女儿不行。他要留住女儿，留在身边，看着她长大，直到亲手为她披上婚纱。杜晓阳从小缺失父亲，他不希望女儿也像他一样，虽然母爱也很重要，但没办法，性格不合的两个人硬要捆绑在一起，对彼此都是无尽的折磨。妻子对杜晓阳有诸多看不惯，其中也包括他的工作。

杜晓阳是北部湾港防城港码头公司操作部的岸桥司机，工作四班两倒，上一个白班、一个夜班之后，能有两天的休息时间。杜晓阳喜欢自己的工作。

在来防城港工作之前，杜晓阳还曾经在中燃公司干过押运员。每天带着运输车从防城港牛头油库加满柴油，然后再到防城港码头为一辆辆流动的加油车加油。汽化后的柴油极易吸附在衣物与毛发上。在那样的环境中工作久了，人的嗅觉会对柴油味变得不敏感，这与久居兰室不闻其香、久居鲍肆不闻其臭是一样的道理。无论杜晓阳怎么洗澡、换衣服，别人总能闻到他身上的那股子柴油味道，汽化后的柴油芳香烃颗粒已经沁润进了他的肌肤与腠理。每当经过别人身边，眼角余光捕捉到他们鼻翼震颤轻嗅的表情时，杜晓阳内心会极度不舒服。

北部湾港防城港码头公司操作部招聘场桥司机的信息，就是这个时候出现的，像一束光，像一根救命稻草，从天而降，将杜晓阳从柴油的味道中释放了出来。他大学专业是电气自动化，报到的那一天，杜晓阳被通知，他从场桥司机的岗位被调整到了岸桥司机岗。

彼时，他并不知道场桥与岸桥的区别，仅仅是觉得应该服从公司的调整。后来才知道场桥离地20米，岸桥离地45米。20米高的场桥相当于七层楼高，45米的岸桥差不多有十五层楼高，大多数岸桥司机都是先学习驾驶场桥再学习岸桥，像杜晓阳这样一入行就开岸桥的相对少见。也许是因为他的大学专业给他加了分吧。

负责带杜晓阳的师傅姓刘，很年轻，只比他大八岁。刘师傅虽然年轻，却已经是一名老岸桥司机了，脾气很好，不骂人，说话和和气气的，但是要求特别严格。刘师傅教学极其认真，每教授一个操作要点，都要三连问：

"看懂了吗？"

"明白了吗？"

"学会了吗？"

只要杜晓阳有一丝一毫的含糊，没听懂、没明白、没学会，刘师傅就重复，再重复，直到他真正掌握。

"'给我一个支点，我就能撬起整个地球。'知道这句话是谁说的吧？"

"古希腊哲学家、数学家、物理学家阿基米德。"

"如果不能理解'支点'的含义，可以学学钓鱼，都是杠杆原理。岸桥就是一个巨大的杠杆。现在给你这个支点了，你能撬起什么？"

我能撬起什么呢？杜晓阳觉得师傅的问题太深奥，岸桥撬起的就是集装箱呗，还能是什么呢？如果答案这么显而易见的话，还值得师傅一脸严肃地问自己吗？他一时之间揣摩不透师傅问题背后的真正含义。

杜晓阳的父亲是防城港务局的电工，在他少时就去世了。母亲一个人艰难地带大了两个儿子，杜晓阳的哥哥大学毕业去了南宁生活。杜晓阳的身边，山一样伟岸的成年男性不多，一日为师终身为父，刘师傅年龄虽不大却老成持重，如兄如父，亦师亦友，杜晓阳非常在意师傅对他的评价，他希望自己能够成为师傅的骄傲。

对刘师傅的话，虽说不至于言听计从，但只要是师傅的建议，杜晓阳都会认真考虑一二。刘师傅让自己去学钓鱼自有他的深意。再说了，海边长大的孩子捕鱼摸虾是自小练就的基本功，学会了怎么吃鱼，也就学会了怎么抓鱼。

工作后，略有积蓄的杜晓阳花一万六买了条小船，六米长、一米六宽，30的马力，24升油就能加满。泊在西湾的水面上，鱼情好的时候就钓得久一点，鱼情差就及时止损掉转船头回家，不虚耗，杜晓阳没有赌徒心理，不会觉得好事就在下一秒发生。

又上来一条鱼！还是条海蜡鱼。女儿有口福呢。

果然如刘师傅所言，钓鱼磨砺着杜晓阳的心性，强化了他手、眼、心的协同，鱼咬钩的轻微震颤，与岸桥上钢索吊着的锥形锁头准确送入集装箱锁孔的轻微摩擦如出一辙。手柄配合按钮，闭锁、起吊、装车一气呵成。稳、准、快是岸桥司机在日常作业中必备的技能，需要经过日复一日的精细控制练习，直到形成肌肉记忆。

岸桥的操作室不大，方方正正的，像一个玻璃盒子。除了背后和头顶是不透明的厢体，其余四面包括脚下都是透明的强化玻璃。即便有空调调节温度，依然是冬冷夏热，冬天像个冰箱，夏天像个烤箱。

杜晓阳工作的岸桥离地面45米，从那个高度可以俯瞰整个防城港。原本庞大的集装箱货柜，无论40英尺，还是20英尺，此刻都是一个个小小的火柴盒。坐在操作椅上，低头俯瞰工作区，左右手分别控制手柄和按钮，平稳、流畅，不拖泥带水，平均两分钟或装或卸一个集装箱。

按照规定，是不让把手机带进岸桥操作室的，与地面的通信靠对讲机沟通。工作间隙，杜晓阳会站在窗边眺望远方。从高处俯视北部湾防城港海域，再大的浪也只是视线里的一道水波纹，一个翻滚的涌。看世界，站的位置很重要，从不同的高度看到的风景亦有所不同。

这些年，杜晓阳卸过最大的一条货船长 299 米、宽 36 米，满载 8000 个标准集装箱，六台岸桥同时开工，整整工作了 48 小时才卸完。那次刚好是杜晓阳的一个白班和一个夜班，高强度的作业让他精疲力竭，接连两个休息日，哪里也没去，结结实实睡了两天才满血复活。

2019 年 3 月 3 日，杜晓阳上白班。上午十点，一艘由越南胡志明港发出的装着 30 个火龙果冷藏柜的货轮，在引航员的导引下抵达防城港。这里是中国西南唯一既沿边又沿海的海港进境水果指定口岸，是中国西南地区水果流通的大通道，拥有两条进境水果直航航线。经防城港进口的东南亚热带水果会通过公路、铁路冷链物流，在两天内运抵北京、上海、天津、山东等地的批发市场。同理，中国的苹果、柿子等温带水果，也会通过这条航线出口至东盟国家。

杜晓阳负责卸载的火龙果冷藏柜，是重庆一家从事水果贸易的企业从越南进口经防城港口岸入境的首批货物，在防城港港口码头可以实现从货轮直接到铁路班列的"零距离"接驳，铁海联运便捷省时，比其他通过汽车运输的线路节约了约一半的物流费用。

正如前文所说，公路运输块块钱，铁路运输角角钱，水路运输分分钱。以往东南亚水果大都采用"水路＋公路"运输，也就是"分分钱＋块块钱"，现在改为"水路＋铁路"的方式，运输成本就变成了"分分钱＋角角钱"，两者运输时间基本相当，但从运输费用的角度来看，"水路＋铁路"可比"水路＋公路"划算多了。降低了物流成本，就等同于增加了生鲜水果的利润空间。

收到卸船任务指令，杜晓阳深吸一口气，迅速进入工作状态。在他行云流水的操作下，这批火龙果冷藏柜中的八个下了船，随即搭乘西部陆海新通道"广西防城港至重庆"的冷链班列发往重庆，将最终抵达川渝经济圈。西部陆海新通道，一条全新的国际贸易物流大通道，借由这一陆海双向开放的新支点，令西部内陆地区与浩瀚海洋相连，命运共同。

很快，越南的火龙果也出现在了防城港市的大小超市和生鲜果品店，鲜红的马克笔写着：产地越南。

杜晓阳带女儿逛超市，特意给她买了几个。小丫头大快朵颐地吃着甘甜多汁的火龙果，红红的汁水滴得到处都是。

"宝贝，你吃的越南火龙果是由爸爸工作的港口运进来的，是爸爸从来自越南的船上卸下来的。好吃吗？"杜晓阳用纸巾擦拭着女儿嘴角的火龙果汁水。

"爸爸，你好厉害哟！我还想吃榴莲，下次你卸的船上会有榴莲吗？"七岁的女儿还不太懂得爸爸的工作，幼稚的问题让杜晓阳忍俊不禁。"应该会有的，爸爸下次给你买榴莲。"

鱼儿又咬钩了，拖出海面，哈哈！又是一条海蜡鱼。这一趟出门是专门为女儿钓鱼来了。今天的收获颇丰，太阳热辣辣地晒着，该回家了。明天还要上班呢，继续回到那个离地45米高的支点，去撬动防城港的未来。

北海有风：千年古港焕新颜

林志毅走路带风，急匆匆，风风火火。他的风与北海的风同频，他生在这里，长在这里，读书在这里，工作还在这里。这辈子是不会离开北海了，哪怕现在工作的北部湾港北海码头有限公司石步岭作业区，按照规划过几年搬迁去铁山港，也依然是在北海。

北海银滩的风是最宜人、最舒爽的海风，没有之一。这是林志毅去看过很多地方的海之后得出的结论。

对于北海的风，第一次有切肤体会是小学四年级那年。一群自小在北海汽车总站大院里长大的孩子，年龄相仿，都在十岁左右，正是创造与毁灭双重叠加的年纪。夏日炎炎，前几天从大人们工作的车间里捡回来的一堆下脚料，已经改头换面，焕然一新。都是滑板车，差别只在于谁的手工更精细一些。北海茶亭路与广东路的交界处，一个坡度不大的斜坡，坡下就是海，一片浅浅的滩。这里是林志毅小时候的秘密乐园。

从坡顶往下滑，一直滑到海里去，溅起高高的浪花。坡是水泥预制的，风化多年，早已有了裂痕与凸起的沙砾。每一次的滑行，都不能保证落点是柔软的海滩。能否顺利、平稳地冲向终点的浅滩，路面、滑板车以及张开双臂的飞翔姿势都是决定因素。

那一天，林志毅磕得头破血流。滑行起飞的瞬间，他自我感觉像一只自由飞翔的海鸥，但在一众小伙伴眼中却是一只跌跌撞撞的企鹅。

速度在加快！还在加快！突然，滑板的轴承不知碰到了什么，突然受阻，林志毅重心前移，滑板翻了，他被狠狠地摔倒在地，被踩翻的滑板腾空又重重地砸在他的身上。伴随着巨大的惯性，人和滑板一起骨碌碌滚下坡，滚进了海水里。磕破的地方被海水一沁，钻心之痛。挂着彩回家，父母也不以为意，二十世纪七八十年代的孩子都是野生的、散养的，生命力蓬勃旺盛，即便有暂时的打蔫，喝一碗糖水，睡一觉，第二天依旧生龙活虎。

父亲和母亲都是北海汽车总站的修理工，父亲主修汽车底盘和发动机；母亲主修钣金和刹车。维修车间与家都在汽车总站的大院里面，相距不足两百米。车间里半大孩子一大堆，有纯粹来凑热闹嬉戏打闹的，往往会招来自家大人的一顿呵斥；也有因为好奇，站在一旁乖乖看门道的；当然也有给自己的父母亲充当小帮手的，眼里有活，手脚麻利，要扳手递上扳手，要钳子绝不会递上起子。林志毅就是后者。他从上初中起就已经开始给母亲打下手，放了学，书包一扔就去干活，搬刹车片、刹车鼓。父亲修发动机时，他也会注意观察发动机的内部以及工作原理。后来在北海职高上学时，很多与机械相关的科目一点就通，不用复习，稍微看看书就能考九十分以上。

1989年7月，从北海职高港口机械专业毕业的林志毅，被分配到了北海港的机械部。三月份的时候，职高港口机械、港口自动化、港口水运管理三个专业的应届毕业生都在北海港实习过，林志毅是那一届实习生中表现最出挑、最抢眼的一个。转眼三十多年过去了，当年一起毕业一起进入北海港的同学与校友，只剩下不到一半还坚守在这里。离职潮比较集中的时间节点是改革开放初期，有时候一天都要走掉几个人。

任身边人来人往，熙熙攘攘，心如磐石的林志毅在任何一个阶段从未想过离开北海港。二十几岁时，林志毅喜欢骑摩托车，追求速度与激情。后来换了骑自行车，依然享受速度与激情。五十岁之后开始慢跑，不再狂热地追求速度。有时雨夜，他也会独自骑车到处逛逛，享受宁静的夜色。街上几乎无人，喧嚣的城市在逐渐冷却，烦躁的心也平静下来。一个习惯了北海的风的人，再去哪里也不习惯。即便是回南天，哭泣的墙壁、潮湿的永远也干不透的衣衫，也不能打消一个人骨头里对家乡的爱恋。

当下中国大多数市县区都经历过行政区划的合并或调整，更名的也不在少数。北海市、北海港亦然。

北海港为中国古老港口之一，从汉元鼎六年（公元前111年）合浦设郡算起，古代合浦港至现代北海港经历两千多年。合浦自西汉开始便是中国对外贸易口岸，古合浦港主要由廉州、乾体、大观港（今大风江）、冠头岭内港（今北海港）、白龙港、永安港（今铁山港）组成。一艘艘船只，从这里乘风破浪，扬帆远航行经东南亚，直抵地中海。

第二次鸦片战争之后，西方列强在打开中国沿海及长江门户后，又萌生了瓜分中国内陆的野心。1874年，英国再次派出以柏郎上校为首的探路队，探查缅滇陆路交通。英国驻华公使派出翻译马嘉理南下迎接。1875年1月，马嘉理到缅甸八莫与柏郎会合后，向云南边境进发。2月21日，在云南腾越地区的蛮允（今云南省德宏傣族景颇族自治州盈江县芒允）附近与当地少数民族发生冲突，马嘉理与数名随行人员被打死。这就是历史上的"马嘉理事件"。这桩"滇案"就成了英国人胁迫清政府签订《烟台条约》的导火索。《烟台条约》的"通商事务"条款中有"添开宜昌、芜湖、温州、北海四处为通商口岸"之内容。从海上来的风，裹挟着大航海时代的信息吹到了北海。

光绪二年（1876），中英《烟台条约》辟北海为通商口岸后，次年4月1日，北海正式开埠，英国先设领事府，后法、德、奥、葡、意、比、美、日等国相继来北海设领事府或商务代办机构，并在北海设立森宝、捷成、怡和、美孚等洋行。

光绪三年（1877），北海海关成立，由英籍人担任税务司，引用不平等条约中关于海关行使港口管理的条文，取得了北海港口管理的大权，并规定港口管理区域为"自东京大界起至涠洲海岛止"，将港口管辖范围扩大到今广西沿海。英国伦敦皇家海军对北海港口进行了全面测绘，并向世界公布了北海港海图。北海海关税务司将北海港口浮标设置情况向世界公布，使外轮不需雇用引水员，便可安全驶入北海港。北海港名噪一时。

民国二十二年（1933）10月，北海港建成冠头岭灯塔，进港船舶昼夜可安全靠岸。但由于港口没有深水码头，货物上落轮船全靠木帆船和驳艇过驳上岸，限制了港口的发展。即便如此，北海港也位居全国沿海商埠的第十位。

抗战期间，北海港对外贸易变化很大。在日军的封锁下，北海对外贸易几乎全部停顿。抗战胜利后，国民政府宣布北海港重新开放，并修复了被日军破坏的航标和冠头岭灯塔。在解放前夕，这里成为西南地区国民党残军撤退海南、台湾的主要通道。

1949年12月4日，北海解放。7日，成立北海军政委员会。8日，北海军政委员会派员接管港口。1954年8月，外沙西港口动工兴建。1969年8月，出于支援越南抗美战争的需要，交通部批准外沙西港口兴建千吨级小轮码头，即"6981 工程"，同期在建的还有防城港的"广西 322 工程"。

1984 年 5 月，中央宣布北海为中国进一步对外开放的 14 个沿海港口城市之一。1985 年，交通部与广西壮族自治区政府决定在石步岭港区兴建两个万吨级泊位。当年 5 月 7 日动工，1986 年 7 月 1 日 1 号泊位投产，同年 12 月 2 号泊位完工使用。自此，北海港没有深水码头的历史宣告结束。

每每回想自己参加工作的那年，林志毅都会想起英国作家查尔斯·狄更斯长篇历史小说《双城记》的开头：

> 这是一个最好的时代，这是一个最坏的时代；这是一个智慧的年代，这是一个愚蠢的年代；这是一个信任的时期，这是一个怀疑的时期；这是一个光明的季节，这是一个黑暗的季节；这是希望之春，这是失望之冬；人们面前应有尽有，人们面前一无所有；人们正踏上天堂之路，人们正走向地狱之门。

彼时，北海港正在经历为期三年的第一轮承包。改革的春风荡涤着旧俗，有破有立，旧习俗与新规则猛烈碰撞，有人彷徨，有人惶恐，有人顺其自然，有人心志坚定。

当时的机械部有修理班、门机班、滚动机械班和封包机组。林志毅被分在了封包机组。港口的大宗散货，需要人工分装，用封包机封袋后再进行装卸运输作业。在学校时，林志毅没有接触过这样的机械，不过他只跟着带他的师傅学习了半年多，就已经能够在技术上与师傅不分伯仲，并驾齐驱了。三年后，林志毅当上了皮带机维修班的班长。封包机，他能修；设备更新升级成自动灌包机，他也能修；再上一个台阶到皮带机装船作业线，他还能修。总之，从机械设备到电气设备，只要林志毅拆拆卸卸，无论多复杂，用不了三天，他都能让原本坏了的设备起死回生。

皮带输送机工作环境恶劣，长时间运行后，皮带就会松弛甚至断裂，皮带修补是个费时费力的活，常用的皮带接头修补方法有机械接头法、冷粘接头法和热硫化接头法三种。不管哪一种接头法，都需要把1.2米宽、1.2厘米厚的皮带分层剥开，然后再进行驳接。传统的剥皮带就是用手虎钳先剥一头，速度快的师傅一天能剥完一头，需要站着一刻不停地劳作。要整整两天才能把皮带的驳接头分成五层，再一层一层地用皮带专用胶水粘起来，最短也需要一周时间。

看着费时费力的手工皮带驳接方式，林志毅曾经请教过老师傅，得到的答复是，以前更老的师傅就是这样教他们的。这个方法用了一辈子了，大家习惯了，没有人动过脑筋去尝试是不是还有更省时省力的方法。以前没有，现在有了！林志毅想试一试。

人工拿手虎钳的动作并不复杂，完全可以用手拉葫芦替代，利用滑轮的原理，不再像以前人工那样全靠一身蛮力。试了试，效果不错。没过多久，林志毅又对自己的设计做了改动，改成了电动的，剥皮带的速度更快了。以前两天才能完成的工作量，两个小时就轻松搞定。

经过林志毅改进的皮带剥皮机一直在用。一切简单、重复的人工终将被机械所取代，这是大趋势。

木片是从北海港出口的大宗散货之一，铁屑、铁钉以及粉碎木片时的残留刀片都是需要清除的杂物。以前都是手动分拣，工作效率低，人工成本高。领导看林志毅这么爱琢磨小发明、小创造，给了他一个基本思路，就把这个活交给他全权负责。

看到铁，林志毅第一时间想到的是小时候玩过的磁铁吸铁钉游戏。小时候为了能有一块磁铁，看到垃圾堆就翻一翻，如果能捡到旧喇叭就可以拆一块磁铁。磁铁不仅仅是玩具，它还是做玩具的重要工具。

木片里有铁制物，那就用磁铁把它们吸附出来。为达到想要的效果，林志毅自己都不记得做了多少次试验：磁铁的大小、磁铁安放的位置、磁铁离传送皮带的距离……在试验了近百次之后，终于达到了想要的最佳效果。

1989年参加工作，从学徒工、普通工、熟练工到主修工，聪明的林志毅没有投机取巧，他的每一步都走得很扎实。2010年广西壮族自治区劳动模范和先进工作者名单揭晓，当时在北海市北海港股份有限公司机械部皮带机队工作的林志毅榜上有名。21年的光阴，7600多天，可以锻造出一个劳模。

这二十多年，北海港也在不断地成长、发育，无一日止歇。

1993年9月，北海国际客运码头动工建设，总投资9273万元。一期工程投资4753万元，建设1000—2000吨级客运泊位3个，滚装船泊位4个，游艇和辅助泊位5个。正因为有了这个基础，2011年，北部湾国际邮轮母港项目才会花落此处。

1995年，北海港和中国农业生产资料集团公司签订合同，将北海港确定为全国首家进口化肥的重点枢纽港。中国农资集团与北海港务局合资在石步岭港区3号、4号泊位陆续建造了多条散装化肥自动灌包线，北海港成为中国首个获得出口澳大利亚化肥低风险港口证书的港口，也是中国两个烟花爆竹出口离岸港口之一。从这里出海的烟花爆竹，占欧美市场份额 30% 以上。

1996 年 7 月 1 日，北海港 8.45 公里的进港铁路通车并投入营运，结束北海港没有铁路的历史。

进入新时代，北海港作为西部陆海新通道上的门户枢纽之一，焕发着新的生机与活力。2017 年 6 月，北海获批成为国家"十三五"第二批海洋经济创新发展示范城市之一。2018 年 12 月，北海海洋经济发展示范区获国家批准建设。2020 年 4 月 16 日，铁山港进港铁路专用线正式通车，打通了铁海联运的"最后一公里"。

2023 年 8 月的最后一天，铁山港东岸码头项目后方吹填的节点宣告完成。作为《西部陆海新通道北部湾国际门户港基础设施提升三年行动计划（2023—2025 年）》的基础工程之一，陆域形成顺利收官，取得阶段性的关键节点胜利。

这个消息，对于林志毅而言，更像是骊歌的前奏。铁山港东岸码头建成之日，可能也就是他要离开已经奋斗了大半辈子的石步岭作业区之时，想想心里还怪不是滋味的呢。

绿色的红树林：发荣滋长，生生不息

这是第几次沿着兰海高速疾驶了？

在广西从事红树林资源保护工作的刘震一时之间也无法确定，从接到论证平陆运河工程对红树林生态影响的任务后，这样频繁的出差就开始了。

每一次都是相同的方向，去茅尾海；每一次的目的也都是相同的，去看望护佑那片海域的红树林。他们要沿着钦江行走，沿着茅尾海的海岸线行走，结合卫星影像，借助无人机航拍以及人工一棵一棵计数的方式，详细掌握平陆运河入海口红树林分布、面积以及具体树种的精准信息。

第一次走进红树林，近距离触摸红树，应该是 2013 年的时候，那时的刘震还在广西大学读生态学的研究生。

刘震是江苏宿迁人，父亲是位造诣颇深的画家，生性散淡，尊崇自然无为，喜欢捕捉真实的自然之美。受父亲影响，刘震从小就热爱自然，喜欢博物，生物经常满分。

从 2012 年到现在，刘震已经在广西待了十几年了。吟诵"日啖荔枝三百颗，不辞长作岭南人"的东坡先生只是短暂寓居此地，但刘震，是真的被广西丰富的生物多样性、高颜值的生态环境所吸引，研究生毕业后，决定留在这里工作、生活。

2013 年，刘震在广西大学读研究生的第二年。5 月的一天，同学打电话邀请刘震去北海。同学师从广西红树林研究中心主任、中国生态学学会红树林学组主席范航清老师。原本就对红树林倍感兴趣的刘震立刻从南宁乘坐火车去往北海。

远远望去，红树林是一片青翠与苍绿。黑褐色的树皮，绿色的枝叶，乍看上去，与红色没有任何关系。如果剥去最外面的一层树皮，让树皮内层裸露在空气中，只需几分钟，就会发生肉眼可见的颜色变化。大部分红树中含有大量的单宁酸，遇到空气会迅速氧化，变成红色或红褐色。

红树林中的"红树"并不特指一种树种，而是指在热带、亚热带海岸潮间带，由以红树植物为主体的常绿乔木或灌木组成的湿地木本植物群落。红树植物分为真红树和半红树，它们都具有一定的耐盐力，但彼此生活习性不同。真红树植物一般只能在潮间带环境中生长繁殖，半红树植物大多生长在真红树植物后方，较少被潮水淹没，具有两栖性。广西有真红树植物 12 种、半红树植物 8 种，以白骨壤、秋茄树、桐花树等树种为主。东南亚的红树林树高能长到十几米以上，而广西本土红树林因为种种原因植株并不高，一般 2 到 5 米。随着由南向北，纬度升高，温度降低，红树林植株高度矮化表现愈发明显，最北地带的浙江省中南部人工红树林大多又矮又小。

这就造成了红树难以判断树龄的问题。在热带的边缘地区，中国的海南岛，一棵高大的红树可能只有几十年的树龄，但在广西，一棵不起眼的红树植株可能已经百岁高龄。

一片红树林就是一个完整的生态循环系统。它们是植根在大海里的森林，潮起潮落，云卷云舒，生生不息。即便每天迎候潮汐的侵蚀，红树林一样无声地笑傲海天之间。一场十级台风可以轻而易举地摧毁一座岛屿，但却不能将一棵健康的红树拔起。红树林防风消浪、促淤保滩、固岸护堤的特异功能是地球任何一个物种都无可替代的。聪明到狡猾的红树林在千百万年的进化历程中获得了生存的智慧，它的主干不会无限向上增长，而是向下深扎，健硕的主根上会派生出多根支持根，一并深扎入泥滩，像一个圆圆的蒙古包帐篷。

潮水退却，红树林的根系森林呈现在世人面前，那是大自然用最宏阔的手笔描绘的矩阵图形。与红树林共生的鱼、虾、蟹、贝、浮游生物及鸟类随即开启自由活动时间。鸟飞鱼跃，天地间一片欢腾。

"三分陆地，七分海洋"，地球上71%的地方被海洋覆盖，剩下29%是陆地面积。红树林既是森林又是湿地，兼具森林"地球之肺"和湿地"地球之肾"的双重功能，是地球上生态服务功能最高的自然生态系统之一。

古希腊哲学家柏拉图认为，地球与人一样也需要呼吸，而海洋的潮汐就是地球的呼吸。潮水的一涨一落，就等同于地球的一呼一吸，在涨落、呼吸之间就完成了陆地与海洋的信息、物质与能量的交换。

在这一庞大的交换过程中，红树林居功甚伟。在深不可测的海底世界里，一鲸落，万物生。在瞬息万变的海洋与陆地潮间带，一丛红树林，同样让万物生长。

北部湾是世界上典型的全日潮海区，每天只出现一次高潮和低潮，时间长、强度大，红树林需要大量的能量用于减轻缺氧情况，耐受连续长时间的浸淹。此外，广西沿海无大江大河汇入，沉积物相对贫瘠，多为沙泥质滩涂，颇不适宜红树林生长。在气候方面，广西沿海位于西伯利亚寒流经湘桂走廊的出海口，每年一月份前后低温突出，和其他月份的高温反差极大，且没有温暖洋流调节，这种气温波动对红树林植物伤害非常大，主干向上发展受限，嗜热的树种无法生存。气候等地理自然条件是后天难以改变的，但既然红树林能在这里落地生根，足以证明北部湾海域是红树林历经物竞天择后的自然归属。

刘震的同学在北海银海区福成镇竹林村，他正在参与导师范航清团队创建的"地埋管道红树林原位生态养殖系统"试验。

这里有大片的严重退化没法继续使用的虾塘。在这些滩涂泥地下埋设管道配合沉箱养殖鱼类，滩涂泥地上种植人工培育的红树林，林间海水中保育和增殖底栖动物，从而形成一个完整的红树林生态系统。一棵小苗成长至可以抵挡风浪需几十年，红树林的人工造林并不容易，"一年生，二年死，三年死光光"，有时是每一个从事红树林生态保护的研究人员不得不接受的残酷现实与窘境。

在北海，有一种美食叫榄钱炖文蛤。榄钱与文蛤一起炖煮，糅合了文蛤的鲜美和榄钱的软糯清香，入口即化。榄钱是白骨壤红树的种子，是为数不多可以食用的红树果实。部分红树植株有着独特的胎生繁殖能力，种子在成熟之后与其他植物不同，不离开母体，它们一直附着在母体树上，吸收营养萌发主根系，直到发育完全，以自由落体运动脱离母体，垂直降落在海滩上开始独立生活。北部湾的水域对红树植物的自然繁育不算友好，潮水的涨落直接威胁到幼苗扎根。今天能看到的一片片蓊蓊郁郁都是幸存者，那些未幸存者已然不知去向。

人类孕育生命的过程更加奇妙而又神秘。直至今日，也不是每一颗受精卵都能安全、健康地发育，直到幸运地呱呱坠地，降临人间。在物竞天择、适者生存、优胜劣汰的自然法则面前，万物平等。

地球上自从生命起源以来，先后出现了五亿种生物。在漫长的生命长河中，物种有灭绝，也有新生。每一个物种的诞生与消失都自有它的周期与规律。

人类进入工业时代以来，物种灭绝亦进入了加速度状态。目前，世界上可能每分钟有一种植物灭绝，每天有一种动物灭绝。刘震研究生专业是生态学，"生态"一词源于希腊文，本义是家或住所。

广西是我国红树林的重要分布区，红树林面积已达 1.04 万公顷，位居全国第二。第一位是广东省。广西在红树林集中分布区已建立国家级自然保护区 2 个、国家湿地公园 1 处、自治区级自然保护区 1 处，有全国连片面积最大的天然红海榄林、城市红树林及沙生红树林。

2018 年，广西颁布实施《广西壮族自治区红树林资源保护条例》，这是中国第一部专门针对红树林资源进行保护的地方条例。近年来，广西建立红树林资源保护和监管工作机制，严格红树林资源保护目标考核，对全区红树林实施常态化、网格化、可视化智慧巡护管护，工程项目依法依规占用红树林须遵循"占一补三"原则。

红树林移植是一个世界性难题，一旦根系被破坏，很难保证移植后的成活率。广西在全国率先开展了红树林的大树移植试验，移植成活率达 60% 以上。

2022 年 7 月 20 日，根据《广西壮族自治区人民代表大会常务委员会关于同意建设平陆运河的决议》，经自治区党委、政府同意，自治区发展改革委批复了平陆运河工程可行性研究报告。其中，在有关部门和专家、技术人员的不懈努力下，平陆运河航道工程不断优化选线，减少占用红树林地，并采取严格的防护措施，最大程度减少对周边红树林的影响，助力绿色运河建设。

2022 年 8 月 28 日，平陆运河顺利开工。针对红树林保护修复工作随即全面展开。

绿色的红树林，在广西，在中国，定会生生不息，发荣滋长，繁育出一个比《千里江山图》更为俊美的青绿中国。

大道之飏空千万里

下篇

【人月圆】飐空千万里

倏然飐空千余里，自有凌云心。蓝天追梦，钦州寻觅，大道龙吟。

夜阑风起，无波静水，朱槿花深。金黄稻草，漫漫长路，陆海强音。

成都铁路集装箱中心站
西部陆海新通道物流和运营组织中心 / 供图

第七章

自有凌云志

蓝天追梦人：中国跨境电商抢占海外市场

经常会做一个梦，重复做，梦里回到桂林的桃花江边。江面不宽，江水也不湍急。临水照影，尹乐乐会看到自己，童年的自己。

1995 年，流行歌手韩晓因一首《我想去桂林》红遍大江南北：

> 我想去桂林呀，我想去桂林 / 可是有时间的时候我却没有钱 / 我想去桂林呀，我想去桂林 / 可是有了钱的时候我却没时间 / 在校园的时候曾经梦想去桂林 / 到那山水甲天下的阳朔仙境 / 漓江的水呀常在我心里流 / 去那美丽的地方是我一生的祈望 / 有位老爷爷他退休有钱有时间 / 他给我描绘了那幅美妙画卷 / 刘三姐的歌声和动人的传说 / 亲临其境是老爷爷一生的心愿 / 我想去桂林呀，我想去桂林……

四分多时长的一首歌，朗朗上口的旋律，简洁明了的歌词，无须花大精力记忆背诵，听一遍就能哼唱个八九不离十。充满魔性的韵律，把一个想去桂林却又无法实现美梦的年轻人内心的渴望与焦虑展现得淋漓尽致，一下子精准命中了万千身不由己的普通人。那一年，歌手韩晓跻身国内当红歌手行列,《我想去桂林》也成为当年的现象级流行金曲。

这首歌火遍大江南北的时候,尹乐乐还在为了高考头悬梁锥刺股地冲刺呢。他的理想目标是天津大学建筑系。

尹乐乐的父母都是老师,奶奶与外婆也是老师。妈妈曾经是尹乐乐的班主任兼数学老师,既是家长又是老师,所以对他就是双倍的严厉。尹乐乐完美继承了妈妈的数学思维,从初中开始,数理化三科的成绩都在班级里名列前茅,尤其物理最好,轻轻松松就能考满分。老师、同学包括尹乐乐本人都觉得依着他平时的成绩,考试的时候正常发挥,考上天津大学的梦想一定会成真。

人生有剧本吗?这些年流行一种叫"剧本杀"的角色扮演推理类的游戏。尹乐乐只是听说,没去尝试过。他已经45岁了,人们常说"四十不惑",可他45岁的内心每天依然充满了各种疑惑、迷惑和困惑。看身边比自己年龄更长一些的同事,亦然。哪一个成年人的世界不是一地鸡毛?相较这些而言,工作反而是简单而纯粹的。

在尹乐乐最初的人生剧本里面,并没有"飞机"这个概念。他高考的第一志愿是天津大学建筑系,第二志愿是重庆邮电大学的电子科学与技术专业,第三志愿才是中国民航大学。之所以选中国民航大学,也只是因为这所学校与天津大学同在一座城市。

尔后一年,尹乐乐的高考分数687分,属于高分,但却离他的第一志愿、第二志愿还有一点小小的差距。最后的结果是,他最不经意选的中国民航大学为他托了底。同年10月1日,桂林两江国际机场正式建成通航。

在中国民航大学系统学习了三年，尹乐乐掌握了民航航线、航班、客货营销和地面组织等基本知识，具备了扎实的民航运输服务能力，成为一名可以胜任民航客货销售、民航地面运输服务工作的专业人才。换句话说，尹乐乐用知识把自己武装到了牙齿。毕业分配的时候，除了回广西，尹乐乐也有其他的选择，但他没选，他想回桂林。也就是从那个时候，桂林的桃花江开始随夜潜入梦。

这个梦尹乐乐经常会做，而且是无数次地重复，在梦里他一次一次回到桂林的桃花江边。江面不宽，江水也不湍急。临水照影，会看到童年的自己。

那时候的他夏天偷偷下水，不知不觉间居然学会了游泳。到江里游泳，被大人发现是要挨打的。挨打也是一种幸福，只有挨打才会让瞒着大人游泳的乐趣与满足感翻倍，而且妈妈的巴掌打不疼，高高举起，又轻轻落下。然后梦就醒了，被笑醒了。醒来的尹乐乐会怅然若失。已经在南宁生活了许多年，南宁的景致很少入梦，虽然这也是一座美如画的城市，并且越来越美，美得时尚，美得国际化，却总也替代不了桂林在自己心中的位置。

1973 年 5 月，国务院批准北京、上海、西安、广州和桂林五座城市正式对外开放旅游，这五座城市幸运地成为中国首批对外开放的旅游城市。彼时，所有到访中国的外国元首和政府首脑们，无一例外都会去桂林。桂林的山、桂林的水，这些甲天下的天然禀赋，让桂林烜赫一时，蜚声中外。2014 年，以桂林山水为代表的中国南方喀斯特地貌被联合国教科文组织列入《世界自然遗产名录》。

1999 年，尹乐乐回到了广西，他被分配在广西民航货运快递中心，工作地点在桂林。彼时，中国民用航空广西壮族自治区管理局就设在桂林。同时期的南宁机场仅仅是一个航站，一天仅起落二十多个架次的航班。

旅客吞吐量、货物吞吐量、航班起降架次是机场运营的三大指标，它们是衡量一个地区经济社会发展程度、文明程度、开放程度和活跃程度的重要标志。二十世纪九十年代，桂林两江国际机场的综合指标位居全国第四，位列前三位的分别是北京、上海和广州。

半年后，尹乐乐被广西民航货运快递中心派往了南宁营业部，负责组织南宁的货源，然后走汽运将货物运到桂林两江国际机场上飞机。桂林机场是全国第一个开展陆空中转业务的机场，广西民航货运快递中心不仅仅在南宁设立营业部，还在深圳、上海多地设立了营业部组织货源。

2000 年 11 月，在南宁营业部表现突出的尹乐乐，带领五人团队奔赴深圳，创建了广西民航货运快递中心深圳营业部。那一年，他才22 岁。

2000 年是深圳经济特区建立二十周年。从 1980 年至 2000 年，作为中国改革开放的窗口，深圳特区的国内生产总值年均递增 31.2%，这是一个令世界惊叹的奇迹。深圳黄田机场 1988 年 12 月开工，1991 年 10 月通航，不到三年的时间就建成通航，也是"深圳速度"的生动例证，但当时的黄田机场运力严重不足。

广西民航货运快递中心设在深圳的营业部每天都发车，将电子产品与服装源源不断地通过陆路运输发往桂林两江国际机场。与当时的深圳黄田机场相比，桂林机场航班多、运力大，机型也大，美中不足就是桂林本地的货源不足，而设在多地的营业部则有效补充了这一短板。深圳的货源先坐汽车到桂林，而后再从桂林两江国际机场乘坐飞机运往北方、东部沿海或者西部。上海的货源则直接乘坐飞机抵达桂林，而后再换乘汽车转运至南宁、柳州或梧州。

2011年，尹乐乐从广西机场管理集团桂林货运中心调到了南宁货运中心，担任负责国内出港业务的市场部经理。从那时起，尹乐乐开始见证着广西机场管理集团南宁国际航空货运枢纽的蜕变。

蜕变的契机开始于2002年11月4日，中国和东盟共同签署了《中国－东盟全面经济合作框架协议》（以下简称《框架协议》），中国与东盟的经贸合作进入了一个新的历史阶段。

《框架协议》是中国－东盟自贸区的法律基础，包括货物贸易、服务贸易、投资和经济合作等内容，其中货物贸易是自贸区的核心内容，除涉及国家安全、人类健康、公共道德、文化艺术保护等世界贸易组织（WTO）允许例外的产品以及少数敏感产品外，其他全部产品的关税和贸易限制措施都应逐步取消。按照《框架协议》，中国和东盟双方从2005年起开始正常轨道产品的降税，2010年中国与文莱、印度尼西亚、马来西亚、菲律宾、新加坡和泰国建成自贸区，2015年和越南、老挝、柬埔寨和缅甸建成自贸区。中国与东盟的绝大多数产品将实行零关税，取消非关税措施，双方的贸易实现自由化。

广西出台《广西壮族自治区航线补贴办法》，对核心航线进行专项补贴。2011年9月15日，广西机场管理集团与南宁市人民政府联合四川航空股份有限公司正式开通了"成都—南宁—胡志明市"定期航班。

2019年8月2日，西部陆海新通道上升为国家战略。同年8月30

日，中国（广西）自由贸易试验区正式揭牌运行。

南宁吴圩国际机场的定位是面向东盟国际门户枢纽机场，这个定位是由区位优势所决定的，南宁直飞越南胡志明市只需两个半小时，直飞泰国曼谷也是两个半小时，是长三角、珠三角、成渝经济圈航空运输货物的最佳枢纽。

2021年5月12日，一架由中国邮政航空执飞的B757-200F全货机从广西南宁吴圩国际机场飞往泰国曼谷，南宁—曼谷全货机航线正式开通。

这条航线是南宁吴圩国际机场第二条东盟全货机航线。第一条是2019年10月15日开通的南宁—胡志明往返全货机航线，由顺丰航空执飞。随着中国与东盟经贸合作不断深化，东盟成为中国企业"走出去"的热门地区，也是中国产业链、供应链、价值链主动对外拓展的目的地之一。2020年，东盟跃升为中国第一大贸易伙伴，广西作为中国唯一与东盟国家陆海相邻的省区，与东盟国家的交流合作随之变得更加密切。

2023年10月29日，因为疫情停航的南宁—胡志明市航线复航。

十年前的2013年，中国首次成为全球第一大货物贸易国家，截至2023年，已蝉联这一位置达十年之久。中国已成为全球140多个国家和地区的主要贸易伙伴，数以亿万计的商品品类昼夜不息翻山过海送达全球。跨境电商方兴未艾，成为中国外贸的重要组成部分。而跨境电商的核心不仅是运营，物流更加至关重要，跨境电商的物流主体是航空物流。

《区域全面经济伙伴关系协定》（RCEP），是2012年东盟发起，由包括中国、日本、韩国、澳大利亚、新西兰和东盟十国共 15 方成员制定。2023 年 6 月 2 日正式对菲律宾生效，至此，《协定》对 15 个成员国全面生效，全球最大的自贸区进入全面实施新阶段。

《协定》是亚太地区规模最大、最重要的自由贸易协定谈判，覆盖世界近一半人口和近三分之一贸易量，是世界上涵盖人口最多、成员构成最多元、发展最具活力的自由贸易区。随着与中国签署双边自贸协定的国家不断增加，中国外贸的朋友圈也在不断壮大。2019 年，南宁吴圩国际机场的国际货邮吞吐量只有 0.23 万吨，2020 年突破一万吨，达到 1.08 万吨，2021 年翻番达到 2.38 万吨，2022 年继续翻番达到 7.31 万吨，在全国机场排名已经上升到第 14 位，2023 年突破 8.5 万吨，增长 19% 左右，排名跃至第 11 位。

现在的尹乐乐是南宁机场货站总经理，他每天很忙，穿梭在货站的各个库区。三年前他还经常会为了货物的堆存、周转而着急上火，现在不会了。原来只有一万多平的货站，现在国内两个货站、国际两个货站，外加一个跨境电商中心，五个货站六万平方米。未来，不仅会有中国商流的出海潮，也会有中国快递物流的"大航海"。

时隔三年零九个月，亚马逊重新杀回深圳，开启面向卖家的招商大会。2023 年 12 月 12 日至 15 日，亚马逊全球开店跨境峰会在广东深圳福田举行。除了全球高管带头宣布各项利好政策，亚马逊全球开店亚太区创新中心落户深圳前海，这也是亚马逊全球开店在全球的首个创新中心。

亚马逊争夺中国卖家，或许不是自愿，而是被迫的。因为中国零售电商拼多多海外版（TEMU）进军亚马逊的大本营美国市场，在短短一年内获得了超 2 亿次下载量，成为美国人最爱的购物 App，同时拓展了 48 个国家站点。另一家主打快时尚的中国电商希音（SHEIN），在 2023 年将销售范围拓宽至电子产品和家居用品，一些亚马逊商家亦开始入驻希音。希音在 2022 年将总部迁至新加坡。

中国跨境电商抢占海外市场，沿着丝绸之路经济带、21 世纪海上丝绸之路和西部陆海新通道，扬帆全球。21 世纪是物流时代，谁占据了先机，谁就成就了未来。

在西部陆海新通道上，内蒙古开通了与东南亚最快捷的国际贸易通道，广西一湾相挽十一国，货物下船即上车，海南洋浦港 2023 年上半年集装箱吞吐量增速全国第一，重庆乘风破浪在新通道上跑出加速度，红彤彤的四川郫县豆瓣酱通达全球，一杯贵州茶香遍吉隆坡，云南鲜食葡萄坐着火车甜到东盟，西藏居民爱上经山跨海的网购，陕西液晶显示板下南洋，甘肃南下西出骨干通道能力凸显，"新马泰"买家热捧青海盐湖产品，新疆串联形成参与西部陆海新通道的网络，湛江首次发运预制菜冷链测试班列，怀化服务全国、对接东盟、商通天下。"13+2"的西部陆海新通道朋友圈与全球 120 个国家、地区有了贸易往来，中国西部与世界的距离从未如此贴近。

飞机与船舶，一个翱翔蓝天，一个逐梦深蓝。海天一色，它们都是西部陆海新通道上的追梦人。

飏空千万里：高铁到不了的地方，还有飞机

飞机马上就要起飞了。空姐甜美的声音在提醒着乘客系好安全带，关闭手机或者调至飞行模式。李彦扬无须提醒，他一般登机之后，在自己的位置上坐定，就会立刻扣好安全带，把手机调到飞行模式上。他很少关机，因为他习惯在手机的记事簿上随时记录点什么。

飞机前座的靠背椅上有印刷精美的航空杂志，李彦扬瞟了一眼，封面上有醒目的"东盟"二字。如果有人突然问李彦扬东盟有哪些国家，他会瞬间愣一下，推推鼻梁上的眼镜，再慢条斯理如数家珍地娓娓道来。

东盟成员国中，泰国、柬埔寨、马来西亚、新加坡、缅甸、越南这六个国家，李彦扬已经去过了，有的是因为求学，在那里长期生活过，有的是工作之后出差短暂停留过。只剩下菲律宾、印度尼西亚、文莱和老挝等国，至今还没有去过。

东盟成员国中，李彦扬最了解的当属泰国，他在那里前前后后读书、生活了将近六年的时间。

李彦扬的父亲是广西柳州电视台的一位资深编导。作为行着、记着的媒体人，父亲觉得行万里路与读万卷书同样重要。他希望儿子出国读书，读书的同时行走，更有助于开阔眼界，打开视野。近几年，东南亚成为留学新热土，在国内没有更好的出路，英国、美国、澳大利亚留学费用较高，工薪家庭若要供养一个留学生，去东南亚不失为

一个上佳的选择。

既然父亲给出了方向，李彦扬就在新加坡、马来西亚与泰国之间认真做了决定，再三权衡后，他最终选择了泰国。

2009 年，从南宁出发去泰国曼谷求学。彼时，南宁与泰国曼谷之间还没有直飞的航班。那一年，李彦扬从南宁吴圩国际机场飞广州白云国际机场，再从那里转机飞往泰国。在泰国读书期间，李彦扬也曾多次与同学游历新加坡，感受不同国家的不同文化。

李彦扬本科就读于曼谷北部大学。学校就在泰国首都曼谷，是泰国首屈一指的具备国际标准的综合性大学，也是泰国最具现代化、发展速度最快的大学之一。这所大学与泰国王室关系密切，每年的开学仪式、毕业典礼，泰国王室都会出席。研究生阶段，李彦扬申请了泰国商会大学的市场营销专业。这所大学是泰国著名的五大私立院校之一，创办于 1940 年，是亚洲商科名校、东盟顶尖学府，以著名的商务、经贸实力闻名于东南亚，在商科、经济等专业领域独树一帜，获得美国商学院认证委员会（ACBSP）认证，是苹果公司优秀合作院校，泰国与东盟重要经济商业研究中心就设立在泰国商会大学。

在曼谷生活了六年，李彦扬已经完全适应了那里。无论是气候还是饮食，独特的泰式辛辣，虽辣却清淡、清爽，无处不在的香茅草，芳香、馥郁，还有出口全世界的泰国大米。

大多数人对泰国的印象是激情、热烈，但身处其中，李彦扬感受到更多的却是温和。泰国有佛教、伊斯兰教、天主教和印度教。宪法虽然没有明确佛教是国教，但佛教在泰国实际上享有国教般的地位与尊荣，是泰国宗教与文化的重要组成部分。泰国官方采用佛历纪年，很多的法定假日也都是遵循佛教传统而设立的，万佛节、宋干节、卫塞节、入夏节、出夏节，不胜枚举。

李彦扬还特地去过泰国南部宋卡府的合艾市。2005年10月，广西北海市同合艾市结为友好城市关系。合艾市是泰南重要的经济、教育、文化中心，是泰国第三大商业城市，第二大金融、外贸城市，素有"小曼谷"之称。李彦扬觉得能在合艾市工作、生活也蛮好的。

毕业前夕，李彦扬曾经考虑过留在泰国工作，在曼谷有中资企业，不少泰国企业在深圳、上海也有分公司，以他的教育背景，能在泰国找到一份不错的工作。这一次，父亲投了反对票。

2016年，李彦扬回到了柳州。8月入职广西机场管理集团服务营销部，成为一名市场专员，对接航空董事开发南宁机场的客运航线。2020年5月3日，开通南宁往返拉萨直飞航线航班。至此，广西实现航线"省会通"。

航线是动态调整的，要根据市场需求的实际情况有增有减。成都、北京、上海与南宁之间的航班，航班上座率高，在做了市场调研与数据分析后，就会考虑增加航线的密度。南宁与贵州贵阳之间的航班，空中飞行只需一小时，而乘坐火车出行则需要五个小时，注重时间成本的商务群体选择乘飞机出行的概率要高于火车。

2023年8月31日7时33分，G4308次"复兴号"列车从南宁东站发出，贵南高铁南宁至荔波段正式开通运营。至此，贵南高铁实现全线贯通运营。贵南高铁正线全长482公里，其中贵州境内长约200公里，广西境内长约282公里，是中国"八纵八横"高速铁路主通道包头至海口通道的重要组成部分，也是西部陆海新通道中的重要一环。

贵南高铁全线通车后，南宁东到贵阳东由原来的5个多小时缩短至最快2小时53分，南宁东至成都东、重庆西分别6小时51分、5小时17分可达，贵南高铁与沪昆、成贵衔接，成为川渝黔乃至西北地区通往广西、广东、海南地区的便捷快速客运主通道。

贵南高铁开通之后，南宁至贵州航班乘客锐减。在经过认真的分析研判后，广西南宁与贵州贵阳之间的航线就停飞了。

疫情之前，南宁吴圩国际机场实现了与东盟各国首都城市的全通航。在新冠疫情防控期间，南宁与东盟各国中的多条航线停飞。疫情结束，东盟航线开始逐步恢复，首批恢复的是南宁到新加坡、泰国曼谷、柬埔寨金边、菲律宾马尼拉、马来西亚吉隆坡、越南芽庄六条国际客运航线。2023年9月20日，随着往返"昆明—南宁—仰光"国际客运定期航线恢复开通，南宁吴圩国际机场再次迎来与东盟各国城市定期航线的全通航。

因为职业的关系，李彦扬经常会在机场的候机区域做调研。他会像真正出行的旅客一样提前两个小时坐在候机区域，分析航线的上座率，尤其是观察旅客的特性。哪一个时刻的商务人士居多，哪一个航线老年人居多。每次乘坐飞机出行，他也会趁机收集数据，在手机的记事本上及时记录自己的所见。

工作八年，李彦扬的足迹遍布东盟成员国中的六国。每一个国家都有自己鲜明的特色。

东盟成员国中，泰国是李彦扬最了解、最熟悉的国家，安逸、自由、包容。新加坡经济发达，曾经作为"亚洲四小龙"之一而闻名，是一个小而美的国家。马来西亚由马来人、华人、印度人和多个世居民族组成，是一个民族多元、宗教多元以及文化多元的国家。柬埔寨2016年摆脱了全球最不发达国家行列，首都金边是全国最大城市，柬埔寨拥有世界上最大的庙宇吴哥窟，是一个充满古老文明魅力的国度。缅甸目前仍然是世界最不发达国家之一，以农业为主，从事农业的人口超过75%，但它自然条件优越，资源非常丰富。富庶繁华的仰光作为缅甸首都有150年的时间，但在2005年11月，缅甸军政府突然向国际社会宣布：从即日起将首都从仰光迁移至彬马那。次年，彬马那正式改名为内比都。

东盟各国中，老挝，李彦扬还没有去过，但越南，他已经不止一次去过了。

中国与越南是山水相连、唇齿相依的社会主义友好邻邦，政治制度相同、理想信念相通、前途命运相关。

2023年是中国与越南建立全面战略合作伙伴关系15周年，中国已连续16年为越南最大贸易伙伴，越南则是中国在东盟的最大贸易伙伴国。中国是越南重要外资来源国之一。据越南计划与投资部外国投资局数据，截至8月20日，2023年中国对越南投资达26.9亿美元，增量在越南外资来源国中排名第二，同比增长90.8%。两国在基建、绿色合作等领域合作成绩斐然。中国企业在河内建设了越南最大的垃圾焚烧发电厂，助力越南绿色能源转型，工厂每天处理生活垃圾4000吨，占河内日产生活垃圾60%以上；发电功率9000万瓦，按每户日用电量6千瓦时计算，日发电量可满足24万户居民用电。作为中越共建"一带一路"标志性工程，河内轻轨2号线自2021年11月开通运营以来以绿色便捷、票价合理受到河内市民欢迎，累计载客逾2000万人次。

李彦扬曾经系统地汇总过中国各大城市与越南的胡志明市、河内市之间直飞的航线，天津、广州、厦门、杭州、南京、武汉、郑州、青岛、重庆、成都、昆明、香港、台北等多个城市都有直飞越南的航班。2023 年前 10 个月，中国赴越游客数量逾 130 万人次。2022~2023 学年，有 2.3 万名越南学生来华学习。

飞机开始滑行了。东盟各国中，李彦扬还有一些国家没有去过，2024 年他要走遍东盟，毕竟西部陆海新通道上还有很多空白航线亟待规划呢。

钦州寻陶：我泥中有你，你泥中有我

1. 羽人竞渡

船头高高扬起，水花四溅。六个羽人逐个被他的刻刀定格在高鼓花樽的上部。刀尖与陶泥抵死缠绵的瞬间，也是不朽落成的刹那。

他早已不记得自己第一次是什么时候、在哪里看到过"羽人竞渡"题材的艺术品。是在博物馆看到的那一面羽人纹铜鼓，还是那一个羽人划船的铜器拓片？抑或是在某一本画册上的精美图片？真的记不清楚了呢。他见过各种造型的羽人，踞坐的羽人，背后长着翅膀，仿佛下一秒就腾空飞起；持节的羽人像一位使者，手中的符节正导引着逝者升仙；骑乘着青龙、白虎、朱雀、玄武、麒麟、神鹿、仙鹤各种神兽的羽人，神情倨傲，睥睨万物；而与神兽嬉戏的羽人则表情戏谑，一副逗你玩的胸有成竹；飞翔的羽人形象接近飞天的造型。羽人竞渡纹不仅出现在铜鼓上，同样的纹饰也出现的铜钺上，相同或类似的竞渡纹在浙江、广西、云南甚至越南都有发现。

羽人造型最早出现在商代的青铜器上，战国时期出土的画像、铜器上也有羽人形象，汉代墓室壁画上开始出现了羽人作为使者引导逝者升仙的内容，这些内容一直持续到魏晋南北朝时期，随着佛教的兴起，羽人造型迅速消散在了历史的雾霭中。

当他第一次看到羽人竞渡造像，与他们眼神交汇的霎时，他的心被重重地击打了一下，猛地一缩，而后狂跳不已，他看到了羽人眼中的期待。就在那一刻，他决定要复活他们，让他们在千年之后重现人间。他没有片刻的犹豫，搜集了自己能找到的所有关于羽人的资料，文字的，图片的，无数个白天与夜晚，他与他们对谈，忘食，废寝，直到东方既白。

终于到了这一刻，他拿起了刻刀，再没有丝毫的踟蹰不决，也没有片刻的停顿。他们隐遁人间已经千年，此刻就在他的脑海、心田、手端，他们叫嚣着、欢庆着等待重生的时刻。不知是他该庆幸他发现了他们，还是他们该感恩他们遇见了他，这一点变得极其不重要，此时此刻，他与他们是彼此成全。

2. 母亲河

钦江不长，只有 179 公里；流域面积也不大，只有 2457 平方公里。它从广西钦州市灵山县平山镇白牛岭发源，而后蜿蜒而下，自东北向西南横穿灵山境内，过尖山，奔向北部湾的茅尾海。这条短短的河，丰饶、宽厚，抚育了钦江两岸的钦州人，是他们的母亲河。钦江是甜的，哪一个母亲的乳汁不是甜的呢？所以，钦州人不仅把它当饮用水，还用它来酿造醴酪美酒、琼浆玉液。一条河之所以能被冠以"母亲"的称谓，那是因为她的的确确奉献了她的所有。钦江赠予这片土地的不仅仅是源头活水，更有河底的泥。

作为一个男性，坭兴陶国家级非遗代表性传承人李人帡曾无数次沿着钦江行走。他从家乡广西钦州犀牛脚镇西坑村，那个海边小小的渔村，也是钦江的入海处，溯江而上，从东岸到西岸，再从西岸折返东岸，他的双脚沾满钦江的泥巴，他的衣衫被钦江的水花溅湿，双眼含泪，无法抑制对这条亘古不息、奔流到海不复回的母亲河的眷恋。

沿钦江而居的人们早在唐朝之前就探得了钦江之东与钦江之西的异同，这一点，后人在无数次的验证后依然难掩内心的悸动，都不得不佩服沿江而生的先祖的智慧。

清晨与薄暮，各有各的美。日出东方，天空泛起鱼肚白，故苏东坡有言：东方既白。而日落有霞，引得李商隐慨叹：夕阳无限好。钦江之东的泥性属阴，绵软、细腻，挖出来之后密封，置于阴凉之处存放，让东泥的秉性越发沉静、娴雅；钦江之西的泥性属阳，刚烈、粗粝，一眼看上去就散发着未经世事的桀骜不驯。西泥取回后，必须要杀一杀它的威风，将它放在室外，栉风沐雨，日晒是它，雨淋也是它。太阳的暴晒、雨露的沁润、钦江风的侵蚀，苦其心志，劳其筋骨，饿其体肤，空乏其身，一番敲打下来，增益其所不能，至此，西泥有骨气、有节操、有担当的阳刚之美尽显。

择一风和日丽的天气，东泥与西泥以"软六硬四"的比例阴阳和合，东泥质软为肉，西泥质硬为骨，骨肉相融为坭兴陶泥。

你侬我侬，忒煞情多。情多处，热似火。把一块泥，捏一个你，塑一个我。将咱们两个一齐打破，用水调和。再捏一个你，再塑一个我。我泥中有你，你泥中有我。与你生同一个衾，死同一个椁。

这一曲《我侬词》莫不就是为坭兴陶所作？江苏宜兴紫砂陶、云南建水紫陶、广西钦州坭兴陶、重庆荣昌安富陶的四大名陶中，最多情的恐怕就是坭兴陶了吧。

77岁的李人帡身兼中国工艺美术大师、中国陶瓷艺术大师两个殊荣，他早已从钦州坭兴陶工艺美术研究所所长的位置上荣退多年，不过仍然活跃在制陶一线。用他自己的话说就是："别看我上了岁数了，可我手脚能动，戴上老花镜，眼睛也管用。干了一辈子坭兴陶，也放不下它。"

多情的陶泥，邂逅情有独钟的制陶大师，两情相悦，自是久长时。

3. 白鹭

争渡，争渡，惊起一滩鸥鹭。

然，被"羽人竞渡"惊起的何止是白鹭，更有山羊。

随着刻刀左右游离、上下翻飞，高鼓花樽上部的"羽人竞渡"很快就完成了。他乘兴而往，开始了中部的即兴创作。中部刻绘什么呢？他抬头看向窗外，绿树成荫，阳光透过树叶向他眨眼，那眼神与1966年他下乡在平吉公社林场所见的别无二致。阳光不像树木，它没有年轮，不老不朽亦不腐。

在平吉，他看过农妇织锦，壮锦。壮锦与云锦、蜀锦、宋锦并称中国四大名锦。他曾经请教过饱读诗书的大伯父和父亲，他们一个考上了原国立中山大学（现中山大学），一个考上了原广东省立文理学院（现华南师范大学），他的问题是为什么中国人喜欢以数字"四"归类，比如：四大发明，四大名著，四大名陶，四大名锦，以及一年有四季？

大伯父与父亲都没有给出一个明确的答复，他们只是又给他列举了另一些也同样别具意义的数字："道生一，一生二，二生三，三生万物"，"一个好汉三个帮"，"三山五岳"，"八仙过海"，"九九归一"……他们都急于想向他证明，在中国传统文化中"四"并非一个特殊的存在。

他见过最多的壮锦图案依然与"四"有关，四边形，以棉线为经，麻线做纬，平纹交织，大万字、小万字循环往复，生生不息。在广西，这片中国有最多少数民族人口繁衍生息的土地上，壮锦图案是最应该被强化的民族符号。他不再迟疑，果断落刀。刻刀如梭，在他的高鼓花樽上织就了一匹壮美、壮丽的壮锦。

这还远远不够，关于这个民族，还有符号与图腾，他的刀耕不停，一刀，又一刀，他在创造什么？

又尖又直的喙，伸展的双翅，细长的腿。哦，他的刀下生出了一只白鹭。钦江多白鹭，这是众所周知的。沿江而生的生灵，岸上有人，水中有鱼，空中有飞翔的白鹭。"落霞与孤鹜齐飞，秋水共长天一色"

的人间胜景也是钦江的日常。

翻阅壮族民间古籍《布洛陀经诗》，鹭鸟是壮族祖先崇拜的吉祥鸟，它有通天的能力，是大米收获的象征。它在铜鼓上永生，环绕着永恒的太阳，它们是一只只太阳鸟。

他一口气刻了三只白鹭，三生万物，三只足矣。

还有三个空格呢，要用什么来填充？他再次看向窗外，阳光依然是一成不变的期待眼神。

山羊。他给出了答案。羊，也是被壮族的祖先请进《布洛陀经诗》中的生灵，温顺、吉祥、隐忍，美和善良的代名词。

白鹭在飞翔，山羊在奔跑，它们首尾相连，自左向右环绕着高鼓花樽，重复着生命的律动。如果将现实生活立体的实物平铺于纸上，以平面视图的方式展示于人，此时，这幅图片便遵循约定俗成"上北下南、左西右东"的平面方向，那么白鹭与山羊的运动轨迹，恰好就是地球绕着自转轴自西向东的运动方向。

这是他的精心设计吗？他摇了摇头。不，这只是一个巧合。策谋本天成，吾手偶得之。

4. 渔村

西坑村，在犀牛脚镇，这里毗邻三娘湾。夜深人静之时，能听到白海豚在歌唱。

李人帡的曾祖父靠晒盐为生，日子虽苦，也能过得下去。曾祖父对"耕读传家久，诗书继世长"深信不疑，他把所有的宝压在了儿子身上，做梦都想着儿子能学成文武艺，货与帝王家。祖父倒也争气，饱读诗书，从县试、府试到院试，考中了秀才，就在其继续头悬梁、锥刺股备考乡试时，清政府发布"上谕"，宣布"自丙午（1906）科为始，所有乡会试一律停止。各省岁科考试亦即停止"。至此，在中国历史上延续了约1300年的科举制度被正式废除。

心灰意冷的祖父在西坑村办起了私塾，从读书人变成了教书人。祖父育有二子，不事农桑、不知稼穑的他从未放松对两个儿子的教导。在祖父的悉心培养下，李人骈的大伯父和父亲都考上了大学。李家得以举家搬离了渔村。在远离乡村融入都市的路上，李家人一步接着一步，李人骈的父亲原本在钦州师范（现北部湾大学）任教，后调去了广西民族大学教书。

一场浩劫将李家人打回原形。那一年，李人骈还在读高中。受家庭的影响，他从小研习书法，无论软笔还是硬笔，都写得一手好字。高中的美术老师姓黄，毕业于广州美院。黄老师无意中发现了李人骈对笔得心应手的控制能力，遂主动让李人骈跟着自己学习美术基础知识，给他讲解美术的透视理论和色彩搭配，手把手教他如何打线稿、画静物与人体。黄老师为李人骈推开了美术世界奇妙的大门。只可惜，李人骈高中毕业那年，废除高考，高校停止了招生。祖父经受的厄运在孙子辈身上重演。

轰轰烈烈的知识青年下乡潮，李人骈也被裹挟其中，随波逐流。平吉公社林场以广博的胸怀拥抱了这个才华横溢的年轻人。他赤足退步插下一株秧苗，低头间，是蓝天倒影相伴；他挥汗如雨，在山脚下种下一棵羸弱的树苗；他紧握斧头，伐倒一株参天大树……日子像钦江水，滚滚向南流，流经三娘湾，流向茅尾海。

彼时，白海豚依旧在歌唱，在林场的树梢上，在树梢高悬的那轮明月里，在李人帡昏昏沉沉的梦中。从1966年来到林场，到1973年离开，整整七年，白海豚在李人帡的梦中凄楚地吟唱了七个年头。

离开的契机是钦州坭兴陶工艺厂恢复生产。

1956年8月，钦州坭兴陶工艺厂成立，之后一直是出口创汇的重点企业，坭兴陶器远销东南亚各国以及欧洲。1973年，1.5米高的坭兴陶大花瓶"聚义古瓶"首次在广州交易会展出，一位日本商人花三万元人民币当场购买并运回日本，不仅如此，还希望能够订购其他的坭兴陶器。

李人帡是第一个从知青点回城的知识青年。他刚到钦州坭兴陶工艺厂时，厂子里有两百多名职工，不久迅速猛增至四百多人。有美术功底的李人帡跟着老师傅学雕刻，以前写字、画画是用笔，现在笔换成了刀。他只用了很短的时间就适应了，一般人出徒需要三年，师傅夸李人帡不是一般人，因为他只用一年就出师，能独立做活了。几年后，李人帡就成了雕刻班的班长，每个班十个雕刻师傅。后来就成了车间主任，管着五个班的制模。

出口创汇的钦州坭兴陶工艺厂，声名远播。每年暑假，总会有全国各地艺术学院、工艺美院的教授带着学生来参观、学习，他们有的只是来采采风，有的则会住下来与工厂的师傅一起进行艺术创作。

1981年暑假，中央工艺美术学院的杨永善老师带着学生来钦州考察坭兴陶。杨永善毕业于中央工艺美术学院陶瓷美术系，擅长陶瓷艺术、艺术设计，毕业后直接留校任教。钦州坭兴陶工艺厂安排李人帡接待杨永善师生一行。杨永善长李人帡八岁，虽然两个人一个是高等学府的学院派，一个是工艺品工厂的实践派，但他们对工艺美术设计理念的理解却惊人地相似，高度重合。两个人相见恨晚，惺惺相惜。临别时，爱才惜才的杨永善向钦州坭兴陶工艺厂建议让李人帡去北京，去他任教的中央工艺美术学院脱产进修。这一年，李人帡35岁。

北京两年，短暂而难忘。那一年的中央工艺美术学院陶瓷美术专业有15个学生，都是风华正茂的应届大学生，加上李人帡这个成年人插班生，就成了16人。需要学习的科目太多：设计素描、设计色彩、中国陶瓷史、中外美术史、美学概论、动物雕塑、环境陶艺、陶瓷家居与材料拓展、现代陶艺、陶瓷彩绘与现代陶艺、陶瓷工艺学、抽象雕塑、生活陶艺、陶瓷装饰雕塑与创作实践……有些课程与实践紧密相关，李人帡一学就会，但大多数课程对他而言是陌生的。李人帡只能化身为一块海绵，在陶瓷美术专业的海洋里疯狂吸收。寒假是一定要回家的，彼时，李人帡已经结婚生子。暑假他就不回钦州，学校里的暑期实践班特别多，也有很多大师课，那些年他面对面接触过的大师有范曾、李苦禅、黄永玉，每一次的聆听都让他有拨云见日、醍醐灌顶之感。

当学成归来回到钦州坭兴陶工艺厂时，李人帡还是李人帡，但李人帡也已不再是李人帡。

5. 蚂蚓

蛙在跳跃。蛙在鸣叫。蛙在他的刻刀下跳跃着鸣叫。

蛙是一个神奇的物种，在中国，从南到北、从东到西，无论是温带、亚热带，还是热带，无论是雪域高原、热带雨林、河流湖泊，还是沙漠，都有它的身影。它是大自然不可或缺的一分子，也是上古神话世界中被赋予神秘色彩的生灵之一。

蛙，在中国传统文化中的内涵和寓意是吉祥、神圣的，是中国原始社会女性生殖崇拜的重要构成。几千年前的彩陶、岩画、青铜器、帛画、画像石、服饰、剪纸、刺绣，那些古老的传统的载体上，都能找寻到"蛙"的身影。蛙的肚腹，与女人怀孕后的肚腹一样浑圆、柔软，"稻花香里说丰年，听取蛙声一片"。蛙的繁殖能力远超女人，它的后代可以一夜成群。有淡水处，便有蛙鸣。中国古代神话中的女娲就是蛙，"娲"字是后世为了母亲神而专门造的字，"娲"字除用于女娲外，再无其他的意义，只是用以区别于由她神秘的生殖力而诞生的众多的"蛙"们。

在广西，壮族人把青蛙叫作蚂蚂。每年农历的正月会举行蚂蚂节，也称作"青蛙节"或"蛙婆节"，这是壮族传统的祭蛙节日，是比春节更加热闹、盛大的民间集会。蚂蚂节是壮族创世史诗《布洛陀经诗》中最瑰丽的一章。

蚂蚂节会在"找蚂蚂"中拉开帷幕。正月初一清晨，男女相邀，老少为伴，击铜鼓为号，鼓声如雷。在田间、沟渠挖洞翻石，找寻冬眠的蚂蚂。最先找到蚂蚂的人最吉祥、最走运，他可以点燃鞭炮告知天地神灵，会被推举为当年的"蚂蚂婿"，随即这一年的蚂蚂节活动仪式便会当仁不让地由他来主持。

"找蚂蚂"之后，便是"孝蚂蚂"与"葬蚂蚂"。其中，"孝蚂蚂"仪式持续时间会比较长，冬眠的蚂蚂被挖出来太久就会失温死去，将其收殓在纸扎的花楼中，年轻人抬着花楼唱着吉祥、祝福的《蚂蚜歌》："唱蚂蚜喽啰，走村又走坡，进村人长寿，进家喜事多，养猪猪满栏，养牛牛肥壮，养鸡鸡满笼，种谷谷满仓。"白天游村串寨，晚上守灵对歌，如此昼夜循环反复。"葬蚂蚜"是整个蚂蚜节的高潮部分，这一天，全村寨的人们一齐出动，举着象征火焰、蓝天、白云的红、蓝、白三色旗幡，唱着《蚂蚜歌》，跳起《蚂蚜舞》，抬着蚂蚜的花楼灵柩沿着农田，缓行击鼓，最后将蚂蚜隆重安葬。

关于蚂蚜节的来历，说辞不一，虽然有些许差别，但大都是祈雨，祈求上苍赐予人间风调雨顺。整个蚂蚜节中，铜鼓声响彻始终，如果说求雨是蚂蚜节的本质，拟雷音的铜鼓则是最重要的道具。《蚂蚜舞》是最具广西特色的民间舞蹈。2006 年，蚂蚜节入选第一批国家级非物质文化遗产名录。

这就是他把一只蚂蛴、一只蛙，刻在高鼓花樽最重要的下部，作为点睛之笔的缘由。

6.高鼓花樽

作为中国"四大名陶"之一的钦州坭兴陶，始于唐以前，至唐而愈精致，盛于清。它无须添加任何陶瓷颜料，但在烧制过程中，历经烈火的洗礼，会因为窑变而产生墨绿、紫红、天蓝、虎斑、火焰、彩霞等斑斓的自然色彩，原本无釉，却能呈现陶彩之美。

就像自然界找不出两片一模一样的叶子一样，浴火重生的坭兴陶也是一件一色，即便再相似，也不会雷同。

20世纪50年代到90年代初期，是钦州坭兴陶对外贸易的辉煌时期，出口订单如雪片，皇帝的女儿不愁嫁，无论烧制什么都由国家包销。1994年，国有企业改制，自谋出路的钦州坭兴陶工艺厂很快濒临倒闭，无计可施的工人师傅纷纷出走，改行。李人帡选择了留守。

2002年，李人帡创作完成了他的集大成之作《高鼓花樽》，融合了壮族铜鼓与瑶族长鼓的造型，将羽人竞渡、壮锦、壮族的图腾符号一一镌刻其上。在后期烧制时，李人帡一改以往传统的窑炉烧制，改用电窑烧制技术，使产品的窑变率提高到80%，烧成率更是达到了90%以上。技术创新让古老的坭兴陶逐步焕发新生，使得批量化生产坭兴陶成为可能。坭兴陶企业从最凋敝时的两三家，发展到五百多家，从业陶艺人从几百人增长到近万名。

2006年12月，李人帡的坭兴陶作品《高鼓花樽》被联合国教科文组织授予"世界杰出手工艺品"徽章。这是钦州坭兴陶继1915年在美国旧金山举办的巴拿马万国博览会上荣获金牌奖后，再次走进国际视野。2008年，钦州"坭兴陶烧制技艺"被国家列入第二批非物质文化遗产名录。李人帡被确定为坭兴陶国家级非遗代表性传承人。

天上乌飞兔走，人间古往今来，唯有千年钦江不改，悠然穿过钦州城。然，不久的将来，平陆运河将打破这里的平静，这条新中国成立以来建设的第一条江海连通的大运河，将开辟广西内陆乃至中国西南西北地区运距最短、最经济、最便捷的出海通道，直接沟通西江和钦江水系，上游与"黄金水道"西江航运干线相连，向西经邕江直通南宁、百色、崇左达云南，下游直达钦州港。

这条连通千年古河的新运河，西部陆海新通道上的节点工程，会把千年的陶器送到更远的远方吗？

答案是：会的。

2020 年，坭兴陶作品《和天下》就已经作为第十七届东博会的指定国礼，沿着西部陆海新通道赠送给了东盟国家的国宾。未来，它一定走得更远。

蚝有话说：树挪活，蚝也挪活

我是一只蚝，钦州大蚝。我与我的家族世世代代居住在中国最美的内海，茅尾海。

空中俯瞰茅尾海，内宽口窄，形似一个收拢了口的福袋。茅尾海是钦州半封闭式的内海，它的财富与福气牢牢地被聚拢在这里。茅尾海的地形决定了它的海面年平均风力在三级左右。除非外海有特别大的风浪，一般来说，大多数时候，茅尾海的海面风平浪静，宛如一面巨大的天空之镜。海洋专家给这片海域总结了三个区别于其他内海的独有特质：海阔、浪静、泾幽。

至于茅尾海的名字，传说有二：一说是茅尾海状似猫尾，曾经叫过一段时间的"猫尾海"。后来，周围的滩涂上生长了大片粗壮的芭茅草，于是又演变出了"茅尾海"的名字。

在一代又一代口耳相传的岁月里，以讹传讹、是非颠倒、似是而非、鱼目混珠、张冠李戴的例子比比皆是。不过呢，一个名字而已嘛，不必太在意，不管叫什么，茅尾海就在那里。

这片静美的海面是真正的宝藏水域，钦州人的海上牧场，中国著名的大蚝养殖基地。钦江的淡水和茅尾海的咸水在这里交汇、融合，水质咸淡适中，水中饵料丰富，是大蚝生长的最佳环境。无人机鸟瞰镜头里的"十里蚝排"蔚为壮观，是这里最为独特的风景线。蚝的养殖除了经常上电视报道和新闻图片的蚝排，还有蚝柱和蚝笼两种方式。我的家在那密密匝匝的十里蚝排上。

我的名字比较多，不同地区的人们对我的称呼也不同。北方人喜欢叫我"牡蛎"，山东以及东三省那片的人简称我"蛎子"或"海蛎子"。南方人习惯喊我"生蚝"，江浙一带则唤我"蛎黄"，两广、福建人称我"蚝"或"蚵"。名字再多也无妨，万变不离其宗，我就是一只蚝。

唐人刘恂曾经到过这里，把我的先祖收录在他那本《岭表录异》里。此人聪明绝顶，他是近距离观察过我们的，他说我们"每潮来，诸蚝皆开房，见人即合之"。他还是个美食家，懂得"肉大者，腌为炙；小者，炒食"。热爱美食的人，通常也热爱生活。总的来说，虽然被刘恂拆皮入腹，满足了他的饕餮之欲，但我们都不讨厌他，谁让他是个有趣的人呢。

据《四库全书总目》等资料考证，刘恂的《岭表录异》大致成书于唐哀帝至后梁末帝年间。那至少表明，从那时起甚至更早，钦州人就已经采蚝、制蚝、食用大蚝了。当然，生蚝养殖是近现代渔业产业，彼时的古人是不会的。

平陆运河入海口选在茅尾海的消息传来，处在平陆运河航道工程15标段的蚝氏家族沸腾了，同时沸腾的还有鱼族、虾族和蟹族，大家都奔走相告，既开心又担心，替这片古老的海域开心，有了这条运河的助力，这片海的未来不可限量，但我们这些海洋家族也在为自己的命运和未来担心。

不久，便传来了好消息。平陆运河的建设者们为洄游鱼群铺设了国际通用的专用鱼道，不必为繁衍生息而担心。至于我的家"十里蚝排"，还有我那些同宗同族的栖息在万千蚝柱与蚝笼里的兄弟姐妹，待收获期过后就统一搬迁。听说岸上也有村民搬迁。搬就搬吧，以前有谚语说"树挪死，人挪活"，但人类世界的现代科技都能把像水桶腰一样粗的树异地移栽成活，连最难移植的红树林也可以移栽了，这谚语也是时候改一下了——"树挪活，蚝也挪活。"

钦州作为"中国大蚝之乡"，是中国大蚝的主产区及苗种供应地之一。从2011年钦州成功举办第一届蚝情美食节至今，每年一届，似乎从未间断，已经连续举办了十二届，除第十一届因为新冠疫情的原因以线上形式举办外，其他几届都是线下。

2011年的第一届蚝情节，当时叫钦州蚝情美食节，举办地点在进喜园，从11月5日开幕，持续了一周的时间。每天的活动现场都推出大蚝熏鸡、烤梅花鹿、烤鸵鸟等美味供市民免费品尝。"万只大蚝百种吃法"的蚝情盛宴，让人叹为观止。

第二届钦州蚝情节地点改在了钻石海岸海鲜城的蚝情广场。从这一届开始，蚝情节有了开幕晚会。第三届钦州蚝情节推出了五大活动：2013亚洲水上摩托城市公开赛中国·钦州总决赛、2013中国-东盟（钦州）狮王争霸赛、中国·钦州帆板竞技表演、钦州"欢乐蚝乡"系列活动以及陶艺大赛。第三届蚝情节第一次加入了"东盟"的概念。2018

年的第八届举办了"2018 人同吃大蚝"和"2018 人人体多米诺骨牌"创意活动，邀请全球唯一的世界纪录官方认证机构 WRCA 进行现场认证，当天共产生了"2518 人同吃大蚝"和"2186 人人体多米诺骨牌"两项世界纪录。

2023 年 11 月 25 日，第十二届钦州蚝情节举办地点放在了中国（广西）自由贸易试验区钦州港片区，以"蚝美钦州·活力自贸"为主题。十二年的坚持不懈，从量变到质变，"蚝情节"成为钦州文化旅游的一个品牌，成功打造了钦州大蚝、钦州坭兴陶和茅尾海国家级海洋公园三张亮丽名片。

作为一只蚝，我出名了！名蚝！

随着一批批蚝的采摘、收获，平陆运河航道工程 15 标段内的蚝排、蚝柱与蚝笼也开始陆续拆除、搬迁。项目区内有 37 万平方人工养殖蚝的设施需要拆除，这项工程的施工方是中交天航局。在一群年轻的建设者中，我看到一张特别青涩、稚嫩的脸。

他叫黄俊宇，1999 年生，是平陆运河航道 15 标段工程管理部工程助理，去年刚从北部湾大学港口航道与海岸工程专业毕业的大学生。他真幸运，工作与在学校所学专业贴合度那么高，小小年纪就能参加这样的国家级大工程，这样的好运气，可不是人人都有的。

我是一只蚝，即便蚝运当头，也不是黄俊宇那样的好运气。我见过他工作的样子，很努力，很认真，他跟着团队一次次去茅尾海边的辣椒槌村，跟大蚝养殖户们签协议。无论别人给他冷脸还是笑脸，他都是一脸真诚相对。

我们的家族只是搬离平陆运河的航道，并非彻底离开，这偌大的茅尾海域依然是我们的家。这片水域有135平方公里，比人间天堂的杭州西湖大几十倍呢。

　　听说"天鲸号"开到这里来了，海阔天鲸跃，还能容不下我一只小小的蚝吗？

　　吃饱喝足，吹着海风，阳光这么好，我这只懒蚝要好好睡一觉。好好吃饭、好好睡觉身体才好，这一点无论对于人类还是蚝族，都是颠扑不破的真理。

中欧班列乌鲁木齐集结中心

西部陆海新通道物流和运营组织中心 / 供图

第八章

天高任鸟飞

登机牌纪念册：无论身在哪里，家的方向不变

手机上的"航旅纵横"App已经安装很多年了，对于经常坐飞机的娄渊涛来说，这是一款不可或缺的实用应用程序。虽然现在早已可以凭电子登机牌登机，但他依然会在值机后选择打印一张纸质版的登机牌留存。

有人问他为何多此一举，他但笑不语。如果坐高铁，高铁票他也会同样留存，不是作为报销凭证，而是保存一段记忆。无论是空中飞行还是乘坐高铁，目的地城市都是安徽蚌埠。无论身在哪里，家的方向都不变。

娄渊涛是2022年8月份来到平陆运河项目的。他对广西不陌生，因为他已经在广西工作了好多个年头。2019年7月份，娄渊涛所在的中交二航局四公司承接了广西壮族自治区河池市境内连接南丹县和天峨县的高速公路施工项目。一个月后，2019年8月2日，国家发展改革委印发《西部陆海新通道总体规划》。南丹—天峨（下老）高速公路项目也被纳入了《规划》中。虽然不是广西人，但娄渊涛真心替生活在这方水土上的人们开心。

实事求是地说，娄渊涛的老家安徽蚌埠怀远县，要比他现在的项

目工地平陆运河马道枢纽项目部所在的县城、镇子与村庄要繁荣、丰饶一些。

怀远是大禹治水召会诸侯之地。这里历史悠久，可追溯到距今四千一百多年的涂山氏国。夏禹娶涂山氏女为妻，相传禹五年，曾在涂山南麓的一个村落大会天下诸侯，后世称之为禹会村。1981 年，这座在地下沉睡了四千多年的文化遗址才在无意中重见天日。

禹会村文化遗址，娄渊涛无缘得见，但每次回家路过怀远县城时，大禹治水的雕像屹立在广场正中央，他在后世已经被视作神祇一样的存在，跨越千年，眼神依然深情。虽然他曾经与今天的你我他一样挥汗如雨，一日三餐。几千年来，大禹治水的精神像一盏灯，亮在中国千千万万建设者的心头，有了这盏灯，长夜独行不孤独。

在成为广西大地上的一名建设者之前，娄渊涛人生的每一步都走得比较吃力，尤其是他的求学生涯。2005 年，娄渊涛第一次参加高考，却与心仪的学校擦肩而过。原本他过了提前批的解放军理工大学的体检和自招考试，但成绩差了点，没上线。不是没有大学上，只是不愿意将就，娄渊涛默默选择了复读。

2006 年，娄渊涛被大连理工大学土木与水利学院的港口航道与海岸工程专业录取，只因在复读的一年里，他的人生理想发生了些许改变。但他始料未及的是，一般本科的学制是四年，而他这个专业学制五年。当年的高中同学大都工作两到三年了，只有娄渊涛还在象牙塔里学海无涯苦作舟。

2011 年，中交二航局四公司到大连理工大学校招，娄渊涛没有任何犹豫，心如磐石地递交了简历，无他，只因四公司的总部在安徽芜湖。虽然芜湖与老家蚌埠相距两百多公里，但胜在都在安徽，毕竟离家近。幼时的娄渊涛是跟着爷爷奶奶长大的，直到六岁上学才回到父母家，他比一般的同龄人更眷恋家的温暖。

初入职场的年轻人对职业的认知存在些许的误差，离开大学后，娄渊涛直奔芜湖报到。在他的想象里，报完到，会有专门的时间回家与家人团聚，他自己也刚好转换一下心态，就像大一、大二、大三的暑假那样。等到了公司，娄渊涛得到的讯息是从明天开始参加培训一周，培训结束后以技术员的身份即刻启程去项目部报到。

"我能先回趟家吗？"娄渊涛嗫嚅着试探性地问了一下。

"不能。"负责招聘的人力资源经理回答得斩钉截铁，没有任何回旋余地。他看了眼一脸青涩的小同事，微微一笑，说道："你会适应的，我相信你。"

娄渊涛参与的第一个项目在福建——平潭海峡大桥。

应该说，平潭海峡大桥是福建省第一座真正意义的跨海特大桥。这座桥命运多舛，它在1992年的10月平潭建县80周年纪念会上被正式提出，随后当地便成立了平潭海峡大桥筹建委员会。中间历尽波折，直到2007年11月30日才正式动工兴建。前后历时十五年。2010年9月15日，平潭海峡大桥全线贯通合龙，28日，平潭海峡大桥复桥正式动工。娄渊涛参与建设的是平潭海峡大桥复桥工程。

当他听说这一工程历时十五年才上马时，内心有轻微的讶异。但十年后，当娄渊涛加入平陆运河项目，成为平陆战队的一员后，他才意识到，平潭海峡大桥的十五年算得了什么，平陆运河从最初动议到真正上马开工，中间历时百年呢。

安徽是内陆地区，只有大河，没有直接与海洋相连的区域。长江与淮河穿安徽而过，丰富着安徽的地理与人文，安徽境内湖泊众多，每一个湖泊都是富庶的鱼米之乡、人间乐土。在没有去大连求学之前，娄渊涛没有见过真正的海。"海"停留在书本、流行歌曲、电影大银幕和电视机屏幕的影视剧里。如果说大连有什么让人终生难忘的记忆，那就是大连的海。

平潭海峡大桥起于福清市东瀚镇，跨越海坛海峡，经北青屿，终点在平潭娘宫。在桥上，娄渊涛看到的是东海之美，这里迥异于他所熟悉的大连的渤海风光。

第一天到平潭海峡大桥项目地时，安顿好已是夜幕低垂。海上生明月，天涯共此时。娄渊涛有点想家，这一次的想念与在学校时对家乡的想念不一样。以前在大连读书时，哪怕一个学期四个多月，也不觉得漫长，也不像此时这样举头望明月，低头思故乡。

夜晚的东海沙滩是蓝色的，天上也有一轮蓝色的月亮，清清冷冷地迎接着自己。海浪温柔地把水中月亮的倒影撕碎、打散，一颗颗平铺在海面上，任碧华随波荡漾。

年轻的实习技术员娄渊涛从此开始了自己的职业生涯。他也曾惴惴不安地向带他的师傅请教，自己要用多久才能成为一个合格的现场生产管理者。师傅说："一个工程跟完就可以。"

"一个工程跟完就可以。"我之前在沿着平陆运河采访时，有缘结识了众多长期转战在国内、国际大型工程建设工地上的建设者。他们在回忆自己成长的心路历程时，也都给出了同样的回答，一个工程跟完就可以。

事实也是如此。2014 年 6 月 16 日，平潭海峡大桥复桥通车时，娄渊涛已经从一个战战兢兢的职场新人蜕变成一个成熟的现场生产管理人员。他早已马不停蹄地奔赴下一个战场——南京。南京的青奥会步行桥项目在建邺区，北起江心洲青奥森林公园，南至南京国际青年文化中心。娄渊涛刚到南京青奥会步行桥项目地时，当时的江心洲还只是一个村庄，只有一座桥通向外面。桥面不宽，拥堵是常态。

　　在南京工作了一年多，娄渊涛第一次体验到了 18 个小时不眠不休连续奋战，为了抢工期、抢进度而加班加点，人一旦进入那样的情境之中，真的就不知道苦与累为何物，这应该就是人们常说的"心往一处想，劲往一处使"吧。一寸寸，一尺尺，一米米，以肉眼可见的速度在不断生长的大桥见证着大家的付出，这就是集体力量与智慧的结晶。

　　2013 年 1 月 15 日，南京青奥会步行桥开工建设，当年 12 月 18 日完成合龙。2014 年 5 月 31 日，南京青奥会步行桥正式命名为"南京眼步行桥"，8 月 16 日，南京眼步行桥投入使用。

　　江南古桥以石拱桥居多，南京眼步行桥最高处微微拱起，整座大桥外观简洁飘逸。两个白环若即若离，支撑起了大桥全部的重量，远远望去两个白环像腰带上叮当作响的环佩。夜晚，桥上灯光亮起，两个白环即化作两只水汪汪的大眼睛，在天地之间顾盼生姿。南京眼步行桥投入使用后吸引了众多市民前来打卡，不久即成为南京红极一时的网红桥。

　　2015 年 6 月，在美国宾夕法尼亚州匹兹堡举行的第 32 届国际桥梁大会上，南京眼步行桥获阿瑟·海登奖。

　　消息传来，娄渊涛握紧拳头，重重一抖。作为建设者的一分子，他有骄傲与自豪的权利！

随后的几年里，娄渊涛不断从一个项目无缝转战到另一个项目中，从桥梁、隧道到高铁、地铁，一直没有真正从事他的专业——港口航道与海岸工程。直到中交二航局四公司参与平陆运河建设，排兵布阵时，从2019年7月就奋战在南丹—天峨（下老）高速公路项目的娄渊涛，被一纸任命挪到了平陆运河马道枢纽，担任分管现场施工业务的副经理。

这是娄渊涛第一次参与国家级战略工程的建设。兴奋伴随着忐忑与不安。娄渊涛已经考出了公路工程和市政工程两个专业的一级建造师证书。前段时间，他趁着回家休假，把自己的大学课本又翻出来，想争取在2023年把港口与航道工程一级建造师的证也考出来，反正艺多不压身嘛。建设工地上虽然忙碌，但也有空余时间，集腋成裘，把零散时间化零为整用来读书、学习，也是一大乐事。再说，老婆也特别支持娄渊涛的学习。

来平陆运河马道枢纽报到的时间是2022年8月份，一个月前，34岁的娄渊涛才刚刚结婚。他的婚事可是让他父母头疼坏了。

七年前，也就是2015年，娄渊涛的小姨把同事的女儿介绍给了自己的外甥，女孩名叫屠思雨，比娄渊涛小三岁。两个人互相加了微信，在长辈的授意下匆匆见了一面，吃了一餐饭，就再也没有了下文。彼时，娄渊涛正在参与安徽合肥地铁项目建设，合肥与蚌埠相距只有150公里，他也懒得回家，即便休班也待在项目部的宿舍里。而屠思雨年龄小，并不想走入婚姻。于是两个就成了各自微信里的僵尸好友。

2019年，娄渊涛已经远赴广西，参加南丹—天峨（下老）高速公路项目建设。有一天回家，这时他已经在安徽蚌埠买了房子，父母也已经从老家搬来跟他一起居住。那天，娄渊涛刚踏进电梯，还没等他按下楼层按钮，一抹俏丽的身影闪进来——居然是屠思雨。原来她的父母也给她在同小区买了房子，两个人都住 20 栋，一个在 602 室，一个在 902 室。

如果这不是天降奇缘，那是什么呢？

2015 年加了微信好友的两个人，第一次认认真真地开始了聊天。这四年中，他们各自的生活中也有过烟火一样绚烂的缘分，却都短暂得一闪而逝。也许，时光就是要把他们各自沉淀、打磨，让他们得以在最好的状态重聚、重逢、重叙。他们没有着急结婚，已经错过了四年，也不急在这一时，甜蜜的恋爱又谈了三年，2022 年 7 月才步入婚姻。一个月后，娄渊涛正式加入平陆战队。

平陆运河，新中国成立以来建设的第一条通江达海大运河。这条河对娄渊涛而言有着特殊的意义，他刚新婚就成了这条河的一名建设者，在工程建设期间，他又做了父亲。英国哲学家罗素曾说过："人生就像条河，开头河身狭窄，夹在两岸之间，河水奔腾咆哮，流过巨石，飞下悬崖。后来河面逐渐展宽，两岸离得越来越远，河水也流得较为平缓，最后流进大海，与海水浑然一体。"娄渊涛深以为然。

马道枢纽属于平陆运河第一梯级枢纽，通航建筑物设计为双线船闸，最大设计水头（即水位差）29.6 米，布置三级省水池，为世界最大内河省水船闸。马道枢纽在平陆运河三级航道枢纽中开挖难度最大，其上游航道劈山穿过，高达 188 米的边坡是平陆运河沿线最高边坡，也是目前全国在建的最高航道边坡。

虽然娄渊涛的职责在马道枢纽，但他还是沿着平陆运河的航道一路前行，去企石枢纽、青年枢纽以及未来的入海口茅尾海参观了一圈。这一圈走下来，更觉得罗素以河喻人，何其高妙。

转眼又到了轮休日。曾经有一段时间，娄渊涛的父母退休后，养成了自己的生活规律，上午看电视，下午去打牌，一日吃两餐。儿子突然回家，会整个打乱老两口闲暇、惬意的退休节奏。娄渊涛也不再是刚工作时那个仰望天上的明月想家的青葱少年，父母与成年的孩子应该要给彼此留出适度的空间。

现在不一样了，刚刚成为父亲的娄渊涛，每天都要跟家人视频看一下儿子。父母、岳父母一起帮着老婆带小孩，四个老人含饴弄孙，不亦乐乎。光视频看看总觉得不过瘾，娄渊涛还是希望能亲手抱一抱软软的儿子，嗅一嗅小东西那一身的奶香。虽然儿子现在听不懂他说的话，但娄渊涛已经无数遍向小家伙许诺：等平陆运河 2026 年年底建成通航，观光邮轮开通，一定要带着他来感受一下两岸风光。

广西南宁吴圩机场飞安徽合肥新桥机场，空中飞行仅两个多小时，再换乘合肥到蚌埠的高铁，半天的时间就能回到家。最近听说蚌埠滕湖机场再有两年时间就能通航了，未来的出行会更加方便，这是个好消息。

夜阑风静水无波："铁人三项"与"车辆医生"

单从外表看，林江波的长相一点都不南方。在广西玉林，很少有像他这样人高马大、膀阔腰圆的，猛一看上去，倒像是一个练过搏克的蒙古族汉子。但当他坐在你面前时，没有一丝一毫的戾气与张力，完全是一副淡淡的沉静与内敛的模样，如同一口深不见底的古井，无论外面风云如何变幻，独我心自在。

刚上班的时候，负责带林江波的师傅就对他说："你天生就该从事这个行当，静默的时候像一列车，一旦启动起来就横扫千军如卷席。"

其实，林江波从小到大一直是个生性顽皮、爱玩的捣蛋鬼。他的右臂上有一道二十公分的伤疤，那是小时候爬到树上掏鸟窝被尖利的树杈划伤的印记。他的咽喉部也有一道明显的伤疤，不知情的人通常会认为他做了甲状腺手术，实际上是他小时候吃瓜子的时候摔倒在地，孰料这一摔刚好磕在一个锋利如刀的瓜子皮上，瓜子皮划破皮肤，刺穿了气管，幸亏抢救及时才留下一条小命。

小时候，林江波在外婆家待的时间比较多。善良的外婆用每天的剩菜剩饭喂养了村里无人照管的流浪狗、流浪猫，即便是有主的狗啊猫啊上门来，外婆也一视同仁。外婆看着多灾多难的外孙，含泪为他祈福："侬儿大难不死，必有后福啊。"

林江波有个大他三岁的姐姐，姐姐比他聪慧，考上了玉林重点高中。彼时父亲刚好生病了，家里的收入全靠母亲耕种的几亩薄田、喂养的几头猪，还得攒钱给父亲治病。母亲狠下心来让女儿不要再念书，和村里其他人家的姑娘一样去广东打工贴补家用，娘俩齐心协力给家里的两个男人赚治病钱和上学钱。姐姐撕碎了自己所有的课本，关上门哭了一整天，而后默默收拾行李去了广东。

母亲一直觉得愧对女儿，年纪越长，愧对之心越深。

林江波不玩游戏，他不是网瘾少年，他只爱篮球。对篮球的热爱从小学就开始了。1998 年，芝加哥公牛队与犹他爵士队相逢在 NBA（美国职业篮球联赛）总决赛，迈克尔·乔丹展现巨星本色，先是从身后切掉马龙的球完成抢断，随后晃倒布莱恩·拉塞尔，命中了一粒载入史册的世纪跳投，帮助球队从客场带走胜利，捧起了总冠军奖杯。迈克尔·乔丹是林江波的终极偶像，哪怕衰老后的巨星疲态尽显，林江波总能记得他那辉煌的瞬间。林江波也梦想着有一天自己能驰骋在篮球场上，可惜乡村并没有给这个狂热的篮球少年任何实现梦想的机会。中考结束，也就是从那时起，他开始变得沉静起来。

白天的乡村还有些许生机，鸡鸣，犬吠，但夜晚的乡村是黑的，小池塘上绿油油的浮萍，无波无澜。家家户户的灯融合起来不抵一间教室的明亮。正值壮年的父亲、母亲的同龄人外出，姐姐的同龄人也外出了，自己的同龄人有的在学校，有的也已经成了广东流水线上的一名技术工人。

林江波知道自己将来一定也会离开这里，但要去哪里呢？十几岁的少年是生活在现实中的血肉之躯，他不会像武侠小说中那样，跌落悬崖得遇高人，获得武林秘籍从而成为纵横江湖的一代侠士。

于是，林江波就根据自己的成绩选了一所学校，柳州车辆厂技校，毕业后成为防城港运输段的一名货车检车员。毕业时本来也有其他的工作选择，但林江波对海心存向往。他经常回忆起夜晚村庄里的小池塘，除了几声蛙鸣，死水无澜。他想看海，想感受潮汐，那是生命的律动。他的血管里一直有跃动的因子，是浪，是波，是生命的本源。

从很小，林江波就知道血管里的血液是可以救人一命的。少时他经常住在外婆家。舅舅家的小表弟是地中海贫血症患者，小家伙虽然

大　道   226

生来患病，但活泼懂事，一家人都分外珍视他。姐姐还曾经为小表弟献过血，当时林江波年纪小，就没让他去献血。后来小表弟还是不幸夭折，那段时间，外婆家惨云笼罩，善良的外婆都无心侍弄家里的狗与猫，任由它们外出觅食。

在防城港运输段工作了三年之后，2010年10月，林江波被调到了防城港车辆运用段钦州港运用车间。

稀疏的渔家小屋，满地葱茏的杂草，肆意生长的香蕉树，四条笔直的股道，一栋孤零零矗立着的小楼，这就是当年他第一次来到钦州港运用车间看到的景象。像什么呢？像一个被富庶与文明遗忘的角落，像一个小渔村。好在能看到海，能时时吹到海风。

彼时的林江波无论如何也想象不到，只用了十年，这里，钦州港站，就搭乘着西部陆海新通道的快车道，高速发展成了亿吨大港，曾经的小站居然成了西部陆海新通道铁海联运的重要枢纽车站。

铁路货车检车员主要负责对货车车辆的技术状态进行检查确认，及时发现并处置车辆故障隐患。如果检查发现故障配件，要求检车员们必须在有限时间内完成更换，确保车辆正点发出、安全行驶。货车检车员经常把自己的工作——拆装车钩、更换闸瓦、更换空气制动阀戏称为"铁人三项"，每一项都非常考验货车检车员的体能和技能。

车钩是连接车头与车身、车身与车身的重要配件。它位于车身的两端，像紧握的两只"手"将车头与车身、车身与车身牢牢连在一起。这双"手"在运行时需要承受整列车的牵引力，以及经受制动时产生的冲击力，因此它是整辆车比较"脆弱"的部位，如果发生裂损或形变，会带来极大的行车安全隐患。

车钩内部结构十分复杂，由钩头、钩身、钩尾组成。钩头内装有钩舌、钩舌销、锁提销、钩舌推铁和钩锁铁，只有对车钩结构非常熟悉，才能在最短的时间内有序拆装，检查内部隐患。目前铁路货车常用的车钩以17型车钩为主，单钩舌就重达60多公斤。在分解车钩时，检车员至少需要上下搬运两次，而且必须在1分30秒之内完成分解、检查、组装车钩的作业，十分考验检车员腿部、腰部、肩部、手臂等处的爆发力。

火车的闸瓦相当于汽车的刹车片。要让行驶中的列车停下来可不是一件容易的事，这就要靠闸瓦了。闸瓦具有很高的耐磨性，但在列车运行过程中，由于长期摩擦，有的闸瓦会出现偏磨、缺损等现象，如果不及时更换，就会影响列车的制动性能。因此，更换闸瓦成为检车员的必备技能。

由于闸瓦推力十分大，为了防止更换闸瓦时手指伸入车轮踏面与闸瓦之间造成人身伤害，检车员操作时必须单手托起重达5公斤的闸瓦，放入闸瓦托的槽里，插好闸瓦钎，细心调整好间隙。

在实际作业中，检车员往往要在40分钟内对超过50辆车辆的技术状态检查确认，对发现的故障进行处置。十几分钟内更换十余块闸瓦，特别是遇到恶劣天气时，检车员必须具备"铁人"的耐力。

空气制动阀如同货车车辆的"心脏"，控制着列车管与制动缸通路的制动与缓解。现在常用的120型货车制动阀，内部结构复杂，大大小小配件上百个，相较于其他配件更容易出现隐患，因此更换主阀是这三项工作中难度最大的一项，不仅要求检车员有足够的体力和耐力，更要有很过硬的技术。

在拆卸更换空气制动阀时，检车员首先根据车型快速判断车辆配置的主阀型号，然后挑选对应的主阀进行更换。多数空气制动阀的主阀位于铁路货车的车辆底部，纵横交错的制动拉杆、杠杆等制动装置环绕左右，需要检车员一只手将重达 26 公斤的阀体举过头顶，另一只手穿过"钢铁丛林"紧固螺母，螺丝对角紧固后还要连接好制动管，确保各连接处不泄漏。要求五分钟内完成该项目，十分考验检车员的综合素质。

工作后，林江波在老师傅的带领下日复一日刻苦学习训练，他身体条件好，肯干，也肯吃苦，很快，拆装车钩、更换闸瓦、更换空气制动阀这货车检车员"铁人三项"就干得游刃有余。干着干着，就成了班组长；干着干着，就成了防城港车辆运用段钦州港运用车间检车工长。

无论班组长还是工长，在林江波眼中没什么差别，都是工作。反倒是当上班组长之后更要带头奉献，吃苦受累在前，干活的时候，再累也要坚持到最后，不但自己竭尽所能，也要给班组里的兄弟打气加油。特别累的时候，下了班，约着班组里的兄弟去烧烤摊喝杯啤酒，撸个串，吹吹牛，发发牢骚，聊聊篮球，感慨一下昔日的迈克尔·乔丹，以及英年早逝的科比。班组文化少不了烟酒，但身边的兄弟们都不嗜酒，一年到头大家也就聚个十几次，差不多每个月聚一次，要是好久没聚餐，大家也会觉得不舒服。朝夕相处的同事，有时难免发生点龃龉，一杯酒喝完也就琐事随风，烟消云散了。

前几天，林江波填写一份资料，正好给了他机会梳理自己工作 16 年来的工作量，一统计，把他自己吓一跳，居然完成了 121 万辆铁路货车的质量抽查工作，发现 7600 个安全隐患，解决 3500 个典型故障，从未发生过安全事故，也算是一名合格的"车辆医生"吧。

林江波与医生是有缘的。爱人在钦州市第二人民医院呼吸科工作，新冠疫情防控期间，一直奋战在一线。在舍小家顾大家这方面，两口子一个半斤一个八两，不遑多让。林江波感染康复后，妻子告诉他最好去献血，因为此时血液里的抗体能帮到更多的人。林江波二话不说就去了血站献血。主动献血，开始于 2008 年。2010 年 5 月，林江波在献血时，顺便在中华骨髓库留了 10 毫升的小样。

九年后，2019 年 4 月，正在上班的林江波接到了防城港红十字会打来的电话，他与一名白血病患者"相遇"并配型成功。

"林江波，您是否同意捐献造血干细胞？"红十字会的工作人员在电话里询问他。

"同意。"

"哦……您要不要跟家里人商量一下？"红十字会的工作人员在电话里再次确认。

"不用，他们都会支持我的决定。"

"那好，您在钦州港工作，当地的红十字会稍后联系您采样。感谢您的支持与配合！也替那位配型成功的患者向您致谢。"

就像林江波说的那样，全家人无一人反对。林江波成功捐献了 200 毫升造血干细胞，成为钦州市第 8 例、广西第 316 例、全国第 8739 例成功捐献造血干细胞的志愿者。2021 年 10 月，林江波被共青团中央评为"全国向上向善好青年"；2022 年 5 月，又荣登敬业奉献类"中国好人榜"。

身边总有人对献血心有余悸，而林江波从第一次开始献血到现在已经累计献血 27000 毫升。他加入了钦州无偿献血志愿者协会，经常会被钦州红十字会、钦州共青团邀请去做现场演讲，请他现身说法，消除捐献者心头的顾虑。

有一次，在演讲现场，与台下的听众互动时，有人拿着话筒问林江波："林老师，您好！作为个体，我们献血，但是我们献出的血液却成为商品，您如何理解这个问题？"

台上的林江波思考了片刻，端起发言台上的盖杯，回答道："这个杯子里的水，在钦江里流淌时，它是免费的；但钦江水进入自来水厂净化后，流进千家万户时，它就成了商品。血液在我的血管里自由流淌，它是免费的；但我只有把它捐献出去，进入流通环节成为商品后，它才能够帮到需要的人。我的初衷是帮助他人，这就是我的理解，也是我自认为一个非常健康的理解。英国经济学家亚当·斯密有一句名言我想在这里分享给你，商业是最大的慈善。"

话音刚落，全场掌声雷动。台上的林江波面带微笑，一双眼睛看向远方，平静无波。

万事顺君意：一切过往，皆为序章

在重庆，没有什么事是一顿火锅解决不了的。如果有，就再加两瓶酒。

出差之前，无论去重庆之外的哪个地方，甚至出国，丁顺利都要去吃一次火锅。她不去那些声名在外的网红火锅店，只去巴南区的宏茂重庆火锅，这里离她之前工作的宗申工业园近，离家也近。当然了，在外奔波许久，回到重庆后，缓解疲劳与思乡的不二法门，也是再去吃一顿火锅。

丁顺利要出差了，新冠三年，让她这个曾经的空中飞人成了暂时的折翼天使。是时候该飞出去走走了。

缅甸的仰光港必须要去一趟。从缅甸进口的茶叶和碎米，小部分在国内销售，大部分要通过中欧班列运往乌兹别克斯坦和俄罗斯。从河南中牟、山东金乡采购的大蒜集中在重庆东盟国际物流园，也可以通过仰光港运往菲律宾、印度尼西亚等国家。

2017 年 7 月，丁顺利的贸易公司最早入驻重庆东盟国际物流园，当时的重庆东盟国际物流园管委会还在临时的活动板房里办公呢。现在的货场、大多数的写字楼那个时候还是建筑工地，只有已经竣工的主体楼正在以非常优惠的条件招商。水电路讯倒是妥帖的，就是绿化还没有到位，即便是做了不扬尘处理，也是一个建筑工地，建筑机械的声音一天 24 小时无休止。但三个月前海关已经入驻重庆东盟国际物流园了，重庆东盟跨境公路班车、B 型保税物流中心、国际货代、报关报检、仓储配送、海外仓储一应俱全，这些足以吸引丁顺利，她没有片刻的犹豫，当即做了入驻园区的决定。事实证明，她当时的决策是完全正确的。

老挝也需要去一趟，那里有重庆顺君意进出口贸易公司的境外分公司。尼泊尔也要去一趟，这一次要专门考察药材苦杏仁的质量、产量，与供货商敲定具体的合作细节。俄罗斯、乌兹别克斯坦、塔吉克斯坦也需要去，二手车合作项目已经水到渠成，西部陆海新通道畅通无阻，是该收获的季节了。

小助理开始给丁顺利在网上订机票，有几个行程没有最终敲定，反反复复在微信上跟她确认。其实小助理就在隔壁办公室，完全可以跨越这一步之遥，过来跟丁顺利当面沟通。可这就是当下"90后"的工作模式，借助网络，能发表情、能截图就绝不打字，绝不开口。

"叮、叮、叮……"被信息轰炸得头疼不已的丁顺利忍无可忍，停下正在摹写的《心经》，任墨汁滴落在宣纸上洇作一团，她亮开嗓门对着隔壁办公室大喊一声："你过来一下！"

丁顺利从2015年开始做进出口贸易，她的重庆顺君意进出口贸易公司规模并不大，以娘子军为主。公司招聘员工时不拘一格寻人才，不唯学历、不唯资历、不唯年龄，更不会有性别歧视。她其实更愿意给从大山里努力挣脱出来，不认命不服输的幺妹子机会。女人要想获得真正的独立，前提一定是经济独立。这一点，没有人比丁顺利更有切身体会。

行程敲定，机票订好。这一趟出国，从东南亚到中亚再到欧洲，一圈下来，最短也得十天半个月。公司里的小丫头们嚷嚷着去吃火锅给丁顺利饯行，实际上无论谁请客都是她埋单。

火锅里的红油翻腾，一锅煮百味，再佐以根据自己口味调制的油碟、干碟或酱碟，每个人都能吃到独属于自己的味道。这沸腾的火锅，像极了人生，丁顺利的人生。

1980年生的丁顺利是典型的渝妹子，漂亮独立，热情大方，既有巴山的大气也有渝水的娇媚。她还有一个小她九岁的妹妹。母亲没有文化，连名字都不会写。父亲是读过书的，还写得一手好字。父母的结合，完全是因为时代。在那个年代，目不识丁的母亲是下嫁给父亲的，只因父亲是地主家的"狗崽子"。其实1954年出生的父亲呱呱坠地时，家里的百亩良田早已不在，时代在他身上打上了一个深深的烙印，看不见，摸不着，却无处不在。

丁顺利出生时，农村已经分田到户。家中不富裕，但能吃得饱，没挨过饿。穿过百家衣、百家鞋。参加小学运动会短跑比赛，她想要一双3.5元的回力球鞋，央求了母亲一个晚上也没得到恩准。母亲说钱是留着交学费的，光着脚也能跑步，她就是从小到大光着脚走山路的。

那次运动会上跑步用的白球鞋，丁顺利是向同学借的。穿完之后，给人家刷干净，用白白的粉笔当鞋粉将鞋面的黄渍一点点去除。小白鞋在阳光下晾晒，闪着耀眼的漂白粉的光。成年之后的丁顺利是一个略微有点"鞋控"的人，对于童年内心的缺憾，等到有能力可以自己爱自己时，通常都会翻倍地弥补。

1997年，丁顺利考上了一所中专学校——重庆财贸学校。父母觉得女孩子上中专就很好，可以早就业。奶奶却反对，重男轻女的奶奶这辈子因为没抱上孙子本就心有不甘，老人家觉得女孩子读完初中就可以去打工了，还上什么中专啊。读那么多书有什么用？还不是要嫁人。没读过书是母亲一辈子的遗憾，她希望自己的两个女儿都能在学校里学点东西，哪怕嫁人也有得挑。

2000年，丁顺利中专毕业，与大多数同学一样进入宗申集团，成了摩托车流水线的装配工。她所在的工位是电瓶安装，一天需要装配

600 台。二十岁的小姑娘，一天工作下来，手都是抖的。即便这样，电瓶安装也经常在丁顺利这里卡壳，一环套一环的流水线，这里卡住了，下一个环节就无法正常进行。她自己累，也会连累别人跟着加班累。好几次，身体的疲劳加上工友的埋怨与指责，让二十岁的丁顺利在下班时崩溃到放声大哭。

流水线不需要眼泪，它只需要熟练工人。哭完了，擦干眼泪，第二天还得早早来上班，提前做准备。直到把自己融进流水线，成为不折不扣的一分子。三个月，丁顺利熬成了熟练工。不仅如此，她还熟记下了拼装一辆完整摩托车所需的所有零部件，名称、型号、材质、特性，张口就来。流水线虽然不要眼泪，但也不会埋没人才，离开装配线的丁顺利又去了测试部、质检部、采购中心，直到站在总经理身边，成为总经理助理。那是丁顺利职业的天花板，她意识到这一点后，选择了辞职。

多年之后回头看差点把自己吞噬的第一次创业，丁顺利却充满了感激。如果不是那重重的几乎要命的一跤，她不会知道自己是多么地幸福、多么地强大，她也不会理解人间亲情之重，更不会遇到真正心有大爱大慈悲的贵人。

在宗申集团工作十年之后，丁顺利辞职自己创业，她选择了制造业，一种自卸车的配件加工。理想很丰满，但现实却很骨感。厂房租赁、设备投资、工人工资以及日常开支，半年，丁顺利净亏损两百万。她自己的积蓄加上家人与亲朋好友的投资，全部付诸东流。而下线的产品却积压在仓库里销售不出去，成了一堆废品。

父亲与母亲不怨不艾，他们既然在一开始就同意女儿创业，哪怕砸锅卖铁，也要陪女儿走到底。90岁的奶奶这一次也跟孙女站在了一起，她给丁顺利送来白糖和鸡蛋，让孙女好好吃饭。"钱是人挣的，奶奶这辈子经历多了，解放前有解放前的活法，新中国有新中国的活法，现在是新时代，也有新时代的活法。幺妹，钱没了可以再赚，人没了可就啥都没有了。记着奶奶的话，好好吃饭。"

最先受不住的是丁顺利的丈夫，一个性格善良到软弱的男人。万里晴空时，他曾经是丁顺利以为的一棵能为她庇荫的大树，却在暴风雨来临时仓皇离去。丁顺利没有挽留，她只是央求丈夫将儿子的抚养权留给自己。

多年之后，丁顺利也能够言笑晏晏地与前夫闲话往昔，在一段感情里，哪怕是失败的感情里，也没有对与错，只有选择。否定当初的那个人，就是否定当初的自己。

即便是家庭解体，倔强的丁顺利在第一次创业时也没有及时止损，她抱着赌一把的信念，在小额贷款公司筹措了一笔钱继续投资。结果依然如故，产品滞销、积压。丁顺利背上了巨额的债务，不得不结束了经营。

公司倒闭关门了，欠的账是要还的。丁顺利让公司财务把所有的账单整理出来，自己打好欠条，一张张送到债权人手中，哪怕对方冷嘲热讽，不给一点好脸色，她也是赔着笑脸向对方郑重承诺："钱我丁顺利一定会还，请您给我点时间！"

欠债的日子不好过，三天两头收到法院的传票，小额贷款公司的收账员时不时就堵在门口，有一次还差点逼得丁顺利跳楼。日子再难，丁顺利都没想过逃避，她的手机号码二十年没换过。债主心里不痛快，想骂人的时候，哪怕是凌晨给丁顺利打电话，她也会低眉顺目地接着，毕竟谁的钱也不是大风刮来的。

年迈的父亲再次出去打工，用赚来的钱帮着女儿还债。母亲在家一边帮丁顺利带孩子，一边开荒种菜，吃不完的还可以卖掉用来做家庭的日常开销。母亲对丁顺利说："幺妹，这账你得认，这辈子欠的债，这辈子还不完，下辈子还得还，说不定还是连本带利地还！"

丁顺利自己打了好几份工，但她也知道靠打工一辈子也还不清债务。那些年，丁顺利干过销售，卖过二手车，倒腾过中药材、茶叶、粮油副食，差不多现在公司涉猎的进出口项目都是她当初落魄时从事过的。每赚一点钱，丁顺利都会根据欠账情况分次分批还一部分债务。慢慢地，债主也都认可了她。撕破脸皮，把丁顺利往绝路上赶的事情再也没有重演。

山城很大，山城也很小；雾都茫茫，有的人却依然心明眼亮。

十几年前，丁顺利还在宗申集团采购中心工作时，曾经有缘结识过一家合资公司的董事，那位董事的姐姐与二十出头的丁顺利特别投契，后来就认了丁顺利做干女儿。只是丁顺利后来辞职创业，几番折腾灰头土脸，便与干妈失去了联系。

就在丁顺利觉得自己快要扛不住的时候，干妈主动联系了她。老人家在电话里说："顺利，我知道你出事了。这些年你什么情况，我也都知道。我观察了你几年，我觉得你的确像我。不怕事才能成事。从今天开始，你跟着干妈做贸易吧！"那是 2013 年，是丁顺利创业失败后风雨飘摇的第二年。

在干妈的公司里锻炼了两年之后，2015 年 11 月，丁顺利第二次创业，成立了重庆顺君意进出口贸易公司。丁顺利的人生否极泰来，终于不负父亲给她取名"顺利"的初衷。如有神助般，丁顺利的进出口贸易做得风生水起。公司成立的第五年，也就是新冠疫情初起的那一年，丁顺利还清了所有的欠债，她把当初自己一笔一画写下的欠条付之一炬。

欠条燃烧的火苗不完全是红色的，时间有点久了，有些欠条发潮，有的沾染了异物。微弱的火苗，泛红，泛黄，泛橙，甚至还有一些蓝绿的光晕，气味也不再是简单的纸张燃烧的味道，夹杂了岁月、世俗、人情冷暖与世态炎凉。终于，熄灭，化为灰烬。

推开窗，一阵清风徐来，过往随风而逝。丁顺利以为自己会哭，然而却没有。她以为自己会如释重负，然而也没有。她想的是当下，当下蒸蒸日上的重庆顺君意进出口贸易公司的发展，她有了新生。一切过往，皆为序章。

宏茂重庆火锅口味恒定，十年如一日，滋润着宗申工业园周边的味蕾。丁顺利只是其中之一罢了。

小助理正在用眼神征求丁顺利的意见，问是否要给她倒酒。

"什么酒？"

"老板，是咱们代理的老挝啤酒呢！"

"那还问什么，当然要喝！"

钦州港

西部陆海新通道物流和运营组织中心 / 供图

第九章

大道向远方

金桥的左岸与右岸：何其有幸，生在中国

作为广西防城港金桥国际物流有限公司的副总经理，所从事的又是国际货运代理，工作的原因，让江城良有机会接触很多大中小微企业，有些企业的名字起得高端大气，有些公司颇具心思，起的名字一看就是用心雕琢过的，当然也有很随意很普通的。但翻来覆去怎么看，江城良都觉得还是自己所在公司的"金桥"二字更有内涵。

在现实生活中，"桥"最基本的功能是连接和过渡。在象征意义层面，"桥"可以是和谐与合作，也可以是和平与友谊，还可以代表克服障碍，寻得了通向未来的新生。何况，广西防城港金桥公司，主打业务是国际物流，物流更是一座互惠互利、互助互赢的桥梁。

37岁的江城良，人生记忆里有一大半的时间是动态的，不是在搬家，就是在路上，在从此岸到彼岸的桥上。

江城良的人生记忆是从广西东兴的国营火光农场开始的。听父母说他们那一代人之所以愿意到靠近中国、越南边境的偏远农场来工作，是因为计划生育优待政策：服务边境十年，国家允许生育二孩。江父江母在火光农场勤勤恳恳工作了十多年，生了一儿一女，也算得偿所愿。

记忆里，父母带着江城良与他的姐姐离开火光农场，进了城，搬

到防城区建材厂家属院，但不知怎么回事，还没等江城良跟周围的小伙伴混熟呢，父母又带着他们离开城区，返回了东兴。

父亲去了一家船厂工作，造的船不大，以渔船为主，大都销往越南。船厂的生意应该很红火，父亲起早贪黑地上班，有时候甚至通宵加班不回家。那个时候父亲的收入应该还算不错，母亲无须工作，只需在家照看两个孩子。江城良与姐姐的日常吃穿花销在同学们当中也算中上水平。日子过得优哉游哉，是"等待着下课，等待着放学，等待游戏的童年"。

前段时间，听说防城港至东兴铁路首趟试运行动车组列车进入满图试运行阶段，这是中国首条直通中越边境口岸城市的高铁。

防东铁路全长 47 公里，设计时速 200 公里，基础设施预留时速 250 公里条件。这是中国推进西部陆海新通道建设内联外延工程之一，也是通达中国与越南唯一海陆相连的口岸城市东兴市的首条铁路。防东铁路开通运营后，防城港至东兴将结束无铁路交通历史，两地通行时间将从目前公路运输的约 60 分钟缩短至铁路运输的约 20 分钟。

东兴，江城良已经好久没回去过了，等铁路正式开通运营，找机会去小时候生活的地方看一看，也蛮不错。

电影《甲方乙方》结尾处有一句台词："1997 年过去了，我很怀念它。"

成年后的江城良无意中听到这部老电影的这句台词时，心蓦然紧了一下。1997 年对他来说的确是特殊的一年。那一年，学校周围的音像店里，一遍又一遍循环播放《公元 1997》，听得多了，歌词都能背了，比课堂上老师要求背诵的课文还记得清楚。那一年，江城良是四年级的小学生。那一年香港回归,举国欢庆。江城良也曾经举着小红旗随着庆祝的人流欢喜雀跃。那一年,江城良的姐姐结婚。那一年,父母把儿子江城良托付给出嫁的女儿,出国去了。

新中国刚成立那会,江城良的姑姑跟着自家的叔公在越南工作。中越关系交恶期间,作为难民辗转香港,最后去了法国。姑姑在法国遇到了她的真命天子,嫁给了一个法国人,加入了法国籍。姑姑与她的法国丈夫去了非洲中西部的尼日尔开餐馆。

尼日尔是位于撒哈拉沙漠南缘的内陆国,历史上未形成过统一的王朝。1904 年沦为法国殖民地。1957 年获得半自治地位。1958 年 12 月成为法兰西共同体内的自治共和国。1960 年 7 月退出法兰西共同体,8 月 3 日正式宣告独立。尼日尔经济以农牧业为主,是联合国公布的最不发达国家之一,常年气温在 30 摄氏度以上,也是世界上最热的国家之一。尼日尔官方语言为法语。

姑姑的餐馆生意越做越大,那些年一直通过各种方式劝说、催促自己的兄长与嫂嫂去尼日尔跟她做生意。

江城良的父母出国之后,最初是在妹妹、妹夫的餐馆里一边帮忙一边学习。中国人在国外开中餐馆,首先得熟知当地人爱吃什么,能多大程度地接受中餐,要把纯正的中餐本地化,既保留中餐一部分原有的风味,也要糅合进一部分本地元素,既熟悉又陌生的菜品,才能真正打动当地人的味蕾。后来,江城良的父母在妹妹、妹夫的帮助下,在毗邻尼日尔的马里首都巴马科开起了第一家餐馆。

马里是非洲西部的一个内陆国家,1895 年沦为法国殖民地,称为"法属苏丹"。在 1959 年建立的包括法属苏丹和塞内加尔在内的马里联邦解体后，马里于 1960 年 9 月 22 日宣布独立，成立共和国。马里也是世界最不发达国家之一。自 1960 年独立以来，马里一直使用法语作为官方语言，全国有超过一半的人口属于法语圈。2023 年 7 月，随着马里新宪法的生效，法语不再是其官方语言，官方语言由马里的 13 种民族语言取而代之，法语只作为马里的工作语言。

远在非洲的父母开在马里巴马科的餐馆生意出奇地好，不久就一家变两家。而在国内，被姐姐护佑的弟弟江城良就没那么好。姐姐比江城良大六岁，结婚不久就有了自己的小孩要照顾。江城良的玩心尤盛，姐姐其实管不了他。每一次的越洋电话，除了简单的问候与寒暄，讨论的焦点就是江城良。商讨的最终结果是让他出国，到父母身边去，想读书就好好读书，不愿意读书就帮着家里经营餐馆。

初中毕业那年，非典型肺炎肆虐。等到疫情消散，方才成行。父母生意忙得不得了，拜托了一个朋友把江城良顺道带过去。

那是江城良第一次坐飞机，且一次坐了个够。

从南宁吴圩国际机场飞北京，再从北京首都国际机场飞埃塞俄比亚，在埃塞俄比亚的亚的斯亚贝巴博莱国际机场再次转机才到达了马里巴马科。旅途枯燥无聊到让江城良产生错觉，他以为他会一直飘荡在天上。对外国那些陌生的美好的期待在遥遥无期的候机、转机、飞行途中荡然无存。

在出国之前，姐姐帮江城良找了一个法语培训班，就在南宁市图书馆里面，他在那里学习了两个月，只学了一点皮毛。大概知道法语是怎么回事，有 26 个字母、36 个音素，它们整齐地排列在一起，江城良可以从头流利地念到尾，一旦拆开，打乱次序，那他心中的秩序也随之被打乱。启程的时候，他的法语水平仅限于见面时说声"你好"（bonjour），还有就是能完整地说出"你、我、他"三个人称代词的发音。除此之外，别无其他。

在父母眼中，江城良只是一个孩子，餐馆的生意的确很忙，但父母没让他插手。他们给他联系了一所当地的国际高中，让他去读书，将来上大学。

那所高中收费昂贵，却物有所值，尊重每一个学生的差异性，个性化母语授课。来自中国的江城良在遥远的非洲马里巴马科依然可以选择用中文学习知识，但他需要学习两门外语，第一外语他选了英语，他觉得英语在中国时已经开始了学习，有基础，再学不难；第二外语他选了西班牙语。虽然他之前已经学习过两个月的法语，但学习体验并不美好，他不是知难而进的个性，他选择了知难而退。于是，法语彻底淡出了他的生活，一点残渣未余。

西班牙语第一课，江城良就傻眼了，这一点都不比法语容易。与江城良抱有同样想法的同学也不乏其人。于是，西班牙语课逃课就成了日常。

巴马科城内，尼日尔河静静流淌。每年5月至10月是马里的雨季，城市道路状况不佳，雨季时道路经常被水淹没，对日常生活会造成诸多不便，但在孩子们眼中，积水、泥巴也可以变成乐园一般的存在。瞒着父母，江城良无数次畅游尼日尔河。这条非洲第三长河，全长约4200公里，流经几内亚、马里、尼日尔、贝宁和尼日利亚，支流遍及科特迪瓦、布基纳法索、喀麦隆、乍得等国，被称为西非的"母亲河"，最终归宿是大西洋的几内亚湾。

餐馆里每天热气腾腾，如果不打烊，24 小时都会有人光顾。餐馆的客人以法国人居多。炸春卷是招牌菜，母亲一刻不停地包春卷，父亲一刻不停地炸春卷。还有焦糖香蕉、焦糖苹果、宫保鸡丁、蛋炒饭、炸鸡、牛肝。

菜单就是巴掌大的一张纸。菜品翻来覆去就是那几款，但餐馆开了那么多年，依然大受欢迎。江城良认识一个法国食客，他每次就只点一份春卷，再要一杯喝的。每每如此，从不改变。那个法国人甚至能发现母亲每次做春卷的一些细微的变化，还会操着生硬的中文跟母亲交流。

彼时的江城良觉得是那个法国人没见识过真正的中国美食，所以眼中才只有春卷。多年之后，江城良才意识到自己的问题在哪里。但那时，他依然是那种兴趣多多、想法多多、欲望多多，觉得拥有得多就是好的少年。

三年高中，他玩得舒心、愉快。申请大学时，江城良有好几个选择，也先后收到了法国和加拿大的两所不错的大学的录取通知书。高中有一年暑假，姑姑家的表哥与表姐曾经带着江城良去法国巴黎旅行，参观卢浮宫、埃菲尔铁塔、巴黎圣母院。后来他也独自去巴黎旅行过，总觉得与那个国家那座城市格格不入，无法融入，尤其不喜欢法语的腔调。而放弃加拿大魁北克大学，一方面是因为学校用法语教学，另一方面是因为江城良习惯了中国广西、马里巴马科的气候，他能适应各种热，燠热、潮热、干热，但不耐寒。一想到魁北克的冬天就禁不住打寒战，不仅寒夜漫漫，还经常出现极寒天气与暴风雪。他曾经在朋友的怂恿下跟他们一起去魁北克滑雪，到了之后却经受不住严寒，只得掉头再飞回来。

2006年圣诞节，江城良去美国旧金山找同学玩。同学建议他申请这里的大学。旧金山是典型的港口城市，地中海气候，夏季炎热干燥，冬季温和而多雨，也是江城良喜欢的。于是，他申请了旧金山的一所大学，读了两年。这两年里，父母在马里的餐馆再一次扩大规模，两家店变成了四家店，他们还从当地人手中购买了三亩土地，计划盖一个庄园别墅。

2008年，是中国的奥运之年。父母希望江城良回马里，而他执意回中国。生活在国外这些年，"外国的月亮"早已被祛魅，他觉得哪里都不如中国好。

回到广西，江城良觉得空气都是甜的。

从2003年离开中国，2008年回归，也不过五年的时间，却让江城良觉得无比漫长。五年里，他涉猎过法语、西班牙语、英语，却无一精通。语言既是人们交流思想的工具，也是思想与文化的载体，兜兜转转之间，自己像一只掰玉米的狗熊，掰一个，丢一个，忙活一通发现手中一个玉米也没剩下。痛定思痛的江城良报名参加了广西大学国际商务英语的自学考试，认真学了两年，宪法学、法学概论成了拦路虎，他搏斗了两次均败下阵来。唉，半途而废的魔咒何时才能从他身上破除？

在很多人眼中，江城良的运气实在太好。上学的机会、工作的机遇，无须自己奋力去找寻，这边刚对他关上门，另一边即刻向他打开一扇窗。从小到大，一直如此。

2010年，就在江城良为国际商务英语自学考试成绩卡壳内心愤愤然之际，一起参加英语培训的同学刚好在中国防城外轮代理有限公司工作，恰巧公司刚刚发布了新的招聘信息。同学帮江城良咨询了一下，完全符合条件，应聘成功的概率非常大。正如同学所言，江城良顺利入职。这份工作他只干了五年。

2017 年年初，广西防城港金桥国际物流有限公司将职业的橄榄枝伸向了待业的江城良。这家公司成立于 2004 年 5 月，是经商务部批准的国际货物运输代理企业，隶属于广西金桥实业集团有限公司。公司设货运部、报关部、集装箱操作部和汽车运输部等，承办海运、陆运、空运进出口货物的国际运输代理业务，包括揽货、订舱、集装箱拼装拆箱、报关、报检、结算运杂费、保险以及咨询等相关业务。与之前江城良工作的公司除企业所有制性质有别之外，其他可谓并无二致。而江城良入职的依然是他的老本行——货运部的国际货运代理师。

江城良从来不是一个扭捏的人，他向来坦然接受生命中的所有，无论好的还是坏的一概接收。在广西防城港金桥国际物流有限公司，他起步的职位是货运部主管，而后一步步做到货运部副经理、经理，直到现在的副总经理。这几年，江城良的每一步都走得很扎实。

防城港市因港得名，依港而建，是中国两个既沿海又沿边的城市之一，唯一与东盟海陆河相连的城市；也是"一带一路"、西部陆海新通道的重要门户城市和重要节点城市；入选港口型、陆上边境口岸型国家物流枢纽承载城市，拥有西部第一个亿吨大港——防城港。防城港的"以港立市"战略，使得这座北部湾城市、西南门户的边陲明珠，在西部陆海新通道上越来越璀璨、闪耀。

防城港和世界 180 多个国家和地区有往来贸易，它北接黔川，西靠云南，东临粤、琼、港澳，南濒北部湾，是连接中国资源丰富的大西南和经济活跃的东南亚地区的枢纽地带。水陆交通便利，南宁至防城港高速公路直达港口，与西南公路出海大通道（四川成都至广西北海的公路线路）相连，这使得防城港可以直接与全国公路联网。海运方面开辟有连接"珠三角"、"长三角"、环渤海等经济圈的国内航线，并已与70多个国家和地区的220个港口通航，海运网络覆盖全球。集装箱航线方面开辟了东南亚、东北亚、中东、欧洲、美西、美东的国际直航或中转班轮航线以及防城港至蛇口／赤湾集装箱全球公共快线。

先有港口，后有城市，再有金桥物流。城市因港口而兴盛、繁荣，企业因港口而兴旺、顺达。

广西防城港金桥国际物流有限公司与贵州磷化（集团）有限责任公司、广西金川有色金属有限公司、柳州钢铁股份有限公司、广西钢铁集团有限公司、厦门国贸集团股份有限公司等多家公司建立了长期的合作关系，代理铁矿、煤炭、石油焦、化肥、硫黄、有色金属矿等大宗散货，连续多年报关报检代理量在同行中名列前茅，成为防城港乃至整个北部湾地区有影响力的综合物流企业。与这样的企业一起成长、成熟，江城良觉得自己三生有幸。还有最重要的一点就是，自从进入金桥公司工作，江城良路路通、步步顺。西部陆海新通道是一条开放包容、兼容并蓄的人间大道，它给所有人机会。

新华社北京2023年12月23日电　法国最后一批驻军22日撤离尼日尔，两国多年军事合作从此告终。……结束与法国的军事合作标志着尼日尔人的"新时代"开始。

2023年岁末，江城良看到了这一则新闻。回想少年时自己元气满满地去闯荡世界，那些亲眼看到的、亲耳听到的、亲身经历的，如今再回首，万千思绪化作一声喟叹：何其有幸，生在中国。

朱槿花有 11 片花瓣：我们永远是朋友

坐标：广西，南宁市，青秀区，民族大道 106 号。

这里是中国 - 东盟博览会永久举办地广西南宁的国际会展中心，一朵洁白无瑕、常年盛放的巨型"朱槿花"。

如果有幸能换一个观赏的角度，从空中俯瞰，就会看到"朱槿花"的 12 片"花瓣"紧紧聚拢在一起，12 片"花瓣"紧簇，象征着广西壮、汉、瑶、苗、侗、仫佬、毛南、回、京、彝、水、仡佬 12 个世居民族，也隐喻中国和东盟各国、东盟秘书处密切合作，共办盛会，共襄盛举，共谋发展。

黄革，广西国际博览事务局研究发展处处长，就是一个幸运的人。他的办公室就在"朱槿花"建筑一侧，每日都可将那硕大无朋的美丽之花尽收眼底。

黄革的办公桌上也有一朵盛开的"朱槿花"，花型小巧，"花瓣"灵动，这是中国 - 东盟博览会的会徽，一朵有着 11 片花瓣的朱槿花的图案。

11 片花瓣，是"10+1"的概念，分别代表中国和东盟各国。蓝色的主色调是为了体现中国与东盟各国大多具有沿海优势。会徽的主题是"凝聚、绽放、繁荣"。"凝聚"指的是凝聚人心、汇聚人气，体现中国与东盟各国的朋友相聚在南宁；"绽放"即盛开的朱槿花，标志着中国－东盟博览会这个盛大聚会的开放与包容，寓意合作与发展空间永无止境；"繁荣"意指 11 片花瓣间铺满了光荣与梦想，预示着中国与东盟各国共享繁荣美好的未来。

中国－东盟博览会会徽的朱槿花花瓣造型设计，与南宁的市花朱槿，以及广西标志性建筑南宁国际会展中心造型有机结合、遥相呼应，各美其美。差别仅在于，会徽朱槿花有 11 片花瓣，而建筑朱槿花有 12 片花瓣。中国－东盟博览会会徽下面有两行蓝色的文字：中国－东盟博览会的英文缩写"CAEXPO"、汉字"中国－东盟博览会"。

在这充满氛围感的办公室里，黄革每天都是沸腾的。

黄革是广西百色人，百色是中国著名的芒果之乡。夏天，芒果成熟的季节，整个百色都飘着芒果的香气，明媚、热烈，不容拒绝。

1990 年，从广西对外贸易学校毕业的黄革被分配到广西进出口商品检验局——后变更为广西出入境检验检疫局，再后来直接并入了海关。彼时的广西，钦州港建港的第一炮还没炸响，还只是钦州人心头的一个梦想。当时只有防城港与北海港。黄革去得最多的是防城港。1990 年的防城港没有集装箱，只有大宗散货。

1990 年是改革开放的第 12 年，那一年，第 11 届亚洲运动会在中国北京举行。这是中华人民共和国成立以来第一次承办的大规模综合性国际运动会。1990 年也是"七五"计划的最后一年。"七五"计划的圆满完成，使改革更加顺利地展开，奠定了中国特色的新型社会主义市场经济体制的基础，使中国经济保持持续稳定增长。从今天的时间节点上回望，1990 年是中国经济振兴的一个关键时期。

早在 1983 年 10 月 1 日，防城港就已经正式对外轮开放。当时万吨泊位只有八个。那时，防城港船舶排队等待进港的繁忙景象，直到现在黄革还都历历在目。他是第一次亲眼看到那一艘艘巨型船舶踏浪而来，蓝天碧水边，舳舻千里，帆樯如云，煞是好看。但在船舶上等待的人却着实有些烦躁与焦虑，甚至有的船只会无可奈何地按响汽笛，发泄一下愤懑的情绪。

港口被称为经济运行的"晴雨表"，港口运行状况直接反映了国民经济运行情况。就像堵车是城市"癌症"一样，虽然会给市民造成各种不便，但是将路上的交通意外与路政设施因素忽略不计，城市拥堵的另一面是都市的规模与繁华。

木薯干是制造酒精及柠檬酸的原料，是防城港最主要的大宗散货之一。检验检疫进口木薯干的关键在于质量管控，木薯干水分含量不低，长途海运，表层极易发生霉变，部分货物甚至会严重腐烂变质。

木薯干主要来自越南、泰国等东南亚国家，生产加工相对简单粗放，在加工过程中没有去皮和去杂质，块茎上附着的泥沙、植物残体等杂质带入产品中，会直接影响实验室检测结果，在转卸过程中还会造成重量的损耗。在检验检疫过程中，对咖啡豆象、孢坚甲、锈赤扁谷盗、小菌虫、大谷盗等十几种有害生物的检测是重点，防止金属铅的超标则是重中之重。

木薯干是进口货物，出口铜精矿装船时，需要外方船舶的通用公证行与中方的检验检疫机构一起完成称量，当时用的还是水尺计量法。水尺计量的原理类似于曹冲称象，简便易行，但计量精度较低，对于价值较高的散装货物，水尺计量结果只可用作货物计量的参考数据。黄革已经改行数十年，早已远离了自己的大学专业，也不知现在港口还在不在用水尺计量法，还是已经采用更精准的称量方式了。

当时的检验检疫手段落后，港口的装卸以人工为主，以机械为辅，一艘万吨大船，从空到满或从满到空，大都需要一天的时间。去一趟港口就是一整天，如果天色很晚了或者遭遇恶劣天气，还得在港口暂住一晚，第二天才能回去。

有将近十年的时间，黄革与防城港为伴，港口的泊位沿着海岸线一个个地出生。他见证了防城港市的诞生、挂牌，看着防城港市从一个只有一条主街、最高楼层不超过十层的小城镇，须臾之间就长高了，变美了，变得时尚、现代。

港口在变化，城市在变化，人也在变化。世上唯一不变的是变化本身。黄革也迎来了自己的职业调整，他成了一名记者，新华社广西分社的记者。

20 世纪 90 年代初，国家提出了"建设大通道，开发大西南"，这是打造西南出海大通道的肇始。

西南出海大通道是国家规划建设的"五纵七横"国道主干线网的重要组成部分，也是西部大开发交通基础设施建设的重点工程。它北起重庆，南至广东湛江，纵贯重庆、贵州、广西、广东四省区市，是一条高等级公路大动脉。交通部提出了利用已建成的高等级公路，采取建设连接线的方法，使西部大开发在起步期间便有一条便捷、经济的出海大通道，这条路被称为西南出海辅助通道。2001 年年底，连接成都，经贵阳、南宁至北海的西南出海辅助通道全线通连。

2003 年 4 月，新华社组织广西、四川、贵州三地分社的文字记者、摄像记者、摄影记者，开展"西南出海通道"大型采访活动。采访团一行 12 人，分乘 5 辆车，从成都出发，途经四川自贡、内江、泸州，贵州赤水、毕节、贵阳、都匀，广西河池、柳州、南宁、钦州港、防城港、北海港，行程 15 天。他们奔驰在西南出海通道上，一边走一边采访，捕捉行进在路上、生活在沿路的民众的真实生活，听货车司机讲述这条路的变化，听沿路而居的人们讲述这条路修通带给他们的影响。采访团还去了沿途的许多企业，无一例外，这条路深层次改变了他们的出行、物资的配送，甚至影响了产品的价格。

当采访团行至防城港，近乡情怯，黄革心有期待，却也难掩忐忑。这是阔别多年之后的重逢。他一路不停跟同车的记者分享自己当年作为检验检疫人员在防城港工作的趣事、街道的名称、难以忘怀的路边美食小店、海员俱乐部里新奇的商品……防城港的确是变了！这些变化让黄革心潮起伏，澎湃万千。他写了一篇深度报道《防城港的变迁》，把所有的观察与思索囊括其中。

2005 年，西南出海大通道全线贯通，全长 1314 公里，全部以二级以上公路标准建设，途经重庆、遵义、贵阳、南宁、北海、湛江等重要城市，是西南地区通往华南沿海的一条交通要道。然而"西南出海大通道"这一概念却在人们的口中逐渐消失，但现实中的路，一直在延伸，一直在惠及着众多沿路而居的人们。

那次集中采访结束不久，黄革的工作再次调整，这一次，他到了广西国际博览事务局，担任发展宣传部部长，直接参与首届中国－东盟博览会的筹备。

"东盟"是"东南亚国家联盟"的简称，英文名称为"Association of Southeast Asian Nations"，缩写为"ASEAN"。1967年8月7日至8日，印度尼西亚、泰国、新加坡、菲律宾四国外长和马来西亚副总理在曼谷举行会议，发表了《东南亚国家联盟成立宣言》，正式宣告东南亚国家联盟成立。

1967年8月8日，《东南亚国家联盟成立宣言》发表，确定了"东盟"的宗旨和目标：以平等与协作精神，共同努力促进本地区的经济增长、社会进步和文化发展；遵循正义、国家关系准则和《联合国宪章》，促进本地区的和平与稳定；促进经济、社会、文化、技术及行政训练和研究设施方面互相支援；在充分利用农业和工业、扩大贸易、改善交通运输、提高人民生活水平方面进行更有效的合作；促进对东南亚问题的研究；同具有相似宗旨和目标的国际和地区组织保持紧密和互利的合作，探寻更紧密的合作途径。

到2002年止，东盟共有十个成员国：文莱、柬埔寨、印度尼西亚、老挝、马来西亚、缅甸、菲律宾、新加坡、泰国、越南。巴布亚新几内亚为观察员国。

1991年中国与东盟建立了对话关系。

2002年11月，在柬埔寨金边召开的第六次中国－东盟（10+1）领导人会议上，中国与东盟领导人签署了《中国－东盟全面经济合作框架协议》，共同启动了中国－东盟自由贸易区的建设进程。

2003年的第七次中国－东盟（10+1）领导人会议上，中国加入《东南亚友好合作条约》，双方关系升级为面向和平与繁荣的战略伙伴关系。中方倡议，从2004年起每年在中国南宁举办中国－东盟博览会、中国－东盟商务与投资峰会，由中国和东盟十国经贸主管部门及东盟秘书处共同主办，广西壮族自治区人民政府承办，南宁为永久举办地。首届中国－东盟博览会于 2004 年 11 月 3 日至 6 日举行，主题为"共注合作之水，启动时代之钟"。

2004 年，成为中国－东盟博览会元年。

2003 年 11 月，中国－东盟博览会会徽征集大赛在南宁启动。截稿时大赛办公室共收到有效参赛作品 2346 件。在科学、严谨的五轮评选后，北京设计师张健彬的"朱槿花"脱颖而出，傲然绽放。中国－东盟博览会除了征集会徽，还征集了吉祥物和会歌。

吉祥物"合合"是一只白头叶猴的卡通形象。白头叶猴是猴科叶猴属动物，中国特有种，属中国国家一级保护动物、珍稀濒危灵长类动物，据 2023 年年初统计，仅存 1400 只左右，主要聚集在广西崇左市的三个自治区级自然保护区，已被列入《濒危野生动植物种国际贸易公约》附录 I 和《世界自然保护联盟濒危物种红色名录》，是极危物种。

一个多国政府共办的展会，会歌当然也是不可或缺的。音乐不分国界，它可以超越语言，无须借助同声传译便能够迅速联结所有的心灵。当音乐响起时，微笑荡漾在每个人的脸上，音乐跨越了国界与文化隔阂，让彼此心灵相通。唯有音乐，才是真正的国际语言。

中国－东盟博览会的会歌《相聚到永久》，很长一段时间都是黄革车里固定的背景音乐：

再大的城市也装不下 / 双眼的眺望，梦想的宽广 / 共同的梦想才能拥有／不熄的信念和力量／再高的山峰不能阻挡／坚强的拥抱，超越的渴望／广阔的天空才能书写／腾飞的希望和辉煌／相聚到永久／风雨并肩走／共患难，我们手牵手／永远是朋友／相聚到永久／风雨并肩走／看东方，我们同声唱／我们永远是朋友

中国与东盟相互开放市场需要增进互信与友好关系，需要双方增进一系列领域合作，特别需要有一个推动贸易和投资的平台，中国－东盟博览会为此应运而生。从2004年的第一届到2023年的第二十届，二十年，二十届，黄革经历了全过程。

2023年9月19日，"和合共生建家园，命运与共向未来——推动'一带一路'高质量发展和打造经济增长中心"的第二十届中国－东盟博览会落下了帷幕，圆满收官。

中国加入《东南亚友好合作条约》的当年，东盟是中国的第五大贸易伙伴，中国是东盟的第三大贸易伙伴。如今20年过去了，中国和东盟已经连续三年互为对方的最大贸易伙伴。

黄革在笔记本上写下：

第二十一届中国－东盟博览会和中国－东盟商务与投资峰会初步定于2024年9月23日至27日举办，郑州市将担任第二十一届中国－东盟博览会"魅力之城"。

结束不是终点，每一届的结束都意味着新一届的开始。2024年9月的朱槿花必将绽放得更红、更艳。

有诗云："朱槿染红秋月色，虚无恬淡养天真。莫愁世事多忙碌，唯愿人间万木春。"

从1到21：合作之水，浇出了累累硕果

黄革非常忙。不仅仅是他，作为中国－东盟博览会常设工作机构的广西国际博览事务局，每一个工作人员都很忙。

广西国际博览事务局是中国－东盟博览会常设工作机构，对外称"中国－东盟博览会秘书处"。其工作职责是负责中国－东盟博览会的总体策划、顶层设计和重大活动的组织实施，服务国家周边外交战略和中国－东盟合作，促进以广西为重点的国家重大战略、重大政策、重大项目落地；负责中国－东盟博览会框架下高层论坛的统筹协调，协调组织中国－东盟商务与投资峰会；负责统筹、组织和管理中国－东盟博览会境内外招商招展、展区规划、现场服务等工作；负责建设信息化服务平台，开展中国－东盟投资贸易促进工作；负责研究展会发展战略，开展以中国－东盟合作为重点的战略研究，为政府提供决策参考，为企业提供咨询服务；负责中国－东盟博览会专有品牌资源的管理；负责统筹中国－东盟博览会整体形象设计和宣传推介工作；负责联络中国－东盟博览会各主办方、支持单位，协调落实相关工作，协助重要贵宾的邀请和接待工作；根据中国－东盟博览会组委会和中国－东盟博览会、中国－东盟商务与投资峰会广西领导小组（以下简称"广西领导

小组")及中国－东盟博览会、中国－东盟商务与投资峰会广西指挥中心的部署，统筹协调、督促落实各项服务和保障工作；负责展会人力资源开发，培育会展人才队伍；负责中国－东盟博览会的经费预算及相关业务的收支核算；积极主办或承办其他各种博览会、展览会、高层论坛和国际性会议；负责履行广西博览集团出资人职责，对国有资产进行监督管理；负责对广西博览集团承接的中国－东盟博览会工作任务进行指导和监督；承担中国－东盟博览会组委会、广西领导小组及自治区党委、自治区人民政府交办的其他事项。

约黄革的采访，几次电话对接都定不下具体的时间，他正忙着筹备第二十届中国－东盟博览会，当时距离开幕不足月余，各项准备工作都进入倒计时，有时候他一天甚至需要开十个不同规格、不同规模的会议。

广西国际博览事务局的工作职责介绍是黄革给我看的一份文件，虽然看起来冗长且乏味，但黄革说只有充分了解了他们这个局的工作职责，才能更顺畅地理解中国－东盟博览会、中国－东盟商务与投资峰会的意义。从 2004 年至今，黄革经历了从共识走向务实、从政府走向市场、从一般走向深入的全过程。

1

2004 年 11 月 3 日至 6 日，首届中国－东盟博览会、中国－东盟商务与投资峰会在广西南宁举行。博览会主题词为"共注合作之水，启动时代之钟"。

中国－东盟博览会是 2003 年 10 月 8 日中国在第七次中国与东盟领导人会议上建议举办的，是中国推动中国－东盟自由贸易区建设的一项实际行动，得到了东盟十国的积极响应。

"共注合作之水"，将中国与东盟各国的江河湖海之水汇聚一处，象征着各国齐心协力共同办好博览会；"启动时代之钟"，预示着博览会的举办，将使中国－东盟的合作进入一个新时期。

首届中国－东盟博览会设标准展位 2506 个，展览面积 5 万平方米；共有各国（地区）参展企业 1505 家；东盟十国参展展位占 42.9%，参展企业占 34.2%；与会参展商超过 8000 人。第一届博览会贸易成交额 10.84 亿美元。博览会期间共举办投资、引资项目推介会 26 场，签约合作项目 129 个，合同总额 49.78 亿美元。

2004 年成为中国－东盟博览会元年，博览会决定：中国南宁成为中国－东盟博览会、中国－东盟商务与投资峰会永久举办地。

2

2005 年 10 月 19 日至 22 日，中国广西南宁国际会展中心迎来了第二届中国－东盟博览会、中国－东盟商务与投资峰会。这一届博览会的主题词"10+1 > 11，合作印鉴"，寓意"合作之水"聚合后，经过一年产生了巨大的推动力，聚流成河，在博览会的平台上产生了"10+1 > 11"的无穷力量。

自中国与东盟 2002 年达成协议建立中国－东盟自贸区以来，双边贸易额快速增长。随着《中国－东盟全面经济合作框架协议》《货物贸易协定》的签署和施行，中国－东盟商品以低关税和零关税进入相互市场的进程不断推进，双方企业商贸往来更加频繁，在更加开放的贸易环境中，各国农产品销售商、制造业者、出口商、进口商和贸易商有了更广阔的空间销售商品、拓展市场和发展业务。10月22日，中国－东盟博览会落下帷幕时，博览会组委会评选出了六大奖项，并通过抽签方式确定了第三届中国－东盟博览会国家专题展区的排布秩序。

六大奖项各有归属，其中"最佳参展组织奖"授予使用展位最多的三个国家：泰国、越南、马来西亚；"最佳投资项目奖"授予组织投资项目数量最多的三个国家：越南、印度尼西亚、菲律宾；"最佳展示奖"授予展示效果最佳的三个国家：缅甸、柬埔寨、老挝；"特别支持奖"授予东盟秘书处和东盟东部增长区；"特别贡献奖"授予文莱；"最佳创意奖"授予新加坡。

第二届中国－东盟博览会上，各国纷纷推出自己的"魅力之城"：菲律宾推出了"度假伊甸园"宿务，文莱推出了"感受金色文莱"的斯里巴加湾市，中国推出了"和谐的北京，开放的北京"。组委会已经确定将在以后的博览会上继续采用这种方式宣传各国特色。在国际投资合作项目仪式上，包括中国在内的25个国家和地区的客商和企业家总共签订了95个合作项目，总投资47.95亿美元。其中，中国与东盟各国合作项目34个，总投资7.81亿美元。参加第二届博览会签约投资的国家已经由首届博览会的7个（越南、印度尼西亚、新加坡、泰国、马来西亚、柬埔寨、缅甸）增加到9个（新增菲律宾、老挝），东盟以外的国家和地区由第一届的13个增加到22个，完美地诠释了第二届中国－东盟商务与投资峰会"中国与东盟国家：市场的开放及开发"的主题。

3

2006年10月31日至11月3日，第三届中国－东盟博览会、中国－东盟商务与投资峰会举行，主题词"珠联璧合"。

开幕式上，南宁国际会展中心的朱槿花厅，中国和东盟十国领导人分别从11位15岁少女手中接过珍珠模型，同时放在面前的玉璧上，形成一条珍珠链。中国与东盟山水相连，水育珠成，珠联璧合。11颗明珠代表中国和东盟国家合作的结晶，美丽的玉璧象征中国－东盟博览会搭建的合作平台，青春焕发的15岁少女寓意中国和东盟在过去15年的发展合作蓬勃兴旺，未来前途远大光明。

第三届中国－东盟商务与投资峰会以"共同的需要，共同的未来"为主题，安排参展企业2000家，使用展位3663个，参展商7971人，专业观众3.3万多人。博览会累计贸易成交总额12.7亿美元，同比增长10.2%，再创新高。博览会签约国际经济合作项目132个，总投资58.5亿美元，比上届增长10.6%。签约国内经济合作项目301个，总投资553.7亿元，比上届增长10.3%。其中，投资额超亿元的项目有75个，占签约项目总额的51.2%。

4

2007 年 10 月 28 日至 31 日，第四届中国－东盟博览会、中国－东盟商务与投资峰会举办，主题词为"同舟共进，扬帆远航"。

第四届中国－东盟博览会设商品贸易、投资合作、农村适用技术、"魅力之城"四个专题，共设展位 3400 个，参展企业 1908 家，其中，东盟十国及其他国家、地区使用展位 1132 个，占总展位数的 33.29%，同比增长 34.93%。印尼、马来西亚、缅甸、泰国、越南五个东盟国家包用了独立展馆展示本国商品。2006 年，中国与东盟贸易额达到 1608.4 亿美元，双方互为第四大贸易伙伴。2007 年，双边贸易额突破 2000 亿美元，提前三年实现既定目标。

从第四届中国－东盟博览会开始，博览会推出主题国机制。每届由一个东盟国家出任主题国，主题国按东盟国家国名英文首字母顺序依次出任。博览会期间举办主题国系列推介活动，重点邀请主题国领导人出席，形成每届博览会都有东盟国家领导人轮流出席的长效机制，进一步深化共办、共赢机制。文莱出任第四届中国－东盟博览会的主题国。

第四届中国－东盟博览会最大的亮点，就是博览会期间举办的"加强区域合作，促进合作发展"的中国－东盟港口发展与合作论坛，在论坛上进行港口设备、港口合作项目洽谈以及港口城市商务考察等系列活动，把"港口合作"摆在突出的位置，以实际行动践行本届博览会"同舟共进，扬帆远航"的主题。

广西北部湾经济区处于北部湾顶端的中心位置，主要包括南宁市、北海市、钦州市、防城港市所辖区域范围，同时，包括玉林市、崇左市的交通和物流。土地面积 4.25 万平方公里，海域总面积近 13 万平方公里，海岸线长 1595 公里，人口 1240 多万。2006 年末，生产总值合计 1439 亿元，占广西生产总值的 30%。广西北部湾经济区是西部唯一沿海的地区，处于中国－东盟自贸区、泛北部湾经济合作区、大湄公河次区域、中越"两廊一圈"、泛珠三角经济区、西南六省（区、市）协作等多个区域合作交汇点，南拥北部湾、背靠大西南、东连珠三角，面向东南亚，西南与越南接壤，是中国沿海与东盟国家进行陆上交往的枢纽，是促进中国与东盟全面合作的重要桥梁和基地，区位优越，战略地位突出，发展潜力巨大。

北部湾位于中国南海西北部，指中国的广西沿海、广东雷州半岛、海南西部以及越南东北部所围成的海域，即通常所说的"两国四方"，总面积近 13 万平方公里。2006 年 7 月 20 日，在环北部湾经济合作论坛上，提出了泛北部湾经济合作区的构想，这一合作区包括中国、越南以及隔海相邻的马来西亚、新加坡、印尼、菲律宾和文莱七个国家。其中，新加坡、马来西亚是中国在东盟最大的两个贸易伙伴。中国和越南在本地区中经济增速最快。印尼是东盟面积最大、人口最多的国家。菲律宾、文莱与中国的经贸合作正加快发展。中国与这些东盟国家经济互补性强，合作潜力巨大，具备进一步深化合作与开发的良好基础。泛北部湾经济合作超越了单纯的地理概念，包括了大部分东盟国家和中国多个沿海省区，经济互补性强，虽然直接层面的地区发展水平还不高，但周边有发达的珠三角、台湾地区以及东盟国家新加坡，辐射能力较强。推进泛北部湾经济合作，就是要把它作为中国与东盟的一个新的次区域合作。这个次区域合作的特点是更加充分发挥海上通道的作用，加强港口物流合作，加快产业对接与分工，促进相互贸易与投资，大力发展临海工业，联合开发海上资源，加快临海城市发展，形成一批互补互利、相互促进、各具特色的港口群、产业群和城市群。推进中国与东盟的海上合作，符合中国与东盟次区域经济合作从"单一"走向"多元"的大趋势。

从第四届博览会开始，以后的每一届博览会都会选择一个中国与东盟的重点合作领域作为主题，突出特色，推动务实合作。第四届博览会的"港口合作"开了一个向海图强的好头。

5

2008年10月22日至25日，第五届中国－东盟博览会、中国－东盟商务与投资峰会举行，主题词为"金桥飞架，五载同心"。柬埔寨出任第五届博览会主题国。

五年来，由中国和东盟十国及东盟秘书处共同主办的这个地区经贸盛会，成果丰硕，为各国商家谋求发展带来了前所未有的新机遇，已日益成为中国和周边国家互利共赢合作的典范，成为强化中国和东盟互利合作的新平台。

进入新世纪，经济全球化的浪潮进一步冲击全球。在开放中求合作，在合作中谋发展，成为中国和各国应对经济全球化和区域经济一体化的普遍选择。中国提出的"与邻为善，以邻为伴"的构想，与经济实力和影响不断加强的东盟国家寻求和平与繁荣的目标不谋而合。从商品贸易到投资合作，从服务贸易到高层论坛，从经贸合作到文化交流，5届博览会共有30位国家领导人和王室成员、700多位部长级贵宾出席；超过10万名客商参展参会，展位总数达1.6万多个，参展企业8500多家；签约国际合作项目投资额286亿多美元，签约国内合作项目投资额2815亿元人民币。

广西作为中国－东盟博览会的承办地，也成为最直接的受益者，通过这条"南宁渠道"，世界了解了广西，为广西更多参与国际国内区域合作提供了可能，尤其是北部湾成为中国－东盟港口合作的新焦点。

随着西南出海通道建设加快和中国－东盟贸易往来的不断拓展，北部湾港口群在中国－东盟港口合作中的作用越来越明显。北部湾地区处在中国沿海与泛北部湾海域接合部，由中国雷州半岛、海南岛和广西壮族自治区及越南包围而成，沿线分布有广东湛江港、海南海口港、越南岘港以及广西北海、钦州、防城港等港口。这一区域正好处在中国与东盟海陆沿线接合点上，它的发展潜力正在中国东盟港口合作中慢慢释放出来。

6

2009年10月20日至24日，第六届中国－东盟博览会、中国－东盟商务与投资峰会如期举办，以"海关与商界合作"为重点主题。老挝出任第六届博览会主题国。

本届博览会参展企业2450家，共设展位4000个，其中东盟十国及其他国家、地区使用展位 1267 个。博览会共举行了 44 场投资推介活动，签订国际经济合作项目 136 个，总投资 64.4 亿美元；国内经济合作项目 204 个，总投资 618.45 亿元人民币。

10 月 21 日举行的 2009 年中国－东盟金融合作与发展领袖论坛发表了共同宣言，将从四个方面促进区域内资本合作。首先，积极推动区域性合作基金、区域性合作银行、区域性担保公司的成立。广西作为本次论坛的主办方，作为中国与东盟经济贸易合作的前沿，积极筹备设立政府创业投资引导基金，全面推进区域性经济合作与发展，支持地区优势产业，更好地服务于中国－东盟贸易往来。其次，降低金融机构互设分支机构的门槛，帮助中国与东盟各国金融机构在其他国家境内积极尝试开展相关金融业务、公民个人理财、代理期货交易、住房贷款、代理保险和股票投资等新业务，不断扩大客户群体，为中国－东盟自贸区内的企业和居民提供全方位的金融服务。再次，加快推进区域债券市场建设，促进区域内各国债券市场的相互开放，积极研究、探索并推动区域内各国政府、金融机构和企业到别国债券市场发行债券。最后，加强中国与东盟各国间出口信用保险领域的合作，降低出口贸易风险，推动中国－东盟自由贸易区建设。

7

2010 年，又是一年同样的时间，10 月 20 日至 24 日，第七届中国－东盟博览会、中国－东盟商务与投资峰会如期而至，主题词为"自贸区与新机遇"。同期举办涉及金融、农业、电力、法律、医学等领域的十场高规格论坛。

2010 年 1 月 1 日，中国－东盟自贸区建成。一个惠及世界三分之一人口、由发展中国家组成的最大自贸区从此展现在全球面前。这是中国和东盟的新机遇，亦是亚洲和世界的新机遇。第七届博览会是在中国－东盟自贸区正式建成后举办的，意义非比寻常。

印度尼西亚是第七届中国－东盟博览会主题国。开幕式上，剪彩嘉宾将象征自贸区成果的果汁倾入主席台前的"成果之杯"。聚流成河，广济天下。这股"合作之水"从首届博览会的涓涓细流汇成了滔滔江河，浇灌着中国－东盟自贸区的广袤大地，结出了累累硕果。

2010 年成为中国－东盟自贸区元年。中国－东盟自贸区究竟能给中国与东盟各国带来多大的机遇？

2010 年的第七届中国－东盟博览会、中国－东盟商务与投资峰会，注定要被写进中国与东盟交往的史册，因为这一届盛会是检验中国－东盟自由贸易区成效的"试金石"。自由贸易区启动后，中国对东盟的平均关税从之前的 9.8% 降至 0.1%，而东盟六个老成员国文莱、印度尼西亚、马来西亚、菲律宾、新加坡、泰国对中国的平均关税从 12.8% 降到 0.6%。

第七届博览会展位供不应求，国内外 2000 多个企业踊跃报名参加，实际使用展位总数从第六届的 4000 个扩容到 4600 个，其中东盟客商使用展位 1178 个，印尼、老挝、泰国、越南、缅甸、马来西亚六个东盟国家独立包馆参展。

第七届博览会累计交易总额达到 17.12 亿美元，比上届增长 3.5%。本届博览会共举行了 46 场投资推介活动，共签订国内外合作项目 156

个，总投资额 674.46 亿元人民币。其中，国际合作项目 135 个，总投资额 66.9 亿美元；中国与东盟十国在博览会上签约的合作项目 58 个，总投资额 22.63 亿美元，涉及农业、制造业、商贸物流、旅游开发、矿产开采及加工、交通能源设施建设等多个领域。

8

2011 年 10 月 21 日至 26 日，第八届中国－东盟博览会、中国－东盟商务与投资峰会举办，主题词"环保合作"。马来西亚出任第八届博览会主题国。

中国与东盟国家山水相连，大多数属于发展中国家和新兴工业化国家，在环境与发展领域面临许多共同挑战，如何实现区域、经济、社会、环境的可持续发展，一直都是中国与东盟对话合作的主旋律。

第八届中国－东盟博览会将"环保合作"定为重点主题，因为"环保合作"已日益成为中国与东盟双方重点关注的合作内容，具有特别的意义，以"创新与绿色发展"为主题的"2011 中国－东盟环保合作论坛"是本届博览会的亮点之一。本届博览会期间，中国和东盟十国将选择在环保领域具有合作商机和发展潜力的城市作为本国"魅力之城"进行展示，以此催生和推动中国与东盟在绿色产业方面的合作与发展，促进区域内经济、社会的可持续发展。

中国－东盟自贸区成立一年来，尽管当前世界经济仍然低迷，但中国和东盟的经贸合作却取得了不俗的成绩。2011 年上半年，双边贸易额同比增长 25%，达 1711.2 亿美元。中国成为东盟第一大贸易伙伴，东盟成为中国第三大贸易伙伴。同时，随着中国－东盟自贸区的建成和深入发展，长期以来中国与东盟合作"重贸易，轻投资"的现象正在发生改变，中国与东盟双向投资渐入佳境。

9

2012 年 9 月 21 日至 25 日，第九届中国－东盟博览会、中国－东盟商务与投资峰会以"互联互通、携手共赢"为主题，务实推动中国与东盟友好合作。缅甸出任第九届博览会主题国。本届博览会中外企业申请展位 5710 个，超出规划展位数的 24%，实际安排参展企业总数 2280 家，总展位数 4600 个。博览会设立了三个场馆：南宁国际会展中心、广西展览馆和华南城展览中心，均有东盟企业参展。中国各省（区、市）共有 39 个代表团参会，湖南、山西、甘肃、海南等各省（区、市）分别举办了一系列面向东盟的经贸交流活动，台湾精品展广受各国客商青睐。

第九届中国－东盟博览会首次为东盟国家"量身定制"了一场东盟咖啡展，东盟各国的咖啡类商品首次集中在同一展区，形式新颖的咖啡品鉴会上，展商与采购商面对面互动，博览会的专业化取得了新突破。

本届博览会投资合作专题在保持历届内容特色的基础上，首次举办了东盟产业园区招商大会，这是东盟国家产业园区首次在中国集中亮相。本次招商大会吸引了柬埔寨西哈努克特别经济区、马来西亚马中关丹工业园区、菲律宾克拉克自由港区、新加坡腾飞私人有限公司等一批东盟产业园区参会。首次设立"东盟产业园区形象展示区"和"投资合作展示墙",展示各产业园区形象,推介园区招商引资项目,吸引了众多投资机构的关注。

第九届中国-东盟博览会商品贸易成交总额达到 17.78 亿美元,比上届增长 3.9%。签订国际经济合作项目 118 个,总投资额 82.04 亿美元,同比增长 10.6%。其中,中国各省区市及中央直属企业对外合作的"走出去"项目 63 个,总投资额 30.58 亿美元,同比增长 15.4%。签订国内经济合作项目 104 个,总投资额 802.12 亿元,比上届增长 9.7%。博览会举办地广西共签订国际合作项目 69 个,总投资额 56.66 亿美元。

10

2013 年 9 月 3 日至 6 日,第十届中国-东盟博览会、中国-东盟商务与投资峰会举行,主题为"区域合作发展——新机遇、新动力、新阶段"。菲律宾出任第十届博览会主题国。

2013 年是中国与东盟建立战略伙伴关系 10 周年、中国-东盟博览会 10 周年。中国与东盟携手走过了不平凡的历程,开创了合作的"黄金十年"。作为天然的合作伙伴,中国与东盟双方的伙伴关系会百尺竿头更进一步,继续创造"钻石十年"。中国倡议建立"中国-东盟海洋伙伴关系",开展海上合作,把 2014 年确定为"中国-东盟友好交流年"。

11

2014 年 9 月 16 日至 19 日，第十一届中国－东盟博览会、中国－东盟商务与投资峰会举办，主题为"共建 21 世纪海上丝绸之路"。2014 年是中国－东盟合作"钻石十年"的开局之年。新加坡出任第十一届博览会主题国。

中国和东盟地缘相近、血缘相亲、人文相通、商缘相联、利益相融，是天然的合作伙伴。习近平主席 2013 年 10 月访问东盟国家时提出建设 21 世纪海上丝绸之路、携手建设中国－东盟命运共同体的合作倡议。中国愿同东盟国家商签睦邻友好合作条约，为中国与东盟世代友好提供法律和制度保障。中国－东盟自贸区启动自贸区升级版谈判，继续推动中国在东盟国家设立产业、经贸合作区，同时也欢迎东盟国家在中国设立产业园区；抓住关键通道、关键节点和重点工程，打造安全高效的综合联通网络；积极推进筹建亚洲基础设施投资银行，加强金融服务跨境合作；将 2015 年确定为"中国－东盟海洋合作年"，开展海上合作；探讨建立海上执法机构间交流合作机制；充分利用中国－东盟海上合作基金，推进海洋经济、海上联通等领域交流与合作；深化泛北部湾经济合作，积极推动南宁－新加坡经济走廊建设，与湄公河国家探讨建立对话合作机制；密切中国与东盟各国在教育、文化、科技、环保、旅游、卫生等领域合作，共同办好中国－东盟文化交流年活动。

南海和平稳定关乎地区发展繁荣和人民福祉，符合地区各国共同利益。中国在坚定维护领土主权、海洋权益和国家安全的同时，始终致力于同直接当事国在尊重历史和国际法的基础上，通过协商谈判和平解决争议。中国愿与东盟国家全面有效落实《南海各方行为宣言》，积极推进“南海行为准则”磋商，加强对话沟通，促进务实合作，将南海建设成为和平之海、友谊之海、合作之海。

12

2015年9月18日至21日，第十二届中国－东盟博览会、中国－东盟商务与投资峰会举办，主题为“共建21世纪海上丝绸之路，共创海洋合作美好蓝图”。泰国出任第十二届博览会主题国。

海洋是中国与东盟国家经贸往来的重要纽带。相比千年前的古代丝绸之路，21世纪海上丝绸之路被赋予了更为丰富而深远的内涵。2015年是中国－东盟海洋合作年，也是丝绸之路经济带和21世纪海上丝绸之路，即“一带一路”建设全面实施的开局之年。

全新的合作呼唤全新的舞台。中国－东盟博览会成为21世纪海上丝绸之路合作的核心平台。第十二届的博览会上，“一带一路”成为最具焦点的话题。“政策沟通、道路联通、贸易畅通、货币流通、民心相通”是21世纪海上丝绸之路建设的重要内容。开展国际产能合作，是“一带一路”背景下中国与共建国家在探索新合作领域时提出的新合作方向。第十二届中国－东盟博览会重点突出国际产能合作，首次举办中国－东盟国际产能合作系列活动，包括21世纪海上丝绸之路与推进国际产能和装备制造合作论坛、国际经济与产能合作展区和国际产能合作项目洽谈对接会等内容。

第十二届中国－东盟博览会最大的亮点是中马"两国双园"暨马来西亚商机推介会，中国－马来西亚钦州产业园区和马来西亚－中国关丹产业园区首次面向全世界联合招商。当天，两个园区共签下60多亿元人民币的投资项目，涉及新能源生产制造基地、燕窝及天然保健品健康产业园等。中马钦州产业园区与马中关丹产业园区一起开创了"两国双园"国际合作模式，被誉为建设21世纪海上丝绸之路的旗舰项目。"两国双园"的合作模式在世界上也是一种创举。

13

2016年9月11日至14日，第十三届中国－东盟博览会、中国－东盟商务与投资峰会举办，主题为"共建21世纪海上丝绸之路，共筑更紧密的中国－东盟命运共同体"。越南出任第十三届博览会主题国。

2016年9月4日至5日在浙江杭州市举办的二十国集团杭州峰会核准了《二十国集团全球贸易增长战略》和《二十国集团全球投资指导原则》，这为构建创新、活力、联动、包容的世界经济注入了强劲动力。习近平主席在杭州峰会上再次宣示了中国坚定不移推进改革开放的决心。

中国和东盟互为重要合作伙伴，中国－东盟博览会是凝聚共识、促进发展、互利共赢的平台，是对外合作、对外开放的窗口。2016年是中国－东盟建立对话关系25周年，也是"一带一路"建设承前启后的重要一年。第十三届中国－东盟博览会围绕主题，突出国际产能、互联互通、产业园区等重点领域的合作，推动中国－东盟自贸区升级版建设，培育中国与东盟经贸合作的新动能。

14

2017年9月12日至15日，第十四届中国－东盟博览会、中国－东盟商务与投资峰会举行，主题为"共建21世纪海上丝绸之路，旅游助推区域经济一体化"。文莱再次担任主题国。

2017年是东盟成立50周年，是"一带一路"建设不断深入的重要一年，也是中国－东盟旅游合作年。

开幕式上举行了中新互联互通项目"南向通道"五方企业联动仪式。重庆、广西、贵州、甘肃与新加坡的企业代表共同启动"合作手印"，"南向通道"上海、陆、空、网的多维度"多式联运"用3D动画的方式向在场嘉宾进行了形象展示。这是西部陆海新通道最初的雏形。

15

2018年9月12日至15日，第十五届中国－东盟博览会、中国－东盟商务与投资峰会举办，主题为"共建21世纪海上丝绸之路，构建中国－东盟创新共同体"。

2018年是中国与东盟建立战略伙伴关系15周年，中国－东盟博览会、商务与投资峰会创办15周年，也是中国－东盟创新年。紧扣"中国－东盟创新年"，开幕式上，中国和东盟国家的科技部部长启动了"东盟国家青年科学家创新中国行"。2018年也是"一带一路"倡议提出五周年，本届博览会首次邀请海上丝绸之路沿线非洲国家坦桑尼亚担任特邀合作伙伴，并专设"一带一路"国际展区，举办科技、国际产能、信息港、农业、金融、环保等领域的 35 个高层论坛和 80 多场经贸投资促进活动，中新互联互通示范项目框架下的南向通道建设成为第十五届中国－东盟博览会、中国－东盟商务与投资峰会的亮点。

16

2019 年 9 月 21 日至 24 日，第十六届中国－东盟博览会、中国－东盟商务与投资峰会举行，本届盛会以"共建'一带一路'，共绘合作愿景"为主题。

2019 年是落实《中国－东盟战略伙伴关系 2030 年愿景》（以下简称《愿景》）的开局之年，也是中国－东盟媒体交流年。在这一背景下举行的第十六届东博会，围绕《愿景》策划了一系列高层友好交流活动，其中，贸易投资活动重点突出了《愿景》涵盖的贸易、投资、产能合作、数字经济、科技、金融、电子商务、旅游等内容。本届东博会报名的采购商、投引资商团组 122 个，团组数量比上一届多 8.9%。有组织的专业参会客商数量超过 12000 人，比上届增长 10%。区域外国家和地区的国际专业买家达到 600 家，来自美国、哈萨克斯坦、加拿大、日本、韩国等国，波兰首次组团参会。"一带一路"倡议提出以来，已经取得了一系列重要成果。本届东博会"一带一路"国际展区规模比上届增加 59%。"一带一路"倡议是对外开放政策的重要策略，它不仅有助于扩大中国与东盟国家的合作，而且还涵盖"一带一路"相关的其他国家和地区。

2010 年 1 月 1 日，中国－东盟自由贸易区如期建成。双方对超过

90%的产品实行零关税，有力推动了双边贸易快速增长。截至2019年，中国已连续十年保持为东盟第一大贸易伙伴，东盟已成为中国第二大贸易伙伴。东盟成为中国企业对外投资的重点地区。

17

2020年11月27日至30日，第十七届中国－东盟博览会、中国－东盟商务与投资峰会以"共建'一带一路'，共兴数字经济"为主题，以线上线下相结合的方式同步举办了实体展和"云上东博会"。

作为"一带一路"倡议的积极践行者，从2014年起，每一届中国－东盟博览会都把服务"一带一路"建设作为主要内容。第十七届东博会除了继续丰富"一带一路"展区内容之外，还首次设立跨境电商专区和设置《区域全面经济伙伴关系协定》（RCEP）展区，为参展参会企业提供务实合作平台。

2020年是中国－东盟数字经济合作年，第十七届东博会主题中的"数字经济"与之相互呼应。中国与东盟国家数字经济合作早已展开，特别是在5G建设、电子商务、人工智能等领域均有合作。2019年，华为在泰国春武里府建设了首个东南亚地区的5G测试平台，马来西亚也与华为达成了建设5G的初步协议；中国人工智能软件公司商汤科技计划在马来西亚建设人工智能产业园，中国移动国际有限公司在新加坡建立数据中心，长虹在印尼推出人工智能电视；中国与东盟多国领导人共同发布了《中国－东盟智慧城市合作倡议领导人声明》，广州知识城也成为中国与新加坡两国智慧城市合作的示范性成果。

18

2021 年 9 月 10 日至 13 日，第十八届中国－东盟博览会、中国－东盟商务与投资峰会以"共享陆海新通道新机遇，共建中国－东盟命运共同体"为主题，继续采取"实体展＋云上东博会"形式举办。

2021 年是中国与东盟建立对话关系 30 周年。30 年来，在中国和东盟国家领导人的共同关心和引领下，中国－东盟经贸合作水平不断提升。据商务部数据，30 年来，中国－东盟贸易规模扩大了 85 倍。2020 年，中国和东盟历史性地互为第一大贸易伙伴，中国则连续 11 年保持东盟第一大贸易伙伴地位。2021 年上半年，中国与东盟进出口额达 4107.6 亿美元，同比增长 38.2%。在中国－东盟博览会的助力下，中国－东盟自贸区发展生机勃勃，《区域全面经济伙伴关系协定》（RCEP）商机不断拓展，给双方人民带来了实实在在的民生福祉。

19

2022 年 9 月 16 日至 19 日，第十九届中国－东盟博览会、中国－东盟商务与投资峰会举行，主题为"共享 RCEP 新机遇，助推中国－东盟自由贸易区 3.0 版"。

本届展览总面积 10.2 万平方米，其中外国展览占 30%，基本恢复疫情发生前水平；311 家世界 500 强、中国 500 强和行业领军企业线下参展，超 2000 家企业线上参展"云上东博会"；30 个共建"一带一路"

国家企业参展,18个国家22个友好省州市参加"广西国际友城进东博"展示活动;展馆日均人流量2.56万人次,比上一届增长19.2%。

第十九届中国－东盟博览会首次举办了"韩国企业广西行"活动,达成共同深化与东盟合作共识;第二次举办"日本企业广西行"活动,三菱商事等50多家跨国公司与中国企业达成多项产业合作意向,首次建立了东博会与日本商协会的合作机制等。首次举办央地合作对接洽谈会,中国能建、中国铁建等18家中央企业和南宁市人民政府以及16家广西有关单位签署超2000亿元的29个项目。在中国－东盟基础设施互联互通与区域经贸合作论坛上,央企与地方企业合作签署柬埔寨公路等重大项目。首次举办粤港澳大湾区、广西北部湾经济区"两湾"联动产业合作对接会,签约高端金属新材料、机械装备制造、轻工纺织等产业项目,桂粤国家级临空经济示范区签署战略合作协议。广西(南宁)－江苏(苏州)重点产业项目洽谈会促成两省区港区战略合作。河南、福建、河北、浙江等省市举办了专题推介会,其中河南签约了37个项目。

事实证明,中国－东盟博览会、中国－东盟商务与投资峰会是促进区域经济复苏、加强中国－东盟经贸合作的重要平台,也是中国实现内外双循环的有力抓手。

20

2023年是习近平主席提出建设更为紧密的中国－东盟命运共同体、共建"一带一路"倡议十周年,也是中国－东盟博览会、中国－东盟商务与投资峰会创办二十周年。

2023 年 9 月 16 日至 19 日，第二十届中国－东盟博览会、中国－东盟商务与投资峰会举行，主题为"和合共生建家园，命运与共向未来——推动'一带一路'高质量发展和打造经济增长中心"。

中国－东盟博览会创办二十年来见证了双方关系的不断发展。中国－东盟关系已成为亚太区域合作中最成功和最具活力的典范，成为推动构建人类命运共同体的生动例证。本届博览会共有近 2000 家企业参展，比上一届增长 18.2%，并设立智能装备、数字技术、先进技术、绿色建材与智能家居展区，集中展示绿色低碳技术和应用，促进区域绿色发展，同东盟国家一道加强科技创新合作，把握变革新机遇，打造竞争新优势。本届东博会还开展《区域全面经济伙伴关系协定》（RCEP）、"一带一路"等专题展览推介，并首次举办"投资中国年—走进广西"专场、央企品牌日、中国－东盟工业设计周等活动，共开展 70 多场经贸活动，邀请国内外知名企业家共商合作，在能源、新材料等领域签约一批项目。

21

和合共生，命运与共，再启新程。

期待 2024 年朱槿花盛开的 9 月，在中国广西南宁，第二十一届中国－东盟博览会、中国－东盟商务与投资峰会再放光彩！

打通"任督二脉"的广西：最好的状态

癸卯年，七月半。大唐芙蓉园。

大型梦幻诗乐舞剧《梦回大唐》正在上演。这是第四幕"梦萦西域"。

舞台上，胡旋之舞、羯鼓舞、胡腾双刀舞、印度蛇之舞，所有的舞者都沉浸在各自的舞蹈里，或热情妖媚，或俏丽敏捷，或粗犷奔放，或魔幻性感，每一种舞蹈都大放异彩，却又奇妙地融合在一起，呈现出高度和谐的美。

观众席上，有一对父女。女儿俏丽活泼，被动感的舞蹈旋律感染；父亲沉静，目光沉着地看着绚丽、辉煌的舞台，用眼角的余光关注着女儿。他带着女儿来西安旅行，这几天陆续看了西安古城、大雁塔、兵马俑、大唐不夜城。女儿正在学舞蹈，她的朋友跟她说《梦回大唐》的舞蹈很好看。看一场《梦回大唐》便成了她的心事。作为父亲，当然有责任、有义务满足女儿的小愿望。

这时，舞台忽然安静下来，繁华落尽，广袤、辽远的丝绸之路向远方延展，万国使节要离开了。此去山高水长，路途遥远，再见知是何时？千年古都西安，唐朝以后就再也没有成为过国都。除了自然灾害、政治动荡、经济衰退、文化衰落的原因，还有更重要的一点就是交通不便。

这个故事的讲述者叫雷小华。

雷小华是《大道》这本书的第一个采访对象，却放在了最后一个出场，也好，就当是本书的压轴嘉宾吧。雷小华个子不高，一米七出头，一张高中生的脸庞。词典里与"清"字有关的词大都可以用在他身上，清秀、清瘦、清爽……其实他已经44岁了，但初识的人很难准确推测出他的年龄。目前他是广西社会科学院东南亚研究所副所长、广西社会科学院东南亚国别研究创新团队首席专家，多年来，致力于研究东南亚的政治、经济和文化。由他来谢幕，也是合适的。

雷小华不是广西人，他是湖南永州人氏。他喜欢这样向别人介绍自己："我是湖南永州人。柳宗元《捕蛇者说》里面的永州。'永州之野产异蛇：黑质而白章，触草木尽死；以啮人，无御之者……'"

这篇文章雷小华能完整地背诵。当有人问他永州是不是真的有很多蛇时，他也会回忆一下，实际上在他的记忆里永州并没有很多蛇，这些年就更少了。雷小华生活的永州与柳宗元笔下的永州，毕竟隔着一千多年的时空呢。

离开家是成长的一部分，无论成长是以离家求学还是外出工作的方式出现，所有人的成长与成熟都在与故乡渐行渐远，无论身体还是灵魂，直到挥手作别。雷小华本科毕业于湖南师范大学思想政治教育专业，他从小政治就学得好，课堂上听一听，复习题都不用做也能考出很高的分数。这一点让他曾经的同学们艳羡不已。研究生去了九省通衢的武汉，在那里攻读华中师范大学国际关系专业。雷小华从研究生阶段就已经开始从事东南亚研究，毕业论文就选的这一方向。

毕业时，雷小华向往过南下深圳。走在深圳街头，放眼望去，三家餐馆中必有一家湘菜馆。深圳早已经成为湖南人的"第二故乡"。他的很多亲戚、老乡、同学和朋友都在深圳找到了自己的位置。但雷小平却求职受挫，就在他心灰意懒之际，刚好看到了广西社会科学院的招聘启事。

两广之"广"，源于先秦古地名"广信"。两广以广信为分界，广信之东谓广东，广信之西谓广西。

当时雷小华的想法比较简单，反正是两广之地，不留在广东，那就去广西吧。那是 2008 年，中国－东盟博览会已经连续举办四届了。

真正到了广西之后，雷小华发现自己在无意之中做了人生最正确的选择。广西与广东一字之差，却差之千里。广东的节奏快，广西的节奏慢。但这种"慢"，这种积累与沉淀、从容与散淡正是雷小华作为青年学者在起步之时需要的氛围，毕竟不是每一个学者都能耐得住学术的寂寞，这个时候，周遭的环境就显得尤为重要。

蛰伏、沉寂两年后，2010 年，雷小华的选题"东盟主要成员国海洋战略研究"在入选广西社科基金项目后，又入选了国家社科基金项目。

1961 年 7 月 31 日，马来西亚、菲律宾和泰国在曼谷成立东南亚联盟。这是东南亚国家结盟的滥觞。1967 年 8 月 8 日《东南亚国家联盟成立宣言》发表，正式宣告东南亚国家联盟成立。

东南亚国家联盟，简称"东盟"，其成员国大都向海。东南亚国家联盟盟旗的主色调是蓝色，是大海的颜色，亦是天空的颜色。盟旗正中心是东盟盟徽，十根黄色的条纹，代表十个成员国。

东盟盟徽是东南亚国家联盟的官方标志。盟徽使用了四种颜色：蓝色、红色、白色和黄色。这是东盟成员国国徽的主要颜色。在东南亚文化中：蓝色代表和平与稳定，红色等于勇气和活力，白色象征纯洁，黄色寓意繁荣。盟徽中心部位是捆扎成束的黄色稻草茎，直观地展现凝聚、友好与团结的氛围。外部用一个蓝色的圆圈将所有的元素包裹其中，圆形有团圆、圆满之意，依旧是海蓝蓝、天蓝蓝的颜色。

广西与东盟，拥有区位、交通、政策、资源等多重叠加优势，从西南出海大通道到西部陆海新通道，广西始终站在与东盟互联互通、共建共享的最前沿。在这样的机遇与挑战面前，实事求是地说，广西的答卷并不完美。这一点，雷小华敏锐地捕捉到了，作为从事社科研究的学者，他把北宋张载的"为天地立心，为生民立命，为往圣继绝学，为万世开太平"（《横渠四句》）视作自己的座右铭，他要发声，要建言献策，为广西，为中国，为东盟。

2012年，雷小华的《〈中国－东盟全面经济合作框架协议〉签署以来广西与东盟经贸合作分析》科学、客观地阐述了广西与东盟的经济贸易关系。论文一经发表，便获得了多方关注。"广西社会科学院有一个研究东南亚的学者，非常年轻！"雷小华的名字从那时起开始被人熟知。

2013年，是建设丝绸之路经济带和21世纪海上丝绸之路倡议提出的元年。

广西作为"一带一路"有机衔接的重要门户，最大的优势就是区位上的优势，沿海、沿边、沿江、沿国际大通道，向海图强，把北部湾国际航运中心建成建好，拓展中南、西南战略腹地，与东盟国家加强港口航线合作，推动与"一带一路"共建国家，特别是东盟国家港口城市缔结国际友城或"姐妹港"关系，构建物流信息平台，打造航线城市网络，硬件上实现港铁联运，无缝化对接合作，接通铁路到港口码头的"最后一公里"；软件上加快多式联运，跟上信息化、金融化等配套服务。雷小华所有的思考最终转化为课题"广西参与'一带一路'建设战略布局的问题研究"的成果。

2015年6月，亚洲城市竞争力研究会议在新加坡举行。雷小华受邀参加。

那天下午，忙碌了一天的雷小华从南宁吴圩国际机场起飞，空中飞行三小时，晚上七点钟落地新加坡樟宜机场。从机场到酒店又走了一个小时，八点钟才赶到酒店。办理入住时，主办方通知他去参加当天的欢迎晚宴。一身疲惫的雷小华婉言谢绝。谁知主办方的工作人员竟然出言不逊，说："雷先生，你是所有受邀嘉宾中最年轻的，你也是最没有资格推辞的！"

"我不去参加晚宴，并非傲慢，仅仅是因为我太累了。我想好好休息一下，明天以最好的状态参加会议。"自己到得晚，又不遵守主办方的统一安排，对方的不高兴，雷小华也能理解，但他实在也不想勉强自己，他是真的需要休息。

第二天，亚洲城市竞争力研究会议正式开幕。十个发言嘉宾，雷小华排在第七个。主持人在介绍他的时候还调侃他像早晨的阳光一样年轻。的确，在大众的惯常认知里，学者与中医一样，最好是上了几分年纪，一头花白的头发，或者双鬓染霜，那样的第一印象应该是加分的吧。

雷小华脚步轻快地上台，侃侃而谈。发言结束，掌声雷动。午餐时，主办方工作人员主动走过来跟他打招呼："雷先生，虽然您昨天拒绝参加晚宴非常无理，但我还是要向您表达敬意，您是一个非常优秀的学者，年轻有为！"

雷小华腹诽，难道年轻会给我的学术能力减分吗？年轻不是我的优势吗？学术能力与年龄之间并不一定是正比关系。

更奇妙的经历发生在 2018 年。

2018 年 6 月 14 日至 15 日，首届中国－南亚合作论坛在云南省玉溪市澄江县举行。这是由中国商务部、外交部和云南省人民政府共同主办的论坛。来自南亚、东南亚国家的相关国际组织，围绕投资贸易、互联互通、减贫扶贫、城市发展、金融合作、人文交流等议题进行了探讨交流。论坛发表了《首届中国－南亚合作论坛抚仙湖倡议》，各方支持在云南逐步建立论坛秘书处等实体机构，更好地为南亚论坛的未来发展服务。

雷小华受邀出席论坛，在他发言完毕后，云南社科院的领导主动过来与他攀谈。聊了半个小时后，对方道明了真正的来意。

"雷博士，您有没有兴趣到我们这里来工作呢？以人才引进的方式把您请到我们云南社科院。"

七彩云南的邀约真的是很难拒绝。雷小华心动了。回家跟妻子、孩子们一说，也都觉得是好事情。那天晚上，一家人畅想着将来要在昆明哪里买房，暑假、寒假去哪里旅行。

等到了真正要办理手续的时候，雷小华犹豫了。他在办公室枯坐了一个下午，日暮时分，也没有开灯，办公室的窗外是南宁的夜色。他推开窗，呼吸一口润泽的空气，夜色中依稀可见摇曳生姿的朱槿花。

大红的花朵像燃烧的火焰，随风摆动，是欢送，还是挽留？

雷小平做了决定。

妻子对于雷小平放弃云南社科院的决定几乎是愤怒的，她是真的向往昆明。她赌气三天没理丈夫。时至今日，每每看到大美云南的消息，妻子都忍不住调侃一番："要不是你当初放弃，我们就已经在那里了！"

广西自有广西的魅力，如果非要一一列举，雷小华也说不出，但他就是眷恋这块土地，此心安处是吾乡。屈指一算，雷小华在广西生活的时间早已超过了他在湖南生活的时间。广西就是这样一个地方，来过一次之后就一定还想着再来第二次甚至第三次；如果在这里住得久了，习惯了这里的物候与气候，饮惯了这里的水，吃惯了这里的食物，与这里的人相处时间长了，就再也不想离开。它像阳光、空气与水一样平常、简单，却又必不可少、至关重要。

广西奋力谱写中国式现代化广西篇章的号角已然吹响。一子落稳，满盘皆活。广西，何其壮哉！何其美哉！何其幸哉！"中国式现代化广西"如何构建？这是一个极具挑战性的题目。

要从哪里开始呢？

平陆运河？这项预计总投资 727.3 亿元的国家工程是一个不错的切入点。雷小华一直关注着平陆运河工程的进展。在国家发展改革委印发《西部陆海新通道总体规划》之前，所有"西部陆海新通道"共建合作机制成员省份都出台了各自的文件，从酝酿到发布，雷小华全程参与了。在平陆运河还只是文件上白纸黑字的四个字时，他已经在关注了。

平陆运河建成后，将在运河周边及沿海港口形成更多生产要素和临港产业的聚集，最终对中西部地区形成强力辐射，使北部湾港口对中西部地区的战略支撑作用得以凸显。"一江春水向东流"形成了传统的经济版图，而平陆运河建成后，广西将要海有海，要港有港，要产业有产业，南流的江水将打破原来的格局，也将形成新的经济版图，形成西部地区新的发展高地。作为江海联运的硬件，平陆运河从完善运输方式和开放格局、促进生产要素流动和产业对接等方面，打通了广西开放发展的"任督二脉"。

一个打通"任督二脉"的广西，不就是中国式现代化的广西吗？

雷小华摩拳擦掌，跃跃欲试。

后记

大道行天下

接受漓江出版社、广西教育出版社的邀约，执笔写作反映西部陆海新通道的长篇报告文学《大道》。从黄河入海口出发，飞往大西南，去触摸盛夏八月的长江风、珠江风，感受西部陆海新通道的新时代飓风。

　　翱翔在万里高空的云层之上，窗外云山耸立，变幻莫测。古人修身养性有四法：望云、穿水、抱树、伏地。望云居首。我眼中的云层，是地上的大江大河在空中的分身，从黄河流域的黄三角到长江流域的长三角，再到珠江流域的珠三角，云在不停变化，时而厚重，时而灵动，时而轻盈。云层之下的烟火红尘里，则游曳着无数个你、我、他。

　　落地广西，遇见广西。

　　广西处于亚热带和热带地区，属亚热带季风气候区。雨季一般是从 5 月下旬或者 6 月初开始，到 10 月底或者 11 月初结束。南部和西南部的高海拔山区，雨季会稍微晚一些，另外，每年的雨季还会因地理位置不同或者年份有些许变化。八月是雨季，每天至少两场雨。

　　在雨后的午夜时分方抵南宁，没有预想中的暑热难捱，唯有湿润的凉风习习。途经南宁国际会展中心，夜色深沉，景观灯已经关闭，那朵硕大的朱槿花也敛了活泼的心性，难得地显露出恬淡、娴雅的一面。

　　在广西的一个多月里，几乎天天在下雨。在雨中行走平陆运河，在雨中参观钦州港自动化码头，与雷小华先生对谈时，窗外夏雷隆隆、夏雨滂沱。当然，雨不是一直下，它只是某一天的开篇序曲，或者是一天之中的一段插曲，大部分时间是晴朗的，碧空万里，骄阳似火。太阳下的朱槿花红胜火，碧空下的北部湾海面绿如蓝，我能嗅到北海的风里那一丝鲜甜的味道，徜徉在北海的老街，点一杯越南滴漏咖啡，品一杯慢时光。驻足海角亭，仰望"万里瞻天"，念及东坡先生，泪盈于睫。找一家海边的小餐馆，点一份榄钱炖文蛤，无论白骨壤还是文蛤都曾被刘恂收录在《岭表录异》里，它们相较于我这个异乡人，是更广西的存在。注意哟，此处的"广西"具有形容词性。

西部陆海新通道的蓝图肇始在重庆，但实际上，重庆是我行程的最后一站，在完成广西的采访之后，漓江出版社的总编辑张谦女士与本书的责任编辑红果姑娘陪我一起前往重庆采访。虽然对接联系人的过程一波三折，但总能峰回路转，迎来柳暗花明。中新示范项目管理局、西部陆海新通道物流和运营组织中心、陆海新通道运营有限公司以及重庆公运东盟国际物流有限公司，在与一位位当事人的对谈中，剥丝抽茧，理清了西部陆海新通道的来龙去脉，收获满满。从广西到重庆，从西部陆海新通道的出海口到物流和运营组织中心，从这条路的缘起到其上升为国家战略以及重要性日益凸显的当下。

重庆火锅名动天下。在重庆十日，我居然吃了三顿火锅，从微辣起步，而后中辣，继而进阶到特辣。事实证明，中辣已然是我的承受极限。吃到最后，觉得自己的呼吸都带着火星子，如果遇到明火，定会"嘭"的一声被点燃。

漓江出版社总编辑张谦，这位长我几岁的北大才女，不仅学识渊博，还蕙质兰心。一起吃早餐时，我点了一份红油干拌饺子，而一向嗜辣的她却选了白灼口味。我知道她做好了准备，如果我受不了红油之辣，她就会把她的白灼份让渡给我。这既保护了我，又不浪费食物。一个小小的细节，足以彰显一个人做人的维度，张谦是个可以放心交付后背的朋友。三生有幸，能与君同行。在重庆我还度过了四字头的最后一个生日，49岁，马上就要到知天命的年纪了。从重庆江北国际机场起飞，飞跃长江，回到黄河岸边。人过半百知天命，月到中天分外明，那又将是人生的另一个阶段。

一路走来，我采访了很多人，挖掘到了许多的故事，这些努力建设通道以及生活被这条大通道改变的人，构成了鲜活的中国图景。风风火火、敢想敢干的谢火明，机缘巧合卸载首班越南胡志明港至中国防城港水果直航航线火龙果冷藏柜的岸桥司机杜晓阳，已经计划要在工地上连续度过三个春节的平陆运河"一号队员"总指挥长程耀飞，把贸易做遍东盟的丁顺利，参与一个又一个国家工程的刘文彬博士，感慨此生有幸生于华夏的江城良……西部陆海新通道是一条国际大通道，但它更像是新时代的《清明上河图》，在这幅生动的现实画卷中，每一个人物都是鲜活的、真实的。

我采用"陆、海、空"的结构来分解西部陆海新通道，"陆径幽远处""风从海上来""飓空千万里"，这三句话皆来自唐诗。书稿完结之时，我接到了中国美术家协会敦煌创作中心创作委员、著名篆刻家田茂山先生的电话，在他那里定制的三枚黄河澄泥印章已经完成。

黄河澄泥印，择九曲黄河奔流入海沉积的红泥，陈腐，揉制，压坯，雕刻，抛光，八百度高温不间断烧制三天，方得一枚光泽圆润、若朴若谷的黄河澄泥印。印章未到，印花先发了过来，"陆径幽远处""风从海上来""飓空千万里"，朴拙圆满，浑若天成。这一刻，西部陆海新通道也融入了黄河之韵，毕竟母亲河流经的九个省、自治区中，已经有青海、四川、甘肃、宁夏、内蒙古、陕西六个参与到西部陆海新通道的共建。

从高山到平原，从陆地到海洋，陆径幽远处，风从海上来，终将飓空千万里。西部陆海新通道，一条事关人类命运大同的人间大道，正在不断延伸，向着无尽的远方。

李玉梅于黄河入海口花半里

2023 年 12 月 29 日一稿

2024 年元月 23 日定稿